edizioni

chance

2022 © Chance Edizioni
Marchio editoriale dell'Associazione Culturale
La Chanceria

www.lachanceria.com

Grafica di copertina: Chanceria Lab

IL SEGRETO INCONFESSABILE

terzo romanzo della tetralogia
LE INDAGINI DI TONY DELLA ROCCA

di
Rubina E. Rossi

Ma l'Eterno disse a Samuele:
«Non badare al suo aspetto
né all'altezza della sua statura,
poiché io l'ho rifiutato,
perché l'Eterno non vede come vede l'uomo;
l'uomo infatti guarda all'apparenza,
ma l'Eterno guarda al cuore».

(Samuele 16:7)

PRIMA PARTE

A

Il rombo della mia moto si spense in una lunga eco, mi tolsi il casco e mi guardai intorno: il cielo era azzurro e terso eppure l'aria frizzantina mi solleticava le narici. Ero nel piazzale davanti alla Cattedrale di San Giusto o, almeno, in quello che noi triestini chiamiamo piazzale ma che in realtà è piuttosto una via. Il cantiere e le transenne della polizia si frapponevano tra me e la scena del crimine e gli agenti si muovevano intorno mentre una folla di curiosi si assiepava cercando di riprendere la scena con i cellulari. Nello spazio lasciato dalle loro gambe intravidi quello che sembrava un corpo coperto da un telo di plastica nero. Poco distante, sul sagrato della chiesa, una giornalista parlava a una telecamera. Mi avvicinai per cercare di vedere meglio, sperando di incontrare don Stanislao.

L'avevo conosciuto due anni prima, quando ero stato ingaggiato dalla diocesi di Trieste per ritrovare tale Emilio Dorati, un giovane seminarista che sembrava scomparso nel nulla. L'avevo cercato in lungo e in largo, fino a scoprire poi che si era nascosto con lo pseudonimo di Emiliano Campodargento per sfuggire alle pressioni della famiglia, che insisteva affinché prendesse i voti. Ero riuscito a ritrovarlo in maniera del tutto fortuita, grazie a un pastore di Marcottini, una minuscola frazione dell'altrettanto minuscolo comune di Doberdò del Lago in provincia di Gorizia, che mi aveva chiamato per identificare un tale che con il suo cane aveva fatto scappare alcune delle sue pecore e si era poi rifiutato di rifondergli il danno. Quando arrivai a Marcottini, dopo aver preso tutte le informazioni dal pastore, trovai senza difficoltà il proprietario del cane, scoprendo che era la stessa persona scomparsa dal seminario. Quando riferii la storia a don Stanislao, lui si fece una grassa risata, mi ringraziò e mi assicurò che avrebbe aiutato il ragazzo a chiarire tutto con la famiglia: "La vocazione deve nascere nel profondo, è una chiamata, non si può fingere e non può essere imposta da altri" aveva detto. Era una gran bella persona, don Stanislao, genuina e sincera, e soprattutto credeva fermamente in quello che faceva: sicuramente il rinvenimento di questo cadavere lo aveva colpito e addolorato. Quando l'avevo intravisto nel servizio in tv poco prima, avevo subito pensato che potesse avere bisogno di me.

Mentre allungavo il collo nel tentativo di scorgerlo e di farmi scorgere da lui, un poliziotto nerboruto si parò dinnanzi alla piccola folla che si era creata davanti alle transenne e minacciò, con il dito puntato verso l'alto, di chiamare l'antisommossa se non ci fossimo tutti spostati di lì.

"Mi scusi, agente, per caso c'è don Stanislao?" chiesi timidamente.

"Che fa, tenta di farmi credere che lei è l'unico a conoscere don Stanislao? Qui tutti vanno a messa!"

"Ma no, io sono un investigatore privato..."

Mi interruppe: "Ecco, ci mancava l'investigatore privato! Ho già perso troppo tempo con lei, si allontani come hanno fatto gli altri, per favore."

Proprio in quel momento una voce risuonò alle mie spalle: "Tony? Già sente la nostra mancanza?"

Mi voltai e vidi davanti a me il volto grassoccio e sorridente del sovrintendente Cocullo.

Lo salutai con cordialità e raccontai dei miei pregressi con don Stanislao e, quindi, perché fossi lì. Cocullo esplose in una risata sincera: "Questa storia del cane che fa scappare le pecore è bellissima! Ma poi il ragazzo, al pastore, l'ha ripagato?"

Risposi ridacchiando che sì, l'aveva ripagato. Cocullo mi fece cenno di seguirlo, con un gesto autoritario intimò di farsi da parte all'agente nerboruto di prima, che mi lanciò uno sguardo di odio mentre gli passavo davanti, e mi condusse esattamente davanti al cadavere, dove c'era il commissario Di Firenze, che stava parlando proprio con don Stanislao: "Commissario! – esclamò – Guardi un po' chi c'è!"

Di Firenze si girò con espressione neutra, si tolse gli occhiali da sole e mi squadrò come se mi vedesse per la prima volta. Poi si rivolse a Cocullo: "E lui cosa ci fa qui dentro?"

Cocullo sgranò gli occhi e si fece paonazzo, iniziò a balbettare qualcosa, che mi aveva incontrato fuori, che conoscevo il parroco, bofonchiò di pecore e seminaristi, ma Di Firenze lo bloccò: "Non ha capito, Cocullo: non mi interessa niente di quello che sta dicendo. Deve farlo uscire da qui."

Don Stanislao, che nel frattempo mi aveva riconosciuto e mi sorrideva bonariamente, si intromise nella discussione: "Ma no, commissario, veramente io conosco il signore qui, per me non c'è problema se rimane, anzi, mi fa piacere..."

Di Firenze fulminò anche lui: "Qui sono io che decido. – poi si girò verso Cocullo – Accompagni fuori il signore, come le ho detto. La aspettiamo per continuare."

Cocullo, con gli occhi bassi e la coda tra le gambe, mi scortò fuori dalle transenne: "Aspetti qui, Tony, il parroco si libererà presto e magari riuscirà a parlarci. Lo scusi, sa, il commissario è sempre nervoso quando si trovano cadaveri, poi la Chiesa..."
Dissi a Cocullo di non preoccuparsi e rimasi nei paraggi sperando di poter incontrare don Stanislao più tardi. Mentre prendevo un caffè al bar arrivò un gruppo di cappuccini che confabulavano tra loro animatamente ma a bassa voce, facendosi continuamente il segno della croce.
"*Ma te par?! Un omicidio propio in cesa! La gente no ga più respeto de niente, gnanche de Dio!*" continuava a ripetere uno,
"*Eh... ricordate che anche ne le nostre file xè chi che servi el nemico!*" disse un altro, mentre guardava di sbieco un confratello che se ne stava in disparte a sorseggiare dalla sua tazza guardando fisso il bancone.

Mentre ero lì a osservarli incuriosito, ecco uno di loro sobbalzare sgranando gli occhi e indicare un gruppo di persone con delle tute bianche, guanti e copriscarpe, che si avvicinava e sembrava "appena sbarcato sulla luna", come li sentii dire: evidentemente non avevano mai visto degli agenti della polizia scientifica. Li vidi portare via il corpo e mettere i sigilli al cantiere, mentre Di Firenze seguiva don Stanislao in chiesa. Guardai l'orologio, era ormai pomeriggio pieno. Mi resi conto di non aver neanche pranzato. Pensai che le cose sarebbero andate ancora per le lunghe e ritenni più saggio tornarmene a casa, magari fermandomi a mangiare qualcosa per strada. Avrei chiamato don Stanislao più tardi al telefono.
Non trovai nulla di aperto durante il tragitto, quindi, rientrato a casa, mi preparai un *toast* con burro di arachidi e *marshmallow*: quando ero bambino me lo preparava mia nonna in California e quel pomeriggio avevo proprio bisogno di un po' di conforto. Passai il resto del pomeriggio sul divano, con Lucifero acciambellato accanto a me, a guardare film di terz'ordine. Mentre ero nel mezzo del secondo, il *display* del mio cellulare si illuminò: abbassai immediatamente il volume della tv e risposi.
"Oh, don Stanislao! Che piacere sentirla, l'avrei chiamata io più tardi!"
"Tony caro, non sa la gioia che ho provato nel vederla oggi. Hanno ucciso una suora del convento delle madri Canossiane! Non sa che strazio! E quel commissario, poi, è estremamente professionale ma sembra proprio un insensibile! Non solo per come ha trattato lei ma anche per l'aria di sufficienza con cui si rapporta a noi! Sua Eminenza

il vescovo è molto infastidito dal modo in cui stanno gestendo le indagini..."

Don Stanislao continuava a parlare, ma io non riuscivo più a distinguere le sue parole: la vittima era una suora?! Non potevo definirmi propriamente cattolico, non andavo in chiesa quasi mai, e neanche mia madre lo era. Ero tuttavia cresciuto da cattolico: da bambino, quando vivevo a Santa Monica, frequentavo la Santa Monica Catholic High School e ovviamente la chiesa alla quale la scuola era annessa. Avevo dei bellissimi ricordi di quella scuola: le passeggiate dopo le lezioni, le chiacchiere e le risate con i miei compagni di classe durante il pranzo, i *pep rally*, il *football*. Alla Santa Monica Catholic High School avevo incontrato alcune delle persone più disponibili e che mi avevano dato un sostegno incredibile durante gli anni dell'adolescenza, quando ancora non sapevo bene cosa avrei fatto della mia vita. Soprattutto ricordavo Miss Daisy, che ci faceva lezione di latino e che noi chiamavamo ironicamente Big Daisy, perché era minuta e parlava, anzi cantava leggendo l'Eneide, con una vocina appena udibile. Ripensandoci, Big Daisy sarebbe stata una suora perfetta, ci catechizzava continuamente. Ricordavo ancora il suo visetto rubicondo e sorridente durante la messa per il nostro diploma, eravamo tutti lì dietro all'altare a cantare, felici di aver raggiunto il nostro obiettivo: finalmente Baccalaureati!

"Allora, Tony caro, ci aiuterebbe?"

Mi ridestai: "Oh, mi scusi, padre, ma ero distratto, può ripetere le ultime frasi?"

Avrei voluto dire che la linea era disturbata e non avevo sentito bene, ma non avrei mai potuto mentire a un prete,

"Ma certo, Tony caro, stavo parlando del dolore e della preoccupazione che ci affliggono: come le dicevo, la polizia fa il suo lavoro, ma a noi piacerebbe poterci affidare a una persona di maggior fiducia. Lei sarebbe disposto ad aiutarci?"

"Oh, padre, – sobbalzai, felice e lusingato di ricevere la stessa proposta che avrei voluto fare io – sarei davvero onorato di potervi aiutare di nuovo! Certo che accetterei, anzi, accetto!"

"Bene, figliuolo, speravo proprio in questa risposta. Dovremo aspettare l'avallo del Vescovo, ma spero che acconsenta e che possa contattarla già domani mattina. Che Dio la benedica!" e attaccò.

Quella richiesta mi aveva apparentemente fatto ritrovare una buona disposizione d'animo. Mi resi conto di avere anche fame: cucinai, con

Lucifero che miagolava strusciandosi tra le mie gambe, una cena sana e nutriente, che accompagnai con una spremuta d'arancia, fresca e dolce. Andai a dormire veramente rinfrancato. O almeno così mi parve.

La mattina dopo mi svegliai con uno strano senso di angoscia addosso. Mi preparai velocemente e uscii: speravo che quello stato d'animo malmostoso mi avrebbe abbandonato con la mia corsa quotidiana. L'aria salmastra del lungomare di Barcola mi accompagnò fino al castello di Miramare e ritorno, il mio tragitto consueto: mi aiutava a sciogliere i muscoli e i pensieri e ad affrontare meglio la giornata. Eppure, quella mattina non fu così. Quando mi infilai sotto la doccia, improvvisamente mi comparve davanti agli occhi Big Daisy, stesa davanti all'altare della chiesa di Santa Monica. Intorno a lei, in piedi, frotte di studenti vestiti con le tuniche gialle e verdi dei Baccalureati, con tanto di tocco e diploma in mano. Il mio sguardo si posava su ognuno di loro, poi tornavo a osservare lei, ed ecco comparire don Stanislao, inginocchiato al suo fianco, che brandiva un pugnale. Si girò verso di me con un ghigno diabolico: la mano che teneva il pugnale e la tonaca che aveva indosso erano completamente intrisi di sangue. Preso dal panico, iniziai a correre per la chiesa, mentre davanti a me si paravano i ragazzi di prima, ma i loro volti erano ora trasfigurati in maschere sataniche, con occhi completamente neri e lo stesso ghigno che avevo visto sul volto di don Stanislao.
Spalancai gli occhi, avevo completamente rimosso quel sogno spaventoso. Spostai di scatto la manopola della doccia sull'acqua fredda: il getto ghiacciato scacciò quelle immagini raccapriccianti una volta per tutte.
Arrivai in agenzia ancora un po' frastornato e Chiara mi accolse con un sorriso e la notizia che Sua Eminenza, il vescovo di Trieste, aveva appena chiamato per fissare un appuntamento con me alle 10 in via Cavana. Evidentemente le preghiere di don Stanislao erano state accolte.
Uscii un po' in anticipo e passeggiai lentamente per arrivare all'indirizzo indicatomi finché non mi trovai davanti a un palazzo di tre piani, color sabbia, con un balcone in ferro battuto decorato che campeggiava al centro della facciata. Mentre stavo per citofonare, il grande portone a doppio battente si aprì davanti a me: "Desidera?" una guardia fece capolino.

"Oh, sono Tony Della Rocca, ho appuntamento alle 10 con il vescovo."
La guardia mi sorrise: "Sì, ci hanno segnalato che sarebbe venuto. Si accomodi all'interno mentre avviso padre Angelo del suo arrivo, sarà lui a condurla da Sua Eminenza."
Questo padre Angelo, che scoprii essere il segretario particolare del Vescovo, arrivò dopo pochi minuti per scortarmi nella stanza dove mi attendeva Sua Eminenza. I corridoi rimbombavano dei nostri passi. Mi sentivo in soggezione, piccolo davanti alla grandezza e all'importanza dell'incarico che stavo per ricevere.
Non appena entrai nella sua stanza, il vescovo si alzò dalla scrivania e mi venne incontro sorridendo e con le braccia leggermente aperte all'altezza della vita. Quando mi raggiunse, posò le sue mani sulle mie spalle e accostò le sue guance alle mie come per baciarmi, poi mi segnò una croce sulla fronte con il pollice destro. Era lo stesso gesto che faceva il parroco della Santa Monica Catholic Church prima di ogni partita. Sorrisi e mi inchinai leggermente sulle ginocchia in segno di saluto e di deferenza. Mi condusse poi verso la sua scrivania e mi fece accomodare davanti a sé.
"Figliuolo, sono molto lieto che lei abbia accettato di aiutarci. Don Stanislao, che è uomo di fiducia e dalla fede salda, mi ha parlato molto bene di lei e so che ci ha già aiutato in passato."
"Oh Eminenza, è un onore per me potervi essere di aiuto."
Mi scrutò con i suoi occhi indagatori: "Lei è credente?"
Mi sentii un po' in imbarazzo, mi schiarii la voce: "Ho studiato in una scuola cattolica."
"Questo è molto importante. Non sempre, al giorno d'oggi, nelle scuole vengono trasmessi quei valori di cui gli adolescenti avrebbero bisogno. E il riflesso si nota negli adulti. – parlava facendo molte pause, in maniera cadenzata, con un tono di voce profondo e suadente – Alcuni della polizia non hanno dimostrato nel rapportarsi con noi il rispetto e la deferenza che meritiamo in quanto istituzione millenaria. Capisce cosa intendo?"
"Capisco perfettamente, per fortuna il commissario Di Firenze è una persona integra, lo conosco di persona. Sono sicuro che indagherà in maniera impeccabile."
Il vescovo si mosse sulla sedia, inspirando profondamente: "Questo è indubbio. Tuttavia la nostra priorità è che le indagini si concludano il prima possibile."

"Certo, è fondamentale assicurare il colpevole alla giustizia il prima possibile. Si tratta di un delitto ignobile."

Il vescovo posò i gomiti sul tavolo e intrecciò le dita davanti al naso. Rimase a fissarmi per un lungo istante: "Vede, figliuolo, in questo momento storico il rischio di una disaffezione nei confronti della Santa Chiesa di Roma è molto forte. I nemici sono tanti e vengono da ogni parte: non aspettano altro che un nostro passo falso."

"Capisco: come diceva prima, la crisi dei valori è molto forte."

Il vescovo si poggiò di nuovo contro lo schienale, continuando a fissarmi: "Il demonio si annida anche nelle nostre fila. Persino una suora potrebbe aver ceduto a tentazioni diaboliche."

Mi fermai a riflettere per qualche istante. Forse intendeva dirmi che la suora morta era corrotta? Glielo chiesi nella maniera più delicata possibile.

"Non possiamo essere certi che non lo fosse. – rispose lui con un sospiro – Per questo abbiamo bisogno di lei. Si ricordi, il diavolo è nei dettagli."

"Ma chi l'avrebbe corrotta? Qualcuno interno alla Chiesa? E chi l'avrebbe uccisa? E perché?"

Ripetevo al vescovo quelle domande, su cui stavo riflettendo nella mia testa, senza aspettarmi una vera risposta, che invece arrivò, seppur enigmatica: "Ecco, queste sono le domande a cui bisogna dare risposta, nel più breve tempo possibile e senza far trapelare nulla."

Lo guardai come per metterlo a fuoco. Non ero del tutto convinto di aver capito: "Lei vuole che il caso venga insabbiato?"

"Solo Dio può giudicare e punire, la giustizia degli uomini non ci riguarda. – fece una pausa, come per accertarsi che io fossi sulla sua stessa lunghezza d'onda – Allora, possiamo confidare nella sua riservatezza?"

"Sono sempre riservato nel lavoro che svolgo." dissi di getto.

"Molto bene – annuì – spero che ci siamo intesi. Faccia in modo di trovare le risposte a quelle domande il prima possibile. Le metteremo a disposizione qualsiasi mezzo di cui dovesse avere bisogno. – ringraziai e feci per alzarmi – Per il compenso e gli altri dettagli, parli con padre Angelo."

Quando lasciai il palazzo, mi incamminai di nuovo verso l'agenzia e ripensai a quello che avevo sentito dire il giorno prima ai frati al bar: avevano parlato di fantomatici nemici tra le loro fila, forse sarei dovuto partire da là con le mie indagini.

Quando Chiara sentì tintinnare il campanello della porta, sollevò la testa dalle carte che stava sistemando e mi disse che Adalgisa mi stava aspettando nel mio ufficio per parlarmi di un caso. La raggiunsi subito, con l'idea di informarla del nostro nuovo, prestigioso incarico.

"Ah, ce l'hai fatta a tornare!" esclamò Adalgisa vedendomi, mentre si trastullava sulla mia sedia girevole. Non era esattamente quello il benvenuto che mi aspettavo, feci finta di nulla e mi sedetti davanti a lei.

"Sono stato ora dal vescovo. Abbiamo ricevuto un nuovo incarico molto prestigioso che curerò personalmente."

"Ah be', – disse Adalgisa facendo spallucce e ridacchiando – io di certo non mi straccerò le vesti per aiutarti. Che succede, si sono persi qualcun altro? Queste pecorelle si smarriscono con facilità!"

"E dai, Ada, basta con queste polemiche anticlericali! È un'indagine assolutamente riservata e molto delicata!" dissi; lei in tutta risposta alzò le braccia in segno di resa e poi mimò le tre scimmiette: non vedo, non sento, non parlo. Raccontai quindi del rinvenimento a San Giusto, della telefonata con don Stanislao e del mio colloquio con il vescovo. Poi fu lei a parlarmi del caso che stava seguendo e su cui aveva bisogno di alcuni consigli.

All'ora di pranzo, andammo al Caffè Tommaseo anche con Chiara. Non appena aprii la porta di ingresso, Dobriana mi comparve davanti: "Buongiorno!". Non mi aspettavo di trovarla di turno, ero abbastanza sicuro di non aver visto la sua macchina. Mi bloccai di scatto e rimanemmo a fissarci, immobili, tanto che Adalgisa mi venne addosso: "*Orca pepa*! – esclamò, poi fece capolino dalla mia spalla e la vide – Oh! *Ara chi che xè...* ciao Dobriana! *Camina, dei!*" e mi spinse verso la sala dove avremmo pranzato.

Ci sedemmo e ordinammo, poi Chiara e Adalgisa iniziarono a parlare di qualcosa, ma io non riuscivo a seguirle. Da quando ci eravamo lasciati, cercavo di evitare di andare al Tommaseo quando Dobriana era di turno. Mi trovai a chiedermi il perché non volessi incontrarla, forse non riuscivo del tutto a elaborare quell'allontanamento che pure capivo essere necessario: di fatto lo avevo provocato io. Forse quello che davvero non volevo incontrare era il mio senso di colpa: era stato il mio continuo pensare a Jennifer, il mio confondere le loro due figure in una, a spingere Dobriana a lasciarmi.

"Ti vedo pensieroso, – Chiara mi tamburellò sulla spalla – stai pensando al vescovo?" mi disse con un sorriso malizioso,

"*Sì, desso se ciama vescovo!*" intervenne Adalgisa, mentre continuava a ridacchiare lanciando un'occhiata verso la cassa, dietro la quale Dobriana stava facendo dei conti.

Sentii una vampata di calore raggiungere la fronte: "Preferirei cambiare argomento!"

Proprio allora, arrivarono le nostre ordinazioni. Finimmo di mangiare, parlando del più e del meno, poi io tornai in agenzia con Chiara mentre Adalgisa andò a fare un appostamento per il caso che stava seguendo.

Quando fui nel mio studio, finalmente potei aprire il dossier che mi aveva consegnato padre Angelo. La vittima si chiamava Concepcion de Almeida, poi diventata suora con il nome di Maria Concepcion. Era nata in Cile nel 1976 da oppositori del regime di Pinochet. La sua infanzia era stata travagliata: il padre, quando lei aveva poco più di 6 anni, era scomparso, *desaparecido*, come a molti accadeva. La madre, dopo aver tentato di scoprire qualcosa sulla sua sorte, aveva deciso che era più sicuro, per lei e per sua figlia, andarsene. Grazie all'intervento di alcuni connazionali, si erano trasferite in Italia. Nel 1986, quando Pinochet revocò la cittadinanza cilena agli esuli, si trovarono a essere apolidi e chiesero di ottenere la cittadinanza italiana, che acquisirono nel 1989, trascorsi i 5 anni di residenza richiesti. Due anni dopo, la madre morì a causa di un tumore fulminante e la ragazzina entrò in una casa–famiglia gestita dalle Madri Canossiane Figlie della Carità. Dopo il diploma dell'istituto alberghiero, decise di intraprendere il noviziato proprio nello stesso ordine e infine prese i voti.

Mi trovai a pensare che anche Concepcion era stata costretta, come me, a vivere lontano dalla sua terra e privata dell'affetto del padre. Capivo che le nostre storie non erano paragonabili: io ero cresciuto a Santa Monica, avevo frequentato le migliori scuole, un'Università prestigiosa e mio padre, anche se non potevo vederlo, sapevo perfettamente dove fosse e, soprattutto, che era vivo. Quello che aveva subito Concepcion era una privazione dei diritti fondamentali, una realtà che io non potevo nemmeno immaginare, eppure riconoscevo le mie mancanze nelle sue.

La sua storia mi colpì tanto che continuò a ronzarmi in testa per tutto il pomeriggio e anche la sera, quando tornai a casa, mentre cucinavo, occupò i miei pensieri. Non ce la facevo più, avevo bisogno di staccare la spina al cervello, quindi mi sedetti sul divano con il mio piatto e accesi il televisore. Sullo schermo comparve Yoda nella palude di

Dagobah: "Devi disimparare ciò che hai imparato!" diceva. Era *L'impero colpisce ancora*. Non potevo definirmi un *fan* di *Star Wars*, ma mi sembrò un buon modo per passare la serata e liberarmi la mente. Vidi Leila e Ian Solo che si recavano su Bespin e incontravano Lando Calrissian, ma lui, con un inganno, li vendeva a Dart Fener, così Luke, avvertendo il pericolo, decideva di andar via da Dagobah per raggiungerli e aiutarli, sospendendo il suo addestramento jedi con Yoda. Luke però veniva catturato e Dart Fener testava l'ibernazione con la grafite su Ian Solo, al quale Leila confessava il suo amore: "Ti amo." "Lo so." rispondeva lui. Sorrisi.

Eravamo su una terrazza che affacciava sull'oceano, io e Jennifer. Avevo pensato a tutto: uno spazio solo per noi, candele, petali di rosa ovunque, luce soffusa, Elvis Presley che cantava in sottofondo *"For I can t help falling in love with you'* e lei, che era bellissima: indossava un abito blu notte, con dei brillantini impercettibili che rilucevano sotto la luna, come i suoi capelli biondi, lunghi e lisci come seta. Eravamo seduti al tavolo, avevamo appena finito di mangiare e il cameriere ci stava servendo il *dessert* e lo *champagne*. Ero finalmente pronto per quel gesto che sognavo e studiavo ormai da mesi, forse lo sognavo da quando le avevo parlato per la prima volta in palestra al *campus*, durante il *pep rally*. Mentre lei rompeva con il cucchiaino la crosta della *crème brûlée* avevo preso dalla tasca interna della giacca la scatolina rossa di Cartier. Lei si era accorta del mio movimento e aveva fissato lo sguardo su di me, sorridendo con un velo di malizia. Le avevo sorriso a mia volta e mentre la guardavo avevo fatto scattare il coperchio scoprendo alla vista il solitario che avevo scelto per lei. Si era illuminata e il suo volto si era aperto in un grande sorriso.
"*I wanna marry you.*" avevo detto.
"*I know.*" aveva risposto lei.

"Sei battuto, è inutile resistere!"
Misi nuovamente a fuoco la scena sullo schermo del televisore: Luke era steso per terra e Dart Fener gli puntava contro la spada laser. Un ultimo scambio di colpi e Fener gli mozzava la mano. Ebbi un sussulto: avevo visto il film più di una volta, ma non ricordavo nel dettaglio questa scena.
"Obi–Uan non ti ha mai detto cosa accadde a tuo padre."
"Mi ha detto abbastanza... che sei stato tu a ucciderlo!"

"No, io sono tuo padre!"

Le note del tema di Dart Fener risuonarono nel mio salotto. Lucifero, acciambellato accanto a me sul divano, alzò la testa e fissò gli occhi sullo schermo, attento.

Luke urlava, disperandosi: "No, non è vero, non è possibile!"

Pensai che una delle cose più difficili da fare, per ciascuno di noi, anche da adulti, è accettare che i nostri genitori abbiano le nostre stesse fragilità: che siano preda delle loro passioni, che possano aver paura, che possano ammalarsi, che possano aver bisogno di aiuto, del nostro aiuto, che possano morire.

Nel dossier che mi aveva consegnato padre Angelo c'era anche l'indirizzo del convento delle Madri Canossiane della Carità: via Rossetti 66. Con la mia moto arrivai in meno di dieci minuti, la lasciai sotto a uno degli alberi davanti al cancello di ingresso ed entrai. Alla fine del vialetto, mi aspettava sugli scalini davanti al portone di ingresso del convento una signora sui sessant'anni, con ai piedi un paio di mocassini ortopedici neri, le calze pesanti, l'abito grigio di panno lungo fin quasi alla caviglia e coperto da una felpa con la zip, dello stesso colore; il velo copriva il capo e gli occhi erano oscurati da un paio di occhiali da sole alla Starsky e Hutch. Non appena le fui davanti, mi tese la mano e si presentò: era suor Maria Clarissa, la superiora del convento.

Mi accompagnò all'interno, mentre mi parlava di suor Maria Concepcion: mi descriveva la sua infanzia dolorosa, i traumi familiari e di come avesse trovato nella fede una risposta alle sue mancanze, di come avesse abbracciato il ministero a cui era stata chiamata da Dio con gioia e umiltà. Lei e le sue consorelle erano come una famiglia: seppur consapevoli che era tornata al regno del Padre non si davano pace per quella morte violenta e prematura e mi disse che confidavano in me per la cattura del colpevole. Mi sentii investito di una responsabilità che mi lusingava, non volevo deludere quelle suore, devote e confidenti, che ancora non conoscevo ma che ero certo meritassero tutto il mio impegno.

Eravamo arrivati, nel frattempo, alla sala capitolare e suor Maria Clarissa mi lasciò solo, mentre andava a convocare le consorelle. Mi guardai intorno, quella sala era arredata in maniera semplice, senza orpelli, eppure mi sentivo completamente a mio agio: non mi sembrava un luogo freddo, anzi lo percepivo come accogliente. Delle voci di bambini mi giunsero all'orecchio da qualche aula: nel complesso c'era anche una scuola primaria. Tornai per un attimo con il pensiero ai miei anni di scuola elementare, alle suore che mi avevano insegnato a leggere e a far di conto, a quelle che mi avevano spinto a cantare nel coro e a vincere la mia timidezza. Era quello l'esempio di cattolicesimo che tenevo nella memoria e che apprezzavo. Era ben diverso, in effetti, da quello che avevo respirato nelle sale del vescovato: il rumore dei miei passi che rimbombava nei corridoi punteggiati da quadri e colonne, e la mia sensazione di soggezione, che si era acuita davanti al vescovo, che pure mi aveva trattato con affabilità, almeno apparentemente. Mi ricordai delle sue parole, mi aveva chiesto di chiudere velocemente il caso, aveva parlato di come la polizia fosse stata poco deferente nei confronti della Chiesa e non aveva fatto cenno, neppure per un attimo, né alla vittima né al desiderio di vedere individuato il colpevole.

La porta si aprì alle mie spalle, mi girai di scatto e vidi un nugolo di suore entrare vocianti e salutarmi con imbarazzo, alcune sorridevano guardandosi i piedi, altre si fregavano le mani, altre ancora arrossivano guardandomi con malizia, altre infine rimanevano serie, financo arcigne, e sostenevano il mio sguardo. Si schierarono davanti a me, come se fossimo in caserma, e la superiora si mise a capo della fila, con una mano nell'altra all'altezza dello sterno, guardando alternativamente me e loro con aria soddisfatta.

"Sorelle, questo è l'investigatore di cui vi parlavo e che il nostro vescovo in persona ha incaricato delle indagini: Tony Della Rocca. Vi prego di rispondere a tutte le sue domande, senza tralasciare nulla. Ogni dettaglio può essere utile a rendere giustizia alla nostra amata consorella Maria Concepcion."

Sorrisi, la superiora mi fece un cenno con il capo, si andò a sedere su una delle sedie lungo la parete e prese a sgranare il suo rosario. Mi avvicinai alle suore che mi guardavano incuriosite: "Sorelle, voglio ringraziare voi e suor Maria Clarissa per il vostro prezioso aiuto. So che suor Maria Concepcion era qui fin da quando aveva preso i voti, quindi immagino che voi conosceste bene lei e le sue abitudini, – annuirono all'unisono, qualcuna con maggior convinzione – potreste parlarmene?"

Si guardarono tra loro, poi una fece un passo avanti: era abbastanza giovane, decisamente in carne, aveva gli occhi vispi e un sorriso malizioso, ispirava molta simpatia: "Io conoscevo Concepcion da tantissimi anni! Ho fatto qui le scuole e cantavo nel coro anche! Quando lei era novizia e io stavo per prendere il diploma, siamo state le soliste al saggio di Natale, abbiamo reso insieme lode al Signore con le nostre voci! – parlava in maniera concitata, con un grande sorriso stampato in faccia e guardando qua e là nella stanza come se rivedesse le scene proiettate sulle pareti, poi d'improvviso si incupì – Se ora penso che lei non c'è più... l'unica consolazione è sapere che starà cantando con gli angeli!"

Rimasi per un attimo in silenzio, poi presi coraggio: "Quindi una delle attività di suor Maria Concepcion era cantare nel coro, giusto?"

Lei annuì, notai che le scendeva una lacrima. Intervenne la madre superiora, che nel frattempo si era avvicinata a noi: "Ci scusi, Tony. Suor Maria Patrizia è molto sensibile, – mise le mani sulle spalle della suora che aveva appena parlato – era molto legata a Concepcion, fin da prima di prendere il velo. Possiamo dire che Concepcion è stata quasi una mentore per lei, non è vero, Patrizia?"

"Sì, assolutamente. Vedere come la fede rendeva forte e coraggiosa Concepcion e come le aveva fatto superare i dolori e i traumi che aveva vissuto è stata per me una fonte di ispirazione. Il coro non era la sua unica attività, comunque. Si impegnava molto nel sociale: collaborava con i cappuccini per dei progetti di doposcuola per i bambini bisognosi, il progetto di suor Maria Lazzara!" fece un gesto a indicare alla sua sinistra e io vidi la suora che prima mi guardava con aria arcigna fare un passo avanti mentre rimaneva accigliata. Si schiarì la voce: "Sono qui dal 1967, ben prima che Concepcion nascesse. So tutto di tutte le mie consorelle e non è mio solo il progetto del doposcuola, anche il coro lo è! Anzi, abbiamo iniziato ad attrarre i ragazzi proprio con il coro fin dagli anni '70. Poi, ultimamente, le persone vengono meno in Chiesa e abbiamo pensato perciò di andare noi da loro: siamo in contatto con alcune case–famiglia, anche con quella dove stava Concepcion, e con i frati di San Giusto."

"Capisco, sorella, – era evidente che quella suora, anziana e fiera, volesse essere considerata per il suo ruolo di capo squadra – la sua testimonianza sarà particolarmente preziosa per me, allora. – finalmente sorrise – Visto che Concepcion era così impegnata nelle attività da lei promosse, mi potrà dire se aveva modo di incontrare molte persone esterne al convento."

"Che domande, certo che sì! L'apostolato si svolge sempre all'esterno, figliuolo, a contatto con la gente, con il prossimo, con i bisognosi."

"Io facevo il dopo–scuola con lei e i cappuccini, – una suora giovanissima e minuta si fece avanti a destra di suor Patrizia – posso raccontarle qualcosa, se vuole: andavamo a san Giusto insieme due volte a settimana, le persone che vedeva lei, le vedevo anch'io!"

"Ed eravate sempre insieme?"

"Sì, sì, anche se poi ci dividevamo: io mi occupavo del disegno e dei lavoretti mentre suor Maria Conception, ovviamente, faceva cantare i bambini."

"Capisco. Ed eravate sole a gestire i bambini nei pomeriggi in cui andavate?"

"Quando andavamo, eravamo sempre insieme ai frati cappuccini."

"E chi erano questi frati? Si ricorda i nomi?"

"Ma certo! Fra Giuseppe, Fra Gervaso e Fra Oronzo, – la guardai sollevando gli occhi dallo *smartphone* su cui stavo appuntando i nomi, lei arrossì – è di Lecce! Da quelle parti è un nome comune."

"Bene, grazie!" feci per riporre il cellulare, ma lei mi bloccò con un cenno della mano: "Ah no, aspetti! C'è anche Fra Bernardo, anche se lui si tiene sempre un po' in disparte, poi ha sempre quegli occhiali da sole... forse ha una malattia agli occhi, poverino!"

Annuii sorridendo e annotai anche quest'ultimo nome: "Quindi vedevate solo questi frati e i bambini? Oppure incontravate anche i famigliari: genitori, amici, fratelli...?"

"Sì, una volta al mese c'è l'incontro con le famiglie: è un momento molto importante. Comunque, – disse, tornando al discorso precedente – noi andavamo solo dalle 3 alle 5 il martedì e il giovedì, mentre i bambini erano lì dalla fine delle lezioni fino all'ora di cena."

Chiesi, a questo punto, se negli ultimi incontri avesse notato qualcosa di strano. Mi spiegò che l'ultima volta che erano state lì, era coincisa proprio con la giornata delle famiglie e che Concepcion aveva avuto qualcosa da ridire con un papà, ma che lei non sapeva nel merito cosa si fossero detti perché stava aiutando Fra Oronzo a servire la merenda. Ricordava però che Fra Bernardo si era avvicinato per placare gli animi.

"E invece il coro? – mi girai verso suor Patrizia – Andavate all'esterno per delle esibizioni o ci sono esterni che vengono qui?"

Patrizia rimase in silenzio e fu invece un'altra suora a farsi avanti: "No, no, ci esercitavamo sempre qui! A volte facciamo delle esibizioni insieme agli studenti per i saggi. Poi, in occasione delle festività, organizziamo dei concerti a cui partecipano tante persone, non solo fedeli della nostra parrocchia. Può capitare che ci invitino da qualche parte, ma non è molto frequente. Per esempio, la sera di Santo Stefano abbiamo cantato a San Giusto assieme a cori di altre parrocchie: è stato molto emozionante!"

"E avete notato qualcosa di strano in quell'occasione? Delle persone particolari che hanno avvicinato Concepcion?"

Si guardarono, poi una, che era rimasta dietro, si fece avanti anche lei alzando l'indice come a chiedere la parola: "Io ho notato un signore... –

mi sembrò che Patrizia si fosse irrigidita e stesse sgranando gli occhi, ma non mi soffermai – era strano, aveva i capelli lunghi, grigi, un po' mossi, raccolti in una coda bassa e al centro della testa aveva uno strano copricapo all'uncinetto."

"Si chiama *kippah*! – suor Maria Lazzara, stizzita, la riprese – E pensare che ho dedicato tante ore a insegnarvi storia delle religioni!" scosse la testa affranta. Accennai un sorriso.

"E perché se lo ricorda? Cos'ha fatto di particolare questo signore?" chiesi poi,

"Era strano, lui. Poi si è avvicinato a Maria Concepcion, si è inchinato, ha detto qualcosa mentre le ha preso le mani e gliele ha baciate. Poi se n'è andato."

Suor Maria Lazzara intervenne di nuovo, sempre più spazientita: "Questa poi! Ora perché uno è ebreo non può entrare in una Chiesa cattolica ad ascoltare un concerto?"

Patrizia annuì e, rossa in viso e con la voce tremolante, aggiunse: "Certo! E poi in tanti ci fanno i complimenti! Non vedo proprio cosa ci sia di strano."

A quel punto ricapitolai la giornata tipo di Concepcion alle sue consorelle, per verificare di aver capito bene le sue abitudini: oltre alla vita di congrega, alle messe e alle preghiere quotidiane, andava a San Giusto due volte a settimana e si esibiva con il coro. Le uniche cose strane notate nelle ultime settimane erano l'alterco con un genitore, risolto apparentemente grazie all'intervento di un frate, e un tipo strano, almeno per una delle suore, che la aveva avvicinata dopo un concerto.

"E il giorno della sua scomparsa, cosa aveva fatto? Avete notato stranezze, atteggiamenti particolari, una qualche parvenza di preoccupazione per qualcosa?"

"No, non mi pare, era assolutamente normale!" rispose una in fondo.

"E quando l'avete vista l'ultima volta?"

Le suore si guardavano fra loro con aria dubbiosa, poi la giovane che gestiva con lei il dopo scuola a San Giusto rispose: "A pranzo, eravamo tutte insieme a pranzo." le altre annuirono all'unisono.

"A pranzo? – non mi aspettavo quella risposta – E non vi siete preoccupate non vedendola la sera?"

Suor Maria Clarissa si alzò e si unì al consesso: "Mio caro, avevamo notato che Concepcion non si era unita a noi per cena, ma in quel giorno, purtroppo, ricorreva l'anniversario della scomparsa di suo padre. Per lei sono sempre giorni particolari. Abbiamo mandato suor Maria Patrizia a chiamarla in camera, ma quando ha bussato alla porta e non ha ricevuto risposta – la suora rubiconda di prima, ora cerea in volto, annuì seria – è tornata da noi a riferirci la cosa e abbiamo interpretato l'episodio come un desiderio di rimanere sola da parte della nostra consorella. Così, abbiamo pregato per suo padre e per tutte le vittime di oppressione politica prima di cena, confidando che il giorno dopo tutto sarebbe tornato alla normalità."

"E la mattina dopo, non vedendola di nuovo al refettorio, cosa avete fatto?"

Si levò un sommesso chiacchiericcio fra le suore; fu di nuovo suor Maria Clarissa a rispondere, dopo aver zittito le consorelle con un cenno secco della mano: "Figliuolo, abbiamo semplicemente pensato che suor Maria Concepcion avesse deciso di recarsi a messa fuori dal convento. Abbiamo bussato alla sua porta, non vedendola arrivare per le preghiere del mattino, non ricevendo risposta siamo entrate e abbiamo trovato la stanza sistemata."

Non riuscivo a capire l'atteggiamento delle consorelle di Concepcion, non la vedevano da ore e non si erano preoccupate in alcun modo? Nessun pensiero aveva sfiorato la loro mente? Non resistetti: "E non vi è sembrato strano?"

"Perché mai avrebbe dovuto? – questa volta fu suor Maria Lazzara a rispondere, con fare a dir poco perentorio, mentre era avanzata e si era messa di fianco a suor Maria Clarissa – Noi consorelle siamo molto unite, se ci fosse stato qualcosa che la preoccupava, sicuramente si sarebbe aperta con noi chiedendoci di pregare insieme il Signore per indicarle la soluzione. Abbiamo semplicemente immaginato che avesse bisogno di meditare e pregare in solitudine, come già era successo tante altre volte."

Fui sorpreso da quella risposta e chiesi se quell'atteggiamento non andasse contro le regole del convento: suor Maria Clarissa mi spiegò che, visto il passato di Concepcion e la sua fragilità, le concedevano delle eccezioni che per altre non erano previste.

Era evidente, comunque, che le mie ultime domande le avevano messe in agitazione, come se stessi insinuando qualcosa che, in realtà, non era nella mia mente. Le ringraziai, ma mentre stavo per congedarmi, mi venne in mente di chiedere un'ultima cosa: "Negli ultimi mesi ha ricevuto messaggi, lettere, telefonate o visite particolari? Qualcuno di nuovo o, magari, qualcuno di vecchio?"

"Intende qualcuno dal suo passato?" suor Maria Clarissa, che di nuovo si era avvicinata a me, mi scrutò.

"Anche." risposi, sostenendo il suo sguardo.

"Non che io sappia. Però so che aveva mantenuto i rapporti con la comunità cilena, tanto che qualche anno fa la invitarono con altri esuli a partecipare a una giornata di commemorazione al teatro Miela. Non è esattamente il luogo adatto a una suora, ma vista la tematica avevo acconsentito a che partecipasse."

Presi nota anche di questo e chiesi di poter vedere la sua cella. Fu la stessa superiora ad accompagnarmi, mentre continuava a parlarmi di lei e delle sue virtù. Non notai nulla di particolare se non la modestia degli arredi e la mancanza di oggetti particolari, l'unica cosa che mi colpì e che mi fece tenerezza fu una foto di lei da piccola con i genitori nella Bibbia che teneva sul comodino.

Mi avviai poi verso il cancello, ripercorrendo nella mente quello che avevo sentito e cercando di farmi un'idea. Mi avvicinai alla moto e presi il casco, mentre stavo per infilarlo sentii un "psss psss" alle mie spalle. Mi girai, non capendo cosa fosse. Vidi il volto rubicondo di suor Maria Patrizia che faceva capolino dal muro di cinta e faceva cenno di avvicinarmi a lei. Quando le fui a un passo, mi mise in mano un foglietto, facendolo passare tra le sbarre del cancello, e bisbigliò: "È importante, legga il biglietto!" poi scappò via. Rimasi per un po' imbambolato, fermo al centro del marciapiede a guardare il vialetto deserto. Poi mi risolsi a leggere il biglietto: *Vediamoci a via dei Navali oggi alle 15. Sarò sola. Mi raccomando, venga!*

Tornai in agenzia e mi chiusi nel mio ufficio, continuavo a chiedermi cosa potesse avere di così importante e compromettente da rivelarmi suor Patrizia, tanto da non potermene parlare davanti alle consorelle. Ripresi il *dossier* nella speranza di notare qualcosa di più. Rilessi nuovamente tutto da cima a fondo e mi focalizzai sul cadavere: il *dossier* riportava la presenza di segni non meglio descritti che potevano far pensare a un atto sadico o a un rituale satanico. Era una cosa che mi aveva colpito molto fin dalla prima lettura: la violenza gratuita mi scuoteva sempre nel profondo, mi terrorizzava l'idea che qualcuno ne potesse trarre piacere, non a caso le mie notti erano state turbate da sogni particolari. E ora che avevo sentito parlare di Maria Concepcion, che mi sembrava quasi di conoscerla, mi rifiutavo di credere che quell'odio potesse essere rivolto verso di lei, che appariva quasi una vittima sacrificale.

Guardai l'orologio e mi accorsi che erano già le 14.30, mi avviai verso il luogo dell'appuntamento senza pranzare, di nuovo. Arrivai con largo anticipo, ma non potevo rischiare di mancare quell'incontro, iniziai a passeggiare su e giù per il marciapiede, finché non la vidi svoltare l'angolo: suor Maria Patrizia si muoveva leggera nonostante la sua mole ingombrante e non appena mi vide il suo viso si allargò in un sorriso sincero e iniziò a sventolare velocemente la mano destra in segno di saluto: "Ci vogliamo prendere un caffè, Tony?"

"Oh, ma volentieri!"

Entrammo in un bar lì vicino, ne approfittai per prendere anche un tramezzino.

"Certo che ha un bell'appetito lei, eh? Segno di buona salute!"

Sorrisi: "In realtà è il mio pranzo. Mi dica, piuttosto, cosa deve dirmi di così importante?"

Suor Maria Patrizia iniziò a giocherellare con la tazzina; beveva un sorso di caffè, poi la posava, cercava di sistemarla sul piattino, poi la riprendeva e la portava alle labbra di nuovo ma senza bere, prendeva un respiro, poi la posava di nuovo: "Vede io... io conoscevo molto bene Concepcion. È grazie a lei se io sono diventata una sposa del Signore. Era una persona straordinaria, che illuminava chiunque incrociasse il suo cammino, era umile, gentile, servizievole: era un modello per tutte noi. I bambini la adoravano. Era davvero una brava suora." e continuava a fissarmi mentre annuiva.

"Questo mi è chiaro. Cos'altro dovrei sapere di lei?"

"Be', io so chi è l'uomo con la *kippah* di cui ha parlato suor Maria Graziella."

"Ah, interessante. – presi il cellulare dalla tasca – E chi è?"

Si portò una mano al collo, si guardò intorno e poi sussurrò avvicinandosi a me il più possibile: "Il suo amante."

Rimasi gelato, il dito si bloccò sulla tastiera delle note, alzai lo sguardo verso di lei: "Come, scusi?"

"Lei non deve pensare male di Concepcion! Gliel'ho detto, era una suora straordinaria! Solo che si era innamorata."

"Non capisco."

Sospirò: "Posso comprendere che sembri strano. Io stessa, quando me l'ha confessato, non riuscivo a crederci e ho cercato di dissuaderla, noi siamo le spose del Signore, è lui il nostro innamorato! Eppure

Concepcion era così pura, che anche l'amore terreno in lei assumeva una luce diversa, più nobile, più alta. La avvicinava a Dio ancora di più."

"E lei conosce quest'uomo? Sa da quanto tempo si frequentavano? Quando si vedevano?"

"Non lo conosco, no. Non so nemmeno come si chiama, ma quando è venuto al concerto l'ho notato e lei mi ha confermato che era lui. Si frequentavano da qualche anno, credo, non ho insistito con le domande; io lo so da un paio di anni, comunque, e la coprivo quando usciva."

"Usciva?" ero sempre più stordito, mi ronzavano anche le orecchie.

"Certo! Per incontrarlo! Di notte... non spesso, ma quando accadeva io la aiutavo a uscire dal convento senza essere vista."

Chiesi se uscisse di notte vestita da suora e suor Patrizia mi disse che usciva con l'abito, ma sgattaiolava nel buio da un cancello secondario. Trasecolai.

Il castello che avevo costruito nella mia mente attorno a quella storia stava andando in pezzi. Mi sforzai di tenerlo su: "Lei pensa che questa persona possa aver fatto del male a suor Maria Concepcion?"

"Oh Santo Cielo, non lo so, non ci avevo nemmeno pensato! – si fece il segno della croce – Ho pensato che potesse essere importante, ma non volevo dirlo davanti alle consorelle, sa... non volevo sporcare la memoria di Concepcion, non penso che loro avrebbero capito."

Comprendevo perfettamente la preoccupazione, la cautela e il desiderio di difendere l'amica e di proteggerla. Le dissi che aveva fatto benissimo a informarmi e che sarei andato sicuramente alla ricerca di quest'uomo, quanto meno per parlarci. Le garantii che avrei agito con la massima riservatezza e che avrei provato a mio modo a proteggerla anch'io.

"Sa, non riesco a non pensare a una cosa: quando ho bussato alla porta di Concepcion sabato sera, non avendo ricevuto risposta, l'ho aperta e ho visto che non c'era. Alle consorelle però non ho detto nulla, perché pensavo che fosse con lui! A loro ho detto che non mi aveva risposto e che io non avevo insistito, però non lo so, Tony, non so darmi pace! Forse se avessi detto qualcosa, se avessi detto che non c'era, anche la mattina dopo, magari saremmo uscite a cercarla! Avremmo avvisato qualcuno! Magari sarebbe ancora con noi! Non riesco a perdonarmi."

Rassicurai suor Patrizia: anche se in cuor mio credevo che fosse stata un'incosciente a non dir nulla del fatto che Concepcion non fosse in stanza, capivo che l'aveva fatto per proteggere un'amica. Una volta salutata Patrizia e uscito dal bar, mi misi sulla strada del ritorno in agenzia e pensai al vescovo e alle parole che mi aveva rivolto, alla sua preghiera di coprire eventuali scandali. Non era sicuramente la stessa richiesta che mi aveva appena fatto Patrizia, anche se a prima vista poteva sembrare. Gli intenti erano ben diversi, ma non erano necessariamente in conflitto tra loro. Avrei prima cercato quest'uomo fantomatico con la *kippah*, per capire se potesse avere un nesso con l'omicidio: se la risposta fosse stata negativa, sarebbe stato inutile metterne a parte il vescovo.

Parcheggiai davanti all'agenzia, avevo la mente stipata, avevo bisogno di parlare con qualcuno di quello che avevo appena scoperto. Quando aprii la porta trovai Adalgisa, curva sulla scrivania di Chiara a sistemare delle carte: "Dov'è Chiara?" chiesi,

"Ciao Tony, Chiara è uscita a prendere un caffè."

"Ah, quindi siamo soli?"

Adalgisa mi guardò con la sua solita faccia da pesce lesso: "Perché?" chiese poi.

"Ho bisogno di ragionare su una questione riservata..."

Lei mi interruppe: "La storia del vescovo? – annuii, lei alzò gli occhi al cielo – *Ma no podevo andar a tampinar el marì beco?! Va be', dei, andemo nel tuo ufficio.*" e si incamminò precedendomi.

Una volta seduti, le raccontai la vicenda di Concepcion e le feci vedere il *dossier* che mi aveva dato padre Angelo. Lei lo studiò con attenzione e mi chiese se mi fossi già fatto qualche idea. Non le avevo ancora detto niente dell'amante della suora, pensavo di tenerlo per me, a meno che non fosse stato proprio necessario ammetterlo. Dissi quindi che avevo le idee confuse ma che la cosa che mi aveva più colpito erano quei segni sul corpo: "Non ti sembra la descrizione di una vittima sacrificale?"

"Credi che ci sia qualche rito satanico di mezzo?"

"Ci ho pensato e forse ci ha pensato anche il vescovo. Giustificherebbe il fatto che sia così preoccupato che io possa divulgare informazioni."

Adalgisa si appoggiò allo schienale della sedia e prese a tamburellare le dita sulla scrivania mentre guardava in aria con fare distratto. Poi improvvisamente esclamò: "Sai che io conosco dei satanisti?" e mi fissò con i suoi occhi da triglia.

"*What the fuck*?! Ma che dici, Adalgisa, i satanisti sono persone pericolose, come ti viene in mente di frequentarli?!"

Adalgisa fece spallucce: "Ma veramente loro sostengono che Satana sia libertà e amore e che non abbia niente a che vedere con il diavolo, anche se sinceramente soprattutto quest'ultima affermazione mi ha lasciato sempre perplessa."

"Non capisco."

Agitò la mano per dirmi di lasciar perdere e mi chiese se volessi qualche contatto per poter parlare direttamente con qualcuno di loro. Esitai, ero un po' intimorito all'idea di incontrare dei satanisti.

Adalgisa ridacchiò: "Hai paura che ti convertano? Eh, capisco, il diavolo è un seduttore, è difficile resistergli!" disse facendomi l'occhiolino, io sgranai gli occhi: "Ada, ma cosa dici?! Io sono un investigatore serio e, se il satanismo è una pista, la percorrerò. Dammi quei contatti."

"*Mama mia, te son sai peso!* – prese il cellulare e selezionò la rubrica, poi ricopiò su un foglio alcuni nomi con dei numeri di telefono – Sono dei miei amici di quando andavo all'università, fanno parte di una *band metal* di qui vicino, di Gorizia. Sempre che abitino ancora lì. Puoi dir loro che ti ho dato io il loro numero."

Mi ripromisi di contattarli tutti il giorno successivo, poi io e Adalgisa continuammo a lavorare su altri casi.

Il giorno dopo, rientrato dalla mia consueta corsa mattutina, dopo una doccia tonificante, mentre preparavo la mia colazione iperproteica, composi il primo dei numeri che mi aveva scritto Adalgisa: il nome corrispondente al numero era Peretta. Dopo tre squilli, dall'altro capo del telefono, udii una voce profonda e roca che biascicò: "*Chi cazzo xè a sta ora?*"

"Oh, mi scusi, signor Peretta, sono Tony Della Rocca, un investigatore privato, buongiorno..."

"Buongiorno un cazzo, – mi interruppe, brusco – *xè l'alba!* – rimasi interdetto, non sapevo cosa rispondere – *Oramai te me ga sveià, dime cossa te vol!*"

"Oh, mi ha dato il suo numero Adalgisa Dentici, se la ricorda?"

Peretta fece dei rumori con la bocca, evidentemente ancora impastata dal sonno: "*Ah, arcamàre!* – disse poi, come illuminandosi – *Come no, quela che se faseva Augusto. Ghe xè sucesso qualcossa?*"

Ma che commento volgare, pensai. Sono proprio queste visioni a svilire la figura della donna. E poi, Adalgisa?! Una così brava ragazza, una madre di famiglia... ero veramente indignato ma mi contenni e glissai: "No, no, lei lavora con me, è un'investigatrice anche lei. Stiamo seguendo una pista riguardo a un omicidio, avremmo bisogno di informazioni sul satanismo e so che voi avevate contatti con l'ambiente."

"*Eh, magari li gavessi 'vù per vero, desso non saria disocupa'! Fortuna che la mia compagna la lavora in un negozio del centro e la me mantien, se no no' poderia bever e drogarme tuto el giorno... tanto, gira gira, di qua o di là xè sempre cese!*"

Mi dispiacque per quell'uomo, dietro il suo apparente cinismo sembrava nascondersi un profondo scoramento, condito da chissà che delusioni.

"Oh, capisco, quindi lei non ha più contatti con i satanisti, non sa dirmi dei nomi di alcuni di loro a Trieste?"

"*Ma no, già no go più raporti con quei pochi de Gorizia, quei de Trieste no' li go mai conossudi! Quindi se no te servi altro te lasso e vado a squaiar, se no no' me sveio.* Ciao."

Attaccò senza lasciarmi il tempo di rispondere. Rimasi per un attimo a guardare il telefono, poi sentii sfrigolare le mie uova: erano cotte al punto giusto e le versai nel piatto. Non riuscivo a capacitarmi che Adalgisa avesse potuto frequentare un ambiente del genere. E poi chi era quell'Augusto? Notai che era il secondo della lista, lo avrei chiamato non appena avessi finito la mia colazione.

Questa volta, a rispondere al terzo squillo fu la voce metallica della segreteria telefonica. Lasciai un messaggio, pregando di richiamarmi e passai alla terza telefonata: il nome era quello di una ragazza, che si chiamava Gloria. Mi parlò molto bene di Adalgisa, anzi in realtà mi sembrava che ne parlasse con un trasporto eccessivo. Lei, a differenza degli altri elementi della *band* con cui comunque aveva mantenuto i contatti, viveva ora a Trieste e insegnava batteria al teatro Miela. Ebbi un sussulto: era lo stesso teatro che mi avevano nominato al convento. Mi spiegò che anche lei non frequentava più gli ambienti satanisti, ormai da diversi anni, e che, comunque, per loro era sempre stato poco più che un gioco. Tuttavia il nome Concepcion le suonava e mi consigliò quindi di andare a parlare con un tale Pasquino, che avrei trovato sicuramente recandomi al teatro.

Ringraziai, le dissi che avevo già contattato anche il signor Peretta. Lei si mise a ridere: "Signor Peretta?! Ma quello si chiama Enrico, è un tossico! Peretta è il soprannome!"

Mi sentii un po' in imbarazzo e me la presi dentro di me con Adalgisa: avrebbe anche potuto specificare che era il soprannome e non il cognome! Approfittai a quel punto, per evitare altre figuracce, per chiederle notizie di Augusto e del quarto nome che Adalgisa mi aveva scritto: Umby. Mi spiegò che Augusto aveva abbandonato completamente la musica ma forse poteva avere ancora dei contatti. Umby, cioè Umberto, era invece morto qualche anno prima in seguito a un'*overdose*. Mi rammaricai e porsi le mie più sentite condoglianze a Gloria, poi, senza pensarci su due volte, presi la giacca e uscii.

Il teatro si trovava nell'edificio che una volta accoglieva la Casa del Lavoratore Portuale: *Dom Pristaniškili Delavcev*, recitava la scritta che campeggiava sulla facciata d'ingresso. Mi ricordai quando passavo di lì insieme a Dobriana e tentavo di leggere quelle poche parole in sloveno, sbagliando ogni volta la pronuncia. Lei rideva e lo rileggeva nella maniera giusta: "Non riuscirò mai a pronunciarlo bene!" dicevo io e lei rispondeva ogni volta: "Abbiamo tutta la vita!"

Una stretta al cuore mi scosse: chissà dov'era ora Dobriana. Scacciai dalla mente quelle immagini e mi incamminai verso la vetrata d'ingresso. Salii le poche scale che mi separavano dalla porta e afferrai la maniglia, ma non riuscii ad aprire. Un tizio appoggiato alla ringhiera della rampa lì davanti, intento a prepararsi una sigaretta, sollevò lo sguardo su di me: "Ma non vedi che è chiuso? Prima delle 11 non trovi nessuno."

"Le 11? Così tardi?"

"Ragazzo, io capisco che tu sei di un altro mondo – mi squadrò dalla testa ai piedi con aria di sufficienza – ma qui lavora gente che poi rimane in piedi fino alle 3 di notte, vogliamo farli dormire ogni tanto?"

Sorrisi, gli spiegai che ero lì per lavoro, che ero un investigatore privato e che avevo bisogno di alcune informazioni. Mi chiese se stessi cercando qualcuno in particolare e io feci il nome di Pasquino: "Allora sei fortunato, ce l'hai davanti: sono io, la voce della città! – e allargò le braccia con fare teatrale come il Cristo del Corcovado – Come posso aiutarti?"

Era stato più facile di quanto immaginassi, così andai subito al sodo: "Lei conosce Concepcion de Almeida?"

Pasquino si fermò a pensare, rigirandosi la sigaretta tra le dita e guardando in alto con gli occhi stretti, poi sembrò illuminarsi: "Ma certo! È stata qui una decina di anni fa, avevamo organizzato una commemorazione per l'11 settembre."

Aggrottai le sopracciglia: "Le Torri Gemelle? Ma che cosa c'entra Concepcion con New York?"

"Ma no, non le Torri Gemelle! L'ALTRO 11 settembre, il colpo di Stato di Pinochet in Cile, nel '73. Ha presente?"

Mi colpii la fronte: "Ah sì, certo, che stupido! Conosco la storia personale di Concepcion!"

"È stato bello per noi averla qui come testimone. Devo dire che mi colpì molto! Non mi sarei mai aspettato che una suora venisse qui!"

"Perché?"

"Be' non so, è un posto in cui gira gente – indugiò – alternativa, anche stravagante... e poi non immagino una suora in un evento mondano. Ma magari è un mio preconcetto!"
"E l'ha più rivista dopo quella volta?"
Esitò un po' prima di rispondere, mugugnando qualcosa: "Non mi pare, – disse infine – se non sbaglio però ha mantenuto i contatti con Emmanuel, il Direttore Artistico del teatro."
Mi segnai quel nome, lo ringraziai e andai via. Mentre camminavo verso l'agenzia ricevetti una telefonata: era Augusto, l'amico di Adalgisa. Era diventato direttore di filiale, un banchiere insomma, e non aveva più molti contatti con gli ambienti satanisti, anzi quasi sembrava che non li avesse mai frequentati. Anche quando nominai Adalgisa mi rispose in modo brusco, mi disse che era sposato e che aveva due figli, cosa che avevo l'impressione non c'entrasse molto con l'argomento della nostra discussione. Capii che non avrei scoperto niente di interessante da lui e quindi lo salutai.
Arrivato in agenzia, mi misi nel mio ufficio a ricopiare gli appunti che avevo preso nelle note del cellulare, cercando di dar loro un ordine: c'erano ancora troppi elementi confusi per avere un quadro d'insieme organico che mi permettesse di formulare un'ipotesi. Avevo bisogno di parlare con qualcuno che fosse più addentro alla questione, così pensai di rivolgermi a don Stanislao: era stato lui a contattarmi per primo e sicuramente sarebbe stato disponibile ad aiutarmi, peraltro mi sembrava molto più coinvolto da un punto di vista umano rispetto agli altri prelati. Decisi di chiamarlo.
"Figliuolo, – mi rispose subito, con la sua voce bonaria – che piacere sentirla! A cosa devo il piacere di ricevere una sua telefonata?"
"Padre, ho bisogno del suo aiuto, vorrei confrontarmi con lei su suor Maria Concepcion. Ho un'ipotesi ma è ancora troppo vaga. Pensa che potremmo incontrarci?"
"Ma certo, figliuolo, oggi alle 19, dopo la messa. Anzi, se vuol arrivare prima e assistere alla funzione, sarebbe una gioia averla con noi: faremo anche una preghiera per Concepcion."
Gli assicurai che avrei cercato di partecipare alla messa, e lo ringraziai molto per la sua disponibilità: era quella l'idea che avevo di un padre spirituale.

Mi guardavo intorno: quella chiesa era insieme semplice e calda, austera e imponente. Le colonne che dividevano le due navate laterali dalla centrale conducevano il mio sguardo direttamente al mosaico dell'abside che, illuminato dal grande lampadario centrale, riluceva di bagliori dorati. Mi avvicinai all'acquasantiera e, dopo essermi bagnato le dita, mi feci il segno della croce e mi sedetti su una delle panche delle ultime file.

L'omelia fu particolarmente sentita e mi colpì nel profondo. Prendendo le mosse dal passo del vangelo di Marco in cui Gesù decide di guarire la mano paralizzata di un uomo benché fosse sabato e per questo viene accusato dai Farisei. Don Stanislao parlò di come i comportamenti, anche finalizzati al bene, possano venire equivocati e strumentalizzati da coloro che credono di essere nel giusto e di quanto, quindi, sia importante mirare sempre al bene anche a discapito del rispetto delle regole, se queste non sono dettate dalla Legge di Amore. Il mio pensiero volò subito a suor Concepcion: chissà se don Stanislao sapeva del cedimento di lei e credeva che, magari, qualcuno la avesse punita per questo. In fondo, anche il vescovo aveva paventato l'ipotesi che fosse stata corrotta: tutto sembrava coincidere. Ma quei segni? Se avessi potuto vederli almeno in foto, forse mi sarei potuto fare un'idea più precisa.

Mentre ero assorto nei miei pensieri, una signora minuta si alzò dalle prime file, si posizionò dietro al leggio e iniziò a leggere le sue intenzioni. Sorrisi al ricordo di me che, durante la cerimonia dei Baccalaureati, nella chiesa di Santa Monica, leggevo un brano in italiano, suggellandolo poi con un "*We pray to the Lord*" che invitava tutti i presenti a unirsi nella preghiera.

Alla fine della Messa mi recai in sagrestia, dove don Stanislao si stava togliendo i paramenti. Mi avvicinai a lui e gli feci i complimenti per la sua omelia, lui fu molto contento di vedermi e di sapere che avevo assistito alla messa. Mi disse di accomodarmi, io presi posto su una sedia accanto a lui e iniziai a raccontargli quello che avevo scoperto su Concepcion: volevo capire se sapeva dell'amante della suora e, in caso affermativo, volevo che fosse lui a dirlo a me e non il contrario. Tornai poi a commentare la sua omelia e conclusi: "Secondo lei, se volessimo riportare quell'esempio al caso di suor Maria Concepcion, sarebbe pensabile ipotizzare che qualcuno avesse voluto punirla per un suo atteggiamento non del tutto canonico?"

Don Stanislao mi guardò stringendo gli occhi: "Ma no, figliuolo, lei ha frainteso. L'esempio si può certo riportare a suor Maria Concepcion, ma non nel senso che crede lei!"

"Ma lei ha dei sospetti?"

Si guardò intorno come a volersi accertare che fossimo soli: "I Farisei del passo di Marco sono i satanisti!" disse poi. Rimasi un attimo perplesso: "Scusi, non ho afferrato!"

Don Stanislao sospirò: "Figliuolo, il Maligno si annida anche tra noi."

"Vuol dire che lei sa di qualcuno in particolare?"

Don Stanislao annuì, grave: "Le dico che non mi fido affatto di uno dei confratelli del convento dei Cappuccini. – fece un cenno per farmi avvicinare – Fra Bernardo." disse in un soffio.

Avevo già sentito quel nome. Mi ricordai che me l'aveva nominato una delle suore fra i frati che gestivano il doposcuola, mi ricordai anche che era stato proprio lui, a detta sua, a dividere Concepcion dal genitore che l'aveva aggredita verbalmente durante la giornata delle famiglie. Forse questo poteva significare che tra loro ci fosse un rapporto più stretto, che si conoscessero insomma, e se Fra Bernardo era un membro di qualche setta satanica, forse lo era anche lei, magari aveva tentato di uscirne e per questo era stata uccisa.

"Lei pensa che anche suor Concepcion potesse aver ceduto a... tentazioni demoniache?"

Don Stanislao inspirò a lungo: "Questo non so dirglielo, ma certo quei segni sul corpo sono un po' sospetti. Povera anima, dopo tutto quello che aveva passato, ci si è messo anche il Maligno a traviarla!"

Fui molto colpito da quell'esternazione, don Stanislao mostrava una grande umanità e un grande affetto nei confronti di Concepcion, non l'avrebbe giudicata in alcun modo neppure se avesse saputo che era entrata in una setta satanica, fui tentato per un attimo di dirgli che aveva un amante ma mi trattenni. Continuammo a parlare per un po', poi lo lasciai, chiedendogli però informazioni su Fra Bernardo che avrei voluto incontrare quanto prima. Lui mi disse che lo avrei trovato la mattina successiva a messa. Solitamente i frati erano lì di mattina e poi si dedicavano a opere di carità.

Dopo quel colloquio rientrai direttamente a casa, senza passare dall'agenzia. Mentre cucinavo, con Lucifero che mi si strusciava sulle gambe, continuavo a pensare a quella storia e a tutti i suoi possibili risvolti. La vicenda di Zeno e Alina mi aveva insegnato che non dovevo essere frettoloso nel dare giudizi e che non dovevo fidarmi delle apparenze. Come era possibile distinguere il bene dal male se addirittura tra i religiosi c'erano dei satanisti? Non dovevano essere proprio loro, i religiosi, a stare dalla parte giusta della barricata?

Ancora una volta bene e male, giusto e sbagliato, si mescolavano in una matassa di cui non riuscivo a individuare il bandolo.

La mattina successiva, all'ora che mi aveva suggerito don Stanislao, presi la moto e andai a San Giusto. Appena varcata la soglia della chiesa, mi fermai di fianco all'acquasantiera e cercai di individuare i frati cappuccini, che, come vidi, erano tutti seduti nelle prime file. Non conoscevo questo Fra Bernardo e don Stanislao mi aveva dato una descrizione piuttosto vaga: sui 45 anni, capelli castani, occhi castani, altezza media, corporatura media. Praticamente come l'ottanta per cento degli uomini presenti a Trieste.
Erano tutti piuttosto lontani da me e di spalle e, per quanto mi sforzassi, non riuscivo a vederli nel dettaglio. In quel momento don Stanislao pronunciò la formula di rito: "La messa è finita, andate in pace." E via via tutti i presenti iniziarono a muoversi verso l'uscita. I frati erano rimasti a cantare: sperai in cuor mio che non uscissero passando dalla sagrestia. Per mia fortuna, alla fine del canto, li vidi mettersi in fila indiana e avviarsi verso il portone principale. Mentre mi sfilavano davanti, scrutai i loro volti cercando di individuare a prima vista un segno di quel satanismo di cui don Stanislao sospettava. Riconobbi anche, per ultimi, i cappuccini che avevo visto la mattina del rinvenimento del cadavere al bar: uno di loro, cereo in volto e con guance scavate, non appena mi oltrepassò inforcò un paio di occhiali da sole. Mi ricordai di quello che mi aveva detto una delle suore, che Fra Bernardo indossava sempre degli occhiali da sole perché forse aveva una malattia agli occhi: doveva essere lui. Mi venne in mente che anche quella mattina al bar c'era un frate con gli occhiali da sole, che gli altri frati avevano additato come se fosse ambiguo.
Uscii sul sagrato e lo chiamai per nome sperando che si girasse.
"Sta cercando me?" mi chiese, sfilandosi gli occhiali per guardarsi attorno con aria circospetta,
"Se lei è Fra Bernardo, allora sto cercando lei. – lui annuì – Mi dica, lei conosceva suor Maria Concepcion?"
"Sì certo, veniva qui due volte a settimana per il doposcuola, insieme a una sua consorella. Ma lei chi è? – mi presentai porgendogli la mano, che lui guardò ma non strinse – E io cosa posso fare per lei?"
Mi bloccai per un attimo. Non avevo assolutamente una strategia per spingerlo a svelarmi quello che mi ero proposto di scoprire. Non avrei

certo potuto chiedere a bruciapelo a questo frate, che sembrava del tutto normale, se fosse satanista.

Lui notò la mia esitazione e rinnovò la domanda: "Posso fare qualcosa per lei?"

Decisi di girare intorno al problema e di provare ad avvicinarlo chiedendogli un aiuto, perciò, dopo averlo invitato a bere un caffè, iniziai a porgli una serie di domande generiche sui suoi rapporti con la suora morta. Dalle sue risposte, che erano per la gran parte evasive, capii che la sua conoscenza non solo di Concepcion ma di tutte le altre suore e anche di tutti gli altri frati, era molto superficiale, quasi che preferisse starsene per conto suo. Pensai che questo potesse essere un tratto che confermava la sua adesione al satanismo. Gli chiesi delucidazioni sulla lite fra Concepcion e il genitore, durante la giornata delle famiglie. Mi raccontò che, durante quel pomeriggio, aveva visto un papà avvicinarsi a Concepcion con fare aggressivo, brandendo un foglio di carta da disegno colorato su un lato, e lo aveva sentito accusare la suora di non sorvegliare sufficientemente i bambini, che dovevano essere guidati nei loro disegni, e che tutto si sarebbe aspettato tranne che il figlio tornasse da un doposcuola cattolico con un disegno che raffigurava il diavolo. Mi raccontò poi che Concepcion si era irrigidita e messa sulla difensiva, che aveva detto di non aver visto la bambina fare questo disegno e comunque che non riuscivano a seguire tutti i bambini; continuava a cercare di giustificarsi con quel papà in una maniera che gli era sembrata grottesca e aveva quindi deciso di avvicinarsi per capire meglio e, magari, aiutarla.

"Quando sono arrivato abbastanza vicino a loro, ho preso dalle mani di questo signore il disegno e sono scoppiato a ridere: lo sa cosa aveva disegnato di così scandaloso questa bambina?! Eddie degli Iron Maiden! – accennai una risata anche io, quasi quasi erano più aperti i religiosi che alcuni genitori bigotti – Spiegai al papà chi fosse il personaggio ritratto da sua figlia e gli dissi anche di ascoltare la *band*, che fa ottima musica! Lui lì per lì ha borbottato ma poi se ne è andato, anche se continuava a lagnarsi. Povera bambina, è così carina, io questi cattolici proprio non li capisco!"

Aggrottai la fronte all'esclamazione di Fra Bernardo e rimasi in silenzio per un attimo, poi mi venne un'idea: "E ha parlato di questo con Concepcion?"

Fra Bernardo disse che sì, aveva parlato con lei di questo, che le aveva chiesto come mai fosse rimasta così inerme davanti a una tale sciocchezza, a un tale bigottismo, a una tale ristrettezza di vedute: un bambino forse non era libero di fare un disegno? Di dare libero sfogo alla sua immaginazione? C'era forse qualcosa di male nell'ascoltare il *metal*? Lei aveva risposto che in parte concordava con lui, ma che, dal suo punto di vista, il genitore era nel giusto: se aveva mandato la figlia in una scuola cattolica si aspettava che ricevesse un'educazione cattolica. Per di più si era accalorata molto parlando di alcune tendenze all'interno della musica *metal* non solo vicine al satanismo ma anche che istigavano al suicidio e dunque potenzialmente pericolose per la mente influenzabile di un bambino: suor Concepcion aveva ribadito che era una missione delicata educare e proteggere i bambini che erano stati affidati loro. Aveva punteggiato il suo discorso anche con esempi, citando i Mayhem e gli episodi di cronaca nera legati ai loro spettacoli e all'associazione *Inner circle* a cui, probabilmente, erano legati: fra Bernardo mi disse di essere rimasto molto colpito dalla sua conoscenza così approfondita di quel tema, tuttavia aveva controbattuto che non si poteva fare di tutta l'erba un fascio: "Un conto sono i reati, un altro conto sono i loro ispiratori, se così possiamo definirli. Certo che i bambini vanno protetti ed educati al bene, ma devono conoscere anche il male per poter scegliere consapevolmente. Non si può impedir loro di esprimersi, imbrigliando la loro curiosità e la loro voglia di conoscere. A volte potrebbe essere addirittura controproducente."

Decisi di stuzzicarlo: "Non ho capito bene, quindi secondo lei il male è una via percorribile se la si sceglie consapevolmente?"

Avvampò in volto: "Ma no, assolutamente no! Intendevo che bisogna conoscere il male per evitarlo consapevolmente. – tossicchiò – Ora mi scusi, ma devo andare. Buona giornata." e si allontanò frettolosamente.

Rimasi fermo a fissarlo mentre si eclissava: era un personaggio molto particolare e, a suo modo, seducente. Molte delle cose che aveva detto erano condivisibili, ma c'era qualcosa che non mi convinceva del tutto. Chissà se anche Concepcion la vedeva come me. Mi venne in mente che forse anche lei aveva percepito qualcosa di strano in quel frate apparentemente ragionevole e di buon senso, e che forse volendo sapere di più su di lui avesse scoperto qualcosa di troppo che le era costato la vita. Decisi di andare in agenzia e fare delle ricerche sul satanismo e in particolare su questo frate. Prima, però, passai in sagrestia per salutare don Stanislao, riferirgli che avevo parlato con fra Bernardo e che avevo intenzione di approfondire. Gli chiesi se conoscesse il suo cognome e qualche particolare in più. Lui mi disse che il nome al secolo era Bernardo Licitra e che era arrivato al convento cinque anni prima, da fuori regione. Non si ricordava, però, di dove fosse originario. Gli dissi che non c'era problema, che avrei trovato io le informazioni. Ringraziai e me ne andai.

Quando guardai l'orologio alla base dello schermo, notai che erano già le 17.40: gli occhi mi bruciavano, ero fisso davanti al pc già da due ore. Non riuscivo a smettere di leggere le notizie che mi comparivano davanti, richiamandosi l'un l'altra. Avevo iniziato digitando su Google 'musica metal satanismo' e mi era comparsa immediatamente la pagina di Wikipedia sul *black metal*. L'avevo scorsa e mi ero reso conto che quello che aveva detto fra' Bernando corrispondeva al vero: il *metal* era tutto e il contrario di tutto. Avevo scoperto in un attimo che esistevano gruppi di *black metal*, cioè satanisti, e di *unblack metal*, cioè cristiani; alcuni marxisti e altri nazisti, insomma era un universo a dir poco variegato. Poi mi ero soffermato sulla parte relativa ai fatti di cronaca: erano numerosi i casi in cui si erano registrati violenze e crimini contro le istituzioni cristiane, chiese date alle fiamme o tombe profanate, oltre a omicidi a sfondo omofobico o razzista e suicidi degli stessi musicisti.

Mi era venuto in mente che fra Bernardo mi aveva detto che un conto sono i crimini e un altro sono gli ispiratori, condannando i primi ma non i secondi, ma dalle mie ricerche mi era apparso chiaro che fosse, se non impossibile, di certo molto difficile separare le due cose. Poteva forse la sua affermazione, a ripensarci neanche troppo convinta, essere un tentativo di nascondere un qualche coinvolgimento nel fenomeno?

La ricerca aveva prodotto molti risultati, ma non riuscivo a districarmi: aprii ancora un paio di siti ma non riuscii a trovare informazioni utili. Sentii la voce di Adalgisa che salutava Chiara, mi alzai di scatto dalla scrivania e mi affacciai alla porta: "Ada, mi puoi dare una mano, per favore?"

Mi guardò con gli occhi tondi, mentre prese a stringere forte a sé dei *dossier*: "Veramente pensavo di rientrare a casa tra una mezz'ora e devo finire la relazione per il caso che sto seguendo. – aprii la bocca per dire qualcosa – E il mio ex mi riporta il bambino tra esattamente mezz'ora, non posso lasciarlo per strada, mia madre non c'è!"

“Sì sì, non ti preoccupare, ti farò tornare in tempo. La fai domani, la relazione!"

Adalgisa alzò gli occhi al cielo, ma acconsentì a seguirmi, sbuffando. La feci sedere accanto a me e le mostrai i risultati della mia ricerca su Google. Mi guardò perplessa: “Che ti serve?"

“Secondo te quale di questi siti può essere il più utile e affidabile per avere informazioni sul *black metal* in Italia?"

Sospirò, si avvicinò al pc e iniziò a scorrere la pagina al mio posto, osservando attentamente lo schermo. A un certo punto si fermò: “No! Non ci credo! Esiste ancora questo *forum*? – la guardai perplesso mentre lei si illuminava aprendo una pagina – Adesso ti faccio vedere subito la mia foto e il mio *nickname*. Guarda, guarda, eccomi: GothicAda! – puntò il dito contro lo schermo a indicare una foto di quattro tizi vestiti di pelle nera e con il cerone bianco in faccia – Ho scritto io questo intervento sui Libido Daemonii! Sono quelli con cui ti ho fatto parlare. – Si girò verso di me – A proposito, ci hai parlato?"

“Sì, sì. Uno è morto, tra l’altro."

Adalgisa sobbalzò, mi chiese di chi si trattasse e come fosse successo, fu sinceramente colpita dalla notizia e mi dispiacque di avergliela data con una tale leggerezza. Poi notai un commento sul *forum* firmato da un tale LuciBer: era punteggiato di richiami alle Sacre Scritture. Chiesi ad Adalgisa se lo conoscesse.

“Come no! Bernie! Suonava pure lui in un gruppo: gli Ukonvasara. A un certo punto si sono dovuti sciogliere perché uno dei membri si stava legando alle Bestie di Satana, hai presente?"

Feci un rapido collegamento, le Bestie di Satana erano di Varese, mi sembrava assurdo ma chiesi ad Adalgisa conferma del mio dubbio: “Sai per caso il nome di questo Bernie?"

Lei iniziò a tamburellarsi sul mento con l’indice, mentre guardava in alto: “Si faceva chiamare LuciBer perché si chiamava Bernardo Luci... Lici... qualcosa del genere."

Sgranai gli occhi: “Bernardo Licitra?"

“Sì! Proprio lui! – Adalgisa sbatté sonoramente i palmi uno contro l’altro, poi mi piantò gli occhi in faccia – Ma tu come lo conosci?"

Mi venne da sorridere: “È uno dei frati di San Giusto, ci ho parlato proprio stamattina."

Adalgisa aprì la bocca come un pesce rosso: “Un frate?! – esclamò poi – *Arcamàre*! Non ci si crede! Era un satanista più che convinto, quando si sarà convertito?"

"E chi ti dice che si sia convertito?" dissi alzando il sopracciglio.

"*Ma xè sta' lui?!*"

Inspirai forte dalle narici: "Ci sto lavorando. Sai dirmi qualcosa in più su di lui e sul suo rapporto con i religiosi e in particolare con la Chiesa, oltre che con le donne?"

Adalgisa si appoggiò allo schienale della sedia: "Sinceramente non lo conoscevo bene, anzi non lo conoscevo proprio, se non per gli interventi sul *forum*. L'ho visto solo una volta a un concerto, comunque anche nei testi del suo gruppo c'erano spesso riferimenti a passi religiosi. Hai visto anche in quel commento? Era così sempre. Ma non saprei dirti di più. Chissà, ora che mi hai fatto pensare a questa cosa, mi sta venendo in mente che forse si è fatto frate per scardinare la Chiesa dall'interno."

Ridacchiai: "E ha cominciato uccidendo una suora? Ci vorrà molto tempo per completare la sua opera."

"Be', magari è un *serial killer*. Alla terza suora morta, dovrai venire a chiedermi scusa! – Adalgisa guardò il telefono e si alzò dalla sedia – La mezz'ora sta per scadere, vado da mio figlio. Buona serata, capo!"

La salutai con un sorriso e un cenno della mano e continuai a leggere il *forum* o, meglio, a tentare di farlo. Nella mia mente ormai c'era posto solo per un unico pensiero fisso: un *serial killer* delle suore? E Martina chi l'avrebbe sentita?

Dobriana correva a pochi metri da me, i suoi piedi sembravano appena sfiorare la sabbia dorata bagnata dalle onde dell'oceano. La rincorrevo senza riuscire mai a raggiungerla, quando stavo quasi per sfiorarla, in un lampo, la vidi al centro di un palco di legno, con un'enorme coccarda blu, bianca e rossa alle sue spalle a fare da sfondo. Mi stropicciavo gli occhi, poi sentivo che intonava: *"From the Halls of Montezuma, to the shores of Tripoli, we fight our country s battles in the air, on land, and sea..."*

Aprii gli occhi di scatto: ero a Trieste, nella mia stanza, solo. L'inno dei Marines però continuava a martellarmi nella testa: mi ci volle un attimo per capire che proveniva dal mio telefono. Lo afferrai, sullo schermo compariva un nome che non avrei mai immaginato di leggere: quello del commissario Di Firenze.

"Commissario? – mi schiarii la voce – Mi dica."

"No, mi dica lei: cosa sta combinando?"

"Non capisco, mi scusi."

Cercai di alzarmi a sedere sul letto, mi girava la testa.

"Capisco io! Lei si sta intromettendo in un'indagine che non la riguarda: nei giorni scorsi ho parlato con più di una persona che mi ha detto che la stessa cosa l'aveva già raccontata a un certo Tony Della Rocca. Si rende conto che non può farlo?"

"Veramente sono stato incaricato dalla diocesi."

Di Firenze rimase in silenzio per un attimo, poi sbottò: "Non ci posso credere! I soliti privilegi insensati, ancora dopo due millenni questi stanno qui a fare il bello e il cattivo tempo! Ora non si fidano nemmeno della Polizia. Meglio che stia zitto. – sembrò riprendersi e smise il suo soliloquio per rivolgersi a me – Almeno cerchi di non esserci di intralcio. Buona giornata."

Attaccò senza lasciarmi il tempo di rispondere. Forse fu una fortuna: non sarei mai stato in grado di articolare una difesa sensata. Guardai l'orologio: erano già le 9, un orario impensabile per svegliarmi. Raccolsi tutte le mie forze e andai in cucina a farmi un caffè, nero e bollente, ignorando del tutto le richieste di cibo da parte di Lucifero, che mi seguiva per tutta casa miagolando e dandomi delle poco affettuose zampate sulle caviglie.

Alla seconda tazza di caffè, dopo aver bevuto anche un bicchiere di latte freddo e aver mangiato dei salutari cereali al malto e orzo, pensai che fosse proprio il caso di farmi una doccia. Al mio ritorno mi sedetti sul divano, non riuscivo ancora a carburare né ad allontanare il pensiero di quello che era accaduto la sera prima. Forse parlarne con Martina mi avrebbe aiutato: la chiamai.

"Tony! Che bello sentirti! Come stai? Cosa mi racconti?" la voce di mia cugina era sempre allegra e squillante, era un piacere parlare con lei, trasmetteva gioia. Mi sentivo un po' in imbarazzo, ma a lei non sapevo nascondere nulla: "Oh, Martina, non sai cos'ho combinato ieri!"

"Tony, ma che voce hai?"

"Effettivamente mi sono un po' ubriacato... ancora non passa."

"Ubriacato? Tu? – mia cugina scoppiò a ridere – Poi dite a me che non reggo l'alcol! Ma con chi sei uscito? Sei stato a una festa?"

"Ma che festa! Ho litigato con Dobriana!"

"Con Dobriana? Ma non vi eravate lasciati? – raccontai a mia cugina che la sera prima, rientrato dal lavoro a casa, avevo ricevuto un messaggio di lei con cui mi chiedeva se avesse lasciato a casa un *babydoll* rosso e nero che le serviva – Scusa, Tony, ma quindi?"

"Capisci? Le serviva un *babydoll*! Peraltro uno molto *sexy* che le avevo regalato io per San Valentino! Non ci ho visto più."

"Ma se glielo hai regalato, ormai è suo! È giusto che lo usi. Ma poi stava a casa tua o no?"

"Ma no! Certo che no! Chissà che fine gli avrà fatto fare! Da chi l'avrà lasciato! E quando le ho detto così, lei si è anche inalberata e mi ha spiegato che in realtà le serviva per un corso di *burlesque*. Capisci? Va a fare un corso per imparare a spogliarsi davanti alla gente!"

"Tony, ora calmati, ti prego! Sembri la bisnonna quando mi faceva le prediche sull'importanza di trovare un bravo fidanzato mentre preparava gli strichetti. E poi, scusa eh... – titubò per un attimo – tu ti ricordi Dobriana che lavoro faceva? L'hai accettato e ora ti indigni per un corso di *burlesque*?"

Mi resi conto che la mia reazione era stata spropositata e senza senso. Per un attimo mi vergognai, poi provai a difendermi: "Sì, ma vedi, noi ci siamo lasciati. Perché chiedermi quella cosa? Per darmi fastidio?"

Martina ridacchiò e mi fece notare che forse quella mia reazione esagerata poteva lasciar presupporre da parte mia un interesse ancora vivo. Ci pensai per un attimo, non mi sembrava proprio di essere ancora interessato a lei. Forse era stato lo stress accumulato per il caso a farmi reagire in quel modo che ora, a ripensarci, mi pareva insensato. Avvisai che quel giorno non sarei andato in agenzia e mi misi a ragionare su alcune ipotesi, sdraiato sul divano con Lucifero sulla pancia.

Il mio pensiero si concentrò soprattutto sull'uomo che era stato l'amante di Concepcion: avrei dovuto scoprire chi fosse, cosa facesse, il rapporto effettivo che li legava. In fondo, io stesso avevo sperimentato come le questioni sentimentali potessero sconvolgere il nostro equilibrio: e se la pista satanista fosse stata un abbaglio e il delitto fosse stato invece a sfondo passionale? Ripensai ovviamente anche a fra Bernardo, magari aveva un legame più stretto con la morta di quello che aveva ammesso, magari era geloso dell'amante di lei o magari l'amante di lei era geloso di lui. Cosa sapevo io davvero della vita di Concepcion? Come sosteneva Simenon, "è conoscendo meglio la vittima che in genere si scopre l'assassino".

Trascorsi il resto della giornata e della serata fra il divano e la camera da letto, ragionando sul caso e pensando ai fatti miei. In fondo, anch'io potevo concedermi un giorno di pausa e di ozio ogni tanto. Prima di andare a dormire, scrissi ad Adalgisa se conoscesse un tal Emmanuel, il direttore artistico del Teatro Miela. Ormai mi ero risolto a conoscere il più possibile della vittima.

La mattina dopo, mi svegliai di buon'ora, in forma e riposato. Mi preparai per il mio *jogging* e, quando presi il telefono, mi accorsi che c'era un messaggio di Adalgisa, inviato alle tre del mattino. Pensai che Adalgisa e io non avevamo affatto gli stessi ritmi. *Certo che lo conosco! È un figo atomico! Se vai a interrogarlo, chiamami!*

A pensarci bene, non avevamo nemmeno lo stesso modo di esprimerci.

In tarda mattinata, andai al Teatro Miela nella speranza di incontrare Emmanuel, ma mi risposero che quel giorno non sarebbe andato. Chiamai allora Adalgisa per sapere se le venisse in mente un altro posto che lui frequentava o se aveva il numero di telefono o qualche riferimento.

"*Ma magari gavessi el numero de telefono!* No, Tony, mi spiace, io Emmanuel l'ho visto sempre e solo al Miela. Comunque avresti potuto chiamarmi prima, ti saresti risparmiato la visita: Emmanuel è ebreo e oggi è sabato."

"Ebreo? Davvero?" Mi ricordai immediatamente che l'amante di Concepcion al concerto aveva la *kippah*: chissà che non fosse proprio lui. Mi persi per qualche istante nei miei pensieri, finché la voce di Adalgisa non mi ridestò: "Comunque domani sera c'è una serata di

beneficenza per Emergency al Miela, magari c'è anche lui. Vieni con noi, no!?"
"Con voi chi?"
"Be', con me ed Ernestino!"
Ringraziai Adalgisa e accettai di unirmi a quella serata. Il Teatro Miela era un posto un po' alternativo, e non mi sembrava adatto a uno come me, ma con la vicinanza di Adalgisa ero sicuro che mi sarei sentito a mio agio.

Occhieggiai tra i fedeli riuniti per la messa delle 9: questa volta non ebbi difficoltà a individuare fra Bernardo in seconda fila, che ondeggiava ritmicamente verso destra e verso sinistra come se seguisse il canto del coro. Camminai al lato delle panche e mi sedetti esattamente dietro di lui. La musica era cessata, ma il suo movimento ondulatorio continuava. Notai che aveva già indosso anche i suoi consueti occhiali da sole. Alzai un dito e gli tamburellai delicatamente sulla spalla sinistra. Lo vidi perdere il ritmo del movimento e accasciarsi letteralmente sul confratello alla sua destra, che lo bloccò sussultando e lo rimise a sedere dritto. Mi aspettavo che si girasse per vedere chi fosse stato a chiamarlo, invece il frate se ne stava immobile con la testa fissa in direzione dell'altare. Tamburellai di nuovo sulla sua spalla, questa volta in maniera più decisa: Bernardo sobbalzò, si guardò intorno con aria interrogativa e poi, finalmente, si girò e mi vide. Gli feci un cenno di saluto con la mano, sorridendo. Lui si indicò, come a chiedermi se stessi cercando lui e io, annuendo, gli chiesi a gesti di seguirmi fuori perché avevo bisogno di parlargli. Si alzò a fatica, appoggiandosi con le mani alla sua panca e a quella davanti e si incuneò tra i confratelli, calpestando loro i piedi. Quando fummo fuori respirò a fondo e si tolse gli occhiali da sole, scoprendo due occhi completamente pesti, arrossati e circondati da scure e profonde occhiaie.
"Oh, padre, le è successo qualcosa? Sta bene?"
Bernardo mi guardò con un sorrisetto beffardo: "Ora che siamo fuori, sto molto meglio. Grazie."
"Io credevo che la messa, per voi religiosi, fosse un momento di comunione con Dio."
"Ma non vede che bel sole che c'è oggi? – rimasi interdetto – Comunque, cosa vuole da me?"
"Volevo parlare di Concepcion."

Bernardo mi guardò senza vedermi: "A lei sarebbe piaciuta la messa! – inforcò gli occhiali e focalizzò il suo sguardo su di me – Ma secondo lei perché le donne si fanno suore?"

Non credevo alle mie orecchie, non capivo se si stesse burlando di me o se fosse rinchiuso nel suo mondo. Continuai a domandargli ciò che mi premeva: "Mi chiedevo se non vi conosceste già da prima del doposcuola a San Giusto, visto le vostre passioni comuni."

"Passioni comuni? Io e Concepcion? Non ho mai avuto il piacere."

Stavo per spazientirmi e decisi di entrare a gamba tesa: "Il nome LuciBer non le dice niente?"

Bernardo si tolse nuovamente gli occhiali da sole e scoppiò in una risata fragorosa: "LuciBer?! Ma cos'è andato a ripescare! Eh... bei tempi, quelli! Ma ha sentito anche il nostro album? *News from Satan*! – mi sembrava di avere davanti una persona completamente diversa da quella che avevo incontrato il giorno prima, lo pregai di non evadere la mia domanda, ma lui tirò dritto come un treno – Ma non credo si trovi più nei negozi. Sempre che ci sia mai stato. – iniziò a guardare in aria – Concepcion era un mezzo soprano, va bene per il *metal*..." e iniziò a impastarsi il mento.

Non mi spiegavo quell'atteggiamento, non sembrava stesse recitando alcuna parte, forse quel giorno non era del tutto in sé, lo ringraziai ripromettendomi che sarei tornato a cercare di ottenere le informazioni che volevo.

Andai a casa più confuso che mai. Non riuscivo a venire a capo di quella situazione così ingarbugliata, non riuscivo a inquadrare Concepcion, non riuscivo a farmi un'idea di chi fosse in realtà: mi sembrava il caso peggiore di cui mi fossi occupato fino ad allora.

Continuai a lambiccarmi il cervello su possibili ipotesi, feci degli schemi che poi stracciai, continuai a pensarci mentre correvo e mi allenavo, fortunatamente un messaggio di Adalgisa mi riportò alla concretezza: *Stasera alle 21 conoscerai il figo! Sei pronto?*

Avevo una persona che avrebbe potuto raccontarmi qualcosa in più sulla vittima: Emmanuel.

Arrivai al Teatro Miela in anticipo sull'appuntamento e mi misi ad aspettare nel piazzale antistante. Iniziai a guardare i vari invitati all'evento, mi sembrava di essere stato catapultato in un film di Ozpetek: un gruppo di trans che ondeggiavano su tacchi a spillo vertiginosi, ridendo sguaiatamente; una coppia lesbica di ultracinquantenni in *tailleur* maschile; una comitiva di studenti universitari che sentii parlare di un esame di biologia; una coppia in abiti eleganti; una ragazza *punk* e poi, d'improvviso, la sagoma familiare di Adalgisa che teneva per mano il suo bambino e mi salutava sbracciandosi. Pensai a quanto sarebbe stato bello che ci fosse stato anche Zeno con noi, ma, visto quello che era successo solo qualche settimana prima, era impossibile.

"Tony, sei pronto per lanciarti nella serata?"

Non mi lasciò nemmeno il tempo di rispondere e si fiondò verso un gruppo di persone che stava chiacchierando a pochi passi da noi, gridando a gran voce "Margherita, Margherita!" e sbracciandosi. Mi resi conto che il piccolo Ernestino era rimasto accanto a me a fissarmi dal basso in alto. Lo guardai, mi sentivo sotto esame. Dopo un lungo attimo, lui allungò la sua manina paffuta verso la mia e io la strinsi. Un brivido mi percorse la schiena, quante volte avevamo parlato con Jennifer di avere un bambino! Mi incamminai con lui verso Adalgisa che ci presentò al suo gruppetto e tutti insieme entrammo nel teatro.

La serata sarebbe iniziata con un piccolo *buffet* di benvenuto e poi ci sarebbe stato un concerto di vari artisti che sarebbe culminato con l'intervento di una *cover band* di Rino Gaetano. Continuavo a guardarmi in giro sperando di individuare tra la folla Emmanuel, Adalgisa se ne accorse: "Tony, ti prego, rilassati! Se arriva, te lo dico. Intanto goditi la serata!"

Purtroppo però, per quanto mi impegnassi, non riuscivo a pensare ad altro che al caso. Individuai tra la folla Pasquino e lo salutai, ma lui reagì con un cenno del capo e uno sguardo interrogativo: non credo che si ricordasse di me. Cercai di consolarmi con il *buffet* ma con mio dispiacere notai che era tutto composto di piatti vegani: non esattamente il mio genere. E poi c'erano ovunque solo vini biologici e birre artigianali, nemmeno una spremuta!

A fine serata, quando ormai avevo perso le speranze, vidi Adalgisa illuminarsi e iniziare a battere le mani ritmicamente insieme ai suoi amici, mentre scandivano "Em–ma–nuel! Em–ma–nuel"! Sul palco, in quel momento, era arrivato, finalmente, il direttore del teatro: alto, abbronzato, con lunghi capelli brizzolati, un po' ondulati, raccolti in una coda bassa e sormontati da una *kippah*. Senza aspettare che lui finisse la presentazione, mi avvicinai alla scaletta ai piedi del palco e, non appena scese l'ultimo gradino, lo braccai.

"Mi scusi, Emmanuel, posso parlarle un attimo?"

Mi sorrise con dolcezza, scoprendo dei denti bianchissimi e perfetti, e fissandomi con degli occhi grigi profondi e penetranti: "Certo! Vuole informazioni sui progetti?"

"No, sono un investigatore privato, volevo parlarle di Concepcion de Almeida, so che lei la conosceva."

Rimase per un attimo in silenzio, poi deglutì a vuoto e mi disse di seguirlo nel suo ufficio. Mi guidò lungo i corridoi in silenzio e poi mi fece accomodare, offrendomi qualcosa da bere da un piccolo frigo che aveva accanto alla scrivania.

"Cosa vuole sapere di Concepcion?"

"Voglio conoscere chi era davvero. So che eravate rimasti in contatto dopo che aveva partecipato a una serata di commemorazione per l'11 settembre del '73."

"Sì, – annuì – la testimonianza di Concepcion fu molto toccante: lei non era ancora nata quando Pinochet era salito al potere ed era solo una bambina quando il padre era stato imprigionato e torturato come molti oppositori al regime. – confermai di conoscere la sua storia dalle carte che mi avevano fornito per le indagini – Capirà che quel che ha vissuto non si può comprendere leggendolo dai *dossier*."

"È per questo che sono qui! E da allora vi vedevate o sentivate regolarmente?"

Si alzò dalla scrivania e andò verso la finestra, per fumare: "Non è facile farle capire chi era davvero Concepcion in poche parole: lei rendeva tutto perfetto, quando entrava in una stanza illuminava tutto e tutti con il suo sorriso; era sempre allegra, positiva, pronta ad amare e a comprendere, nonostante tutte le sofferenze che aveva patito. Aveva una forza straordinaria, una straordinaria capacità di perdonare. – poi si sedette sul bordo della scrivania e continuò – Sicuramente a farle del male è stato qualcuno che non la conosceva, tutti quelli che la conoscevano la amavano."

Si alzò e mi diede le spalle, ebbi l'impressione che stesse piangendo e volesse celarmi la sua commozione. Mi sembrava evidente che ciò che quell'uomo provava per Concepcion non fosse solo stima, ma un affetto molto più profondo. Inoltre indossava una *kippah*, l'unico elemento identificativo dell'amante di Concepcion datomi da suor Maria Patrizia.

Presi coraggio: "Ed eravate solo amici?"

Si girò verso di me, con le sopracciglia aggrottate e rispose, stizzito: "Non capisco, cos'altro saremmo dovuti essere? Lei era una suora."

Capii che non era il caso di insistere, tanto più che la sua gestualità e il modo in cui si era espresso erano inequivocabilmente una risposta. Non solo la sua amica Patrizia era interessata a difendere l'onore di Concepcion.

Tornai da Adalgisa e trascorsi con lei e i suoi amici il resto della serata: erano tutte delle persone molto accoglienti e piacevoli. L'ambiente in generale mi sembrava positivo, mi pareva tutto fuorché un covo di satanisti.

...davere in un cantiere a Firenze. La forchetta con uova e *bacon* rimase sospesa davanti alla mia bocca, non scollai gli occhi dallo schermo finché non sentii il rumore del mio boccone perfetto che si sfaldava sul piatto. Sperai con tutto me stesso che quel sottopancia scorresse di nuovo, afferrai la tazza e buttai giù un sorso di cappuccino fumante e, in quel mentre, la giornalista diede la linea all'inviata da Firenze.

"Sì grazie, Federica! – l'inviata parlava concitata, mentre il vento le sferzava i capelli sul viso – Sono qui davanti al cantiere dove è stato rinvenuto il cadavere, vedete, dietro di me ci sono le ambulanze dell'ospedale, qui siamo a Santa Maria Nuova, adesso mi avvicino alle transenne..."

L'inviata continuava a spiegare concitatamente, indicando qua e là il luogo dell'omicidio e le persone presenti, cercava di intervistare i vari passanti chiedendo se fossero stati presenti nel momento del rinvenimento. Dietro di lei si notava un gran trambusto, vidi anche un prete. Poi l'intervento della presentatrice chiarì finalmente la situazione: "Quindi mi confermi che il cadavere rinvenuto stamattina nel cantiere alle tue spalle era quello di una suora?"

"Sì, Federica! Era completamente nudo e avvolto nella plastica. Sono stati gli operai questa mattina a ritrovarlo e ad avvisare le autorità competenti..."

Il mio cervello cominciò a elaborare quelle informazioni: un'altra suora uccisa, un altro cadavere in un cantiere. Stai a vedere che ora devo chiedere scusa ad Ada, pensai. Finii di prepararmi in fretta e furia e, mentre mi avviavo alla porta per uscire, con la coda dell'occhio, intravidi Lucifero che si stava godendo la colazione che non ero riuscito a finire. Almeno non sarebbe andata buttata!

Ero ancora sulle scale quando selezionai il numero di Martina.

"Cuginone! Che bello sentirti!"

"Ti assicuro che tra poco per te lo sarà ancora di più!"

“Qualche buona notizia? Sei tornato con Dobriana?"

Mi soffermai per un istante a pensare se quella sarebbe stata davvero una bella notizia per me. Ridacchiai: “Ma no, che dici! Molto meglio: potrei avere a che fare con un *serial killer*!"

“Un *serial killer*? – mia cugina iniziò a squittire come al suo solito quando si toccava quell'argomento – Devi dirmi tutto! Ne hanno parlato in TV?"

“Ehm… sì e no."

“Scusa, in che senso?" divenne seria d'improvviso.

Spiegai la situazione a mia cugina, mentre ignoravo Chiara che mi salutava al mio ingresso in agenzia e mi chiudevo la porta dell'ufficio alle spalle.

“Certo, l'ipotesi è affascinante, però devi verificare se le due donne hanno dei tratti comuni, se hanno vissuto esperienze simili o se, magari, avevano un qualche tipo di legame fra loro. Comunque non avevo capito che l'omicidio di Trieste riguardasse una suora."

“Sì, certo, non l'hanno detto."

Mia cugina si sorprese molto del fatto che la diocesi, e il vescovo in particolare, avesse chiesto di non divulgare l'identità della morta; le raccontai qualcosa del passato di Concepcion e dei suoi cedimenti. Mia cugina rimase interdetta, mi invitò comunque ad approfondire l'eventuale legame tra le due vittime.

Quando rimasi da solo con il mio pc, iniziai a inserire su *Google* tutte le parole chiave utili alle mie indagini: omicidio, suora, Italia, cadavere, nudo… dopo un paio d'ore di ricerche matte e disperatissime, arrivai alla copertina di un giornale patinato, ma non troppo, che riportava un titolo sensazionalistico al centro: *Cremona peccatrice: l'ultimo viaggio di suor Maria Immacolata.* Mi incuriosii, ingrandii l'immagine il più possibile ma riuscivo a malapena a leggere l'occhiello, *Misteri e peccati vicino a un albergo a ore,* ma non il resto perché era troppo sgranato. Provai ad andare sul sito della rivista, ma non c'era un archivio dei vecchi numeri. Non trovai riferimento a quell'episodio su nessun altro sito. Provai a scrivere una *mail* alla redazione del giornale e proseguii con le mie indagini, sperando che avrei ricevuto a breve una risposta.

Cercai ancora qualcosa a proposito del cadavere di cui avevo sentito quella mattina, ma trovai solo delle notizie che facevano riferimento a un passato ambiguo a cui i giornalisti si rivolgevano con una curiosità quasi morbosa. Non mi sembrava che ci fossero con la mia Concepcion le somiglianze di cui parlava mia cugina. Forse avevo preso un abbaglio. Tornai con la mente a quello che avevo scoperto nei giorni precedenti e, a ripensarci, la figura di fra Bernardo mi convinceva sempre meno: non riuscivo a inquadrarlo, le sue risposte nel nostro ultimo colloquio erano state particolarmente evasive e insensate. Senza parlare poi di quel suo riferimento ai cattolici come se fossero qualcosa di diverso da lui, una comunità a cui lui non apparteneva. Aveva ammesso candidamente di essere LuciBer, dicendo tra l'altro che quelli erano stati "bei tempi!". Iniziai a pensare che l'abito che portava non fosse altro che una copertura e che, in realtà, fra Bernardo appartenesse e si riconoscesse piuttosto in una setta satanica. Volevo farlo confessare, quindi mi alzai e avvisai Chiara che sarei stato fuori per qualche ora.

Cercai un posto dove sedermi ad aspettare che fosse al sole: faceva un gran freddo a San Giusto, nonostante la giornata assolata e il cielo sereno. Mentre mi guardavo intorno ecco comparire un gruppetto di una decina di bambini capeggiati da due frati cappuccini, uno dei quali era inequivocabilmente fra Bernardo, nascosto dietro ai suoi immancabili occhiali da sole. Quando si girò e incontrò il mio sguardo lo salutai con un cenno della mano, lui sorrise e proseguì. Lo chiamai a gran voce, quello si fermò, chiaramente infastidito, e si girò con un sorriso tirato: "Deve dirmi qualcosa?"
"Sì, devo parlarle, è molto importante."
Fra Bernardo sbuffò dalle narici e si voltò verso il gruppetto che si era fermato ad aspettarlo: "Adesso? – mi domandò, annuii – Mi lasci almeno il tempo di accompagnare i bambini in refettorio."
"Non può pensarci l'altro frate?"
Fece un paio di passi e mi arrivò a una spanna, si tolse gli occhiali e, fissandomi, mi disse, grave: "Senta, questi sono bambini problematici che vengono da famiglie disagiate. Alcuni di loro hanno la sindrome ADHD e non è sufficiente una persona a occuparsene. Tornerò da lei appena saranno tutti seduti, ma in ogni caso potrò dedicarle solo pochi minuti."
Annuii, il suo tono sembrava molto deciso, molto diverso dal giorno prima. Rimasi ad aspettarlo sul sagrato della chiesa. Visto che l'attesa si stava prolungando, decisi di avvicinarmi al cantiere dove era stata trovata Concepcion, le recinzioni mi impedivano di vedere bene

all'interno, così introdussi la mano e feci delle foto con il mio *smartphone.*

"Ah, è qui! – la voce di fra Bernardo richiamò la mia attenzione – Cosa doveva chiedermi di così importante?"

"Cos'ha fatto il 16 gennaio?"

"Il 16 gennaio? Su due piedi non saprei, immagino di aver fatto quello che fanno di solito i frati: mi sono alzato, sono andato a messa, ho pregato, mi sono occupato di opere di carità e dei bisognosi, ho pregato, sono andato di nuovo a messa e poi a dormire. Perché?"

"E ieri?"

"Quello che fanno di solito i frati: – ripeté come una cantilena – mi sono alzato, sono andato a messa, ho pregato, mi sono occupato di opere di carità e dei bisognosi, ho pregato, sono andato di nuovo a messa e poi a dormire. Perché?"

Esitai per un attimo: "E perché ha preso i voti se dice di non capire i cattolici? Lei è un frate cattolico, no?!"

Sbatté le palpebre incuriosito: "Scusi, ma di che sta parlando? – abbassò lo sguardo sul suo saio allargando le braccia – Non è evidente che lo sia?"

Anche se in quel momento mi sembrava perfettamente lucido e in sé, non avevo dimenticato i nostri incontri precedenti, quindi incalzai: "Io ricordo perfettamente che lei mi ha detto questa frase. E ha detto anche che non capiva perché una donna dovrebbe farsi suora. Era solo ieri, non ricorda neanche questo?"

"Certo che questo me lo ricordo, ma non le ho detto che non lo capivo: le ho chiesto perché una donna dovrebbe decidere di farsi suora. Mi sembra molto diverso, non trova? – feci per dire qualcosa – E a proposito dell'altra frase, l'ho detto parlando di un padre bigotto: se permette, i cattolici bigotti no, non li capisco proprio. Ho scelto l'ordine francescano per un motivo."

Dovevo trovare un modo per scalfire la sua sicurezza e decisi di essere diretto: "Lei ha un passato da satanista, mi dicono. Ha forse preso i voti per cancellarlo?"

Fra Bernardo sgranò gli occhi, poi si mise a ridere: "Satanista?! Ma per piacere! Solo perché da ragazzino suonavo in un gruppo *metal?* Questo fare di tutta l'erba un fascio e saltare subito alle conclusioni generalizzando questioni complesse è una forma di provincialismo tutta italiana! Non me l'aspettavo da lei, da come parla non mi sembra italiano...!"

Gonfiai il petto e mi misi a braccia conserte: "Non salto a nessuna conclusione senza avere degli indizi, o forse dimentica quale sia la mia professione? E anche il disprezzare l'italianità a tutto vantaggio di un'esterofilia immotivata è un vizio italiano! E comunque, per sua informazione, io sono nato a Trieste, quindi sono italiano quanto lei!"
"Va bene, non si scaldi. Piuttosto non ho ancora capito cosa vuole da me: come le dicevo poco fa, non ho molto tempo da dedicarle."
"Qual era il suo rapporto con Concepcion e qual è quello con il satanismo? Lei mi dà la risposta e io la lascio libero."
Alzò gli occhi al cielo e iniziò a enumerare, contando con le dita: "Come le ho già detto, conoscevo Concepcion solo per via del doposcuola, dove lei veniva insieme a un'altra suora per due pomeriggi a settimana: il martedì e il giovedì. Una volta sono intervenuto per aiutarla a chiudere un diverbio con un genitore, già lo sa, ed è stato il colloquio più lungo mai avuto con lei. Riguardo al satanismo, non sono mai stato affiliato ad alcun gruppo o setta, se è questo che voleva sapere. E ora mi scusi, ma devo davvero tornare in refettorio. Arrivederci."
Fra Bernardo se ne andò, lasciandomi da solo a rimuginare.

Le lenzuola di raso cremisi frusciavano sulla mia pelle mentre le mie labbra percorrevano le sue forme dalla schiena fino alle natiche. Lei mi accarezzava i capelli delicatamente, sollevai la testa e la guardai: Jennifer era lì, in tutta la sua bellezza, una nuvola d'oro incorniciava il suo volto angelico e raggiante di felicità mentre mi sorrideva. Poi, d'improvviso, un refolo di vento gelido mi attraversava le membra, mentre una figura incappucciata con una falce compariva alle spalle di lei, sollevava il braccio e le tranciava il capo di netto. Chiusi gli occhi di scatto, mentre un fiotto di sangue caldo mi colpiva in pieno volto. Quando riaprii gli occhi, la testa di Dobriana rotolava per terra fino a raggiungere un mucchio di vestiti abbandonati in un angolo della stanza, neri, sui quali spiccava un crocefisso di legno marrone e i grani di un rosario. Mi girai verso la figura, che con due mani si toglieva il cappuccio scoprendo il volto di fra Bernardo. Inorridii: i suoi occhi erano completamente neri e sulle sue labbra compariva un ghigno satanico, prima che tutto scomparisse in una fiammata.

E

Don Stanislao mi accolse con la consueta premura, facendomi accomodare in canonica e offrendomi del tè con dei pasticcini. Dopo qualche frase di circostanza, mi decisi ad arrivare diretto al punto e a chiedere ciò che mi stava più a cuore conoscere.

"In questi giorni ho avuto modo di incontrare fra Bernardo più di una volta. Credo che lei fosse nel giusto quando mi ha suggerito di indagare sul suo conto."

"Cosa ha scoperto?"

"Non mi ha rivelato nulla esplicitamente, ma molte sue affermazioni e anche il suo passato secolare mi inducono a pensare che faccia parte di qualche setta o di qualche gruppo satanico."

"Le ha citato Giovanni?"

Sbattei le palpebre: "Giovanni chi?"

Don Stanislao si alzò e andò verso il mobile di legno scuro che occupava tutta la parete davanti alla nostra, aprì un'anta della parte superiore e ne estrasse una copia del Vangelo, si voltò verso di me, appoggiandosi al mobile e iniziò a leggere: "Dette queste cose, Gesù fu profondamente turbato e dichiarò: «In verità, in verità io vi dico: uno di voi mi tradirà». I discepoli si guardavano l'un l'altro, non sapendo bene di chi parlasse. Ora uno dei discepoli, quello che Gesù amava, si trovava a tavola al fianco di Gesù. Simon Pietro gli fece cenno di informarsi chi fosse quello di cui parlava. Ed egli, chinandosi sul petto di Gesù, gli disse: «Signore, chi è?». Rispose Gesù: «È colui per il quale intingerò il boccone e glielo darò». E, intinto il boccone, lo prese e lo diede a Giuda, figlio di Simone Iscariota. Allora, dopo il boccone, Satana entrò in lui. Gli disse dunque Gesù: «Quello che vuoi fare, fallo presto». Nessuno dei commensali capì perché gli avesse detto questo; alcuni infatti pensavano che, poiché Giuda teneva la cassa, Gesù gli avesse detto: «Compra quello che ci occorre per la festa», oppure che dovesse dare qualche cosa ai poveri. Egli, preso il boccone, subito uscì. Ed era notte." Chiuse il libro e rimase a fissarmi.

"Intende che fra Bernardo è un traditore?"

"No, intendo dire che la sua setta prende il nome da uno di questi versetti che le ho appena letto."

Non riuscivo a credere alle mie orecchie: "Setta? Quindi lei sa per certo che fra Bernardo è un affiliato?"

Don Stanislao sospirò, ripose il libro e tornò a sedersi davanti a me: "Sì, figliuolo, si chiama *Introivit in illum Satanas* e ha sede qui a Trieste."

"Mi scusi, padre, ma perché non me l'ha detto prima? Il vescovo mi ha chiesto la massima rapidità, per evitare scandali, e lei mi ha taciuto un'informazione del genere, facendomi perdere del tempo prezioso? Perché?"

Abbassò gli occhi e recitò: "Vuolsi così colà dove si puote ciò che si vuole, e più non dimandare."

Mi alterai: "Significa che mi avete nascosto anche altre cose?"

Mi guardò con un'espressione che mi sembrò di colpevolezza, poi sospirò e disse: "il cadavere di suor Maria Concepcion era nudo, ricoperto di incisioni e avvolto nella plastica. L'abito è stato ritrovato in un cassonetto poco distante. Non sappiamo altro."

"Nudo e avvolto nella plastica? – ecco un'altra similitudine con la vittima di Firenze! – E ci sono tracce di violenza sessuale?"

"Oh no, per l'amor di Dio! – si fece il segno della croce – Almeno, spero."

"Spera?"

"Be', non ci hanno comunicato i risultati dell'autopsia, se non per linee generali. – sospirò ancora – Domani potremo leggerlo sui giornali: la polizia ci ha concesso solo pochi giorni di anonimato, spero che lei riesca a trovare il colpevole quanto prima."

Ero davvero amareggiato: "Se solo mi aveste detto tutto prima... Lei ha sentito del rinvenimento di una suora a Firenze? – annuì – Crede sia possibile entrare in contatto con il Vescovo della città?"

"Con il Vescovo di Firenze? Pensa che i due delitti siano collegati?"

"Alla luce di quanto mi ha detto ora, direi che non posso escluderlo. Vorrei scoprire se la mia intuizione è giusta, nel qual caso mi auguro che sarete maggiormente collaborativi."

Si schiarì la voce: "Be', sì, spero. Farò il possibile."

Mi salutò con una cordialità che non riuscivo a ricambiare. Ero molto deluso da quell'atteggiamento, sentivo che la mia fiducia nelle persone per conto delle quali stavo indagando era intaccata. Decisi di tornare immediatamente da fra Bernardo, ora avevo un elemento concreto su cui far leva per metterlo alle strette.

Lo trovai seduto nel piazzale San Giusto, con indosso i suoi occhiali da sole e intento a leggere quello che sembrava essere un breviario. Mi avvicinai a lui con passo rapido e sicuro e lo apostrofai con decisione: "Quindi lei non è membro di nessuna setta."

Lui alzò lo sguardo su di me, mentre chiudeva di scatto il breviario, da cui sporgeva un segnalibro che raffigurava inequivocabilmente una donna nuda: "Ancora lei? E ancora con queste domande? Le ho già detto di no. – mi fece un cenno annoiato con la mano – E ora si può spostare, per favore? Mi copre il sole."

Non mi mossi.

"Quindi se io le dico *Introivit in illum Satanas* a lei non viene in mente nulla."

Si tolse gli occhiali e strinse gli occhi: "Giovanni 13,27?"

"E nient'altro?"

Scosse la testa facendo una smorfia: "Direi di no."

"Nemmeno la setta di cui fa parte?"

Allargò le braccia e guardò in alto: "Oddio, ancora?! Ma gliel'ho detto adesso che non faccio parte di nessuna setta, come devo dirglielo, in latino?"

"Ah quindi solitamente fate i vostri rituali in latino."

"Certo che lei è veramente ostinato."

"Non sono ostinato, sono sicuro. Io SO che lei fa parte di questa setta."

Si alzò di scatto agitando le braccia in aria: "E allora se lo sa perché continua a chiedermelo?! Mi lasci un po' in pace, no?"

Non riuscivo quasi a credere di avercela fatta: lo stava ammettendo.

"Quindi lei confessa di farne parte."

"Ancora?! Mi ha appena detto che lo sa e ancora chiede?! Sì, sì: ne faccio parte da più vent'anni. – si afferrò il saio – Da prima di prendere quest'abito! È soddisfatto? C'è qualcos'altro che vuole sapere?"

"Sì, perché si è fatto frate se è un satanista?"

Alzò gli occhi al cielo: "Senta, è una cosa complessa, non posso certo mettermi a spiegargliela qui in due parole. Comunque è molto meno contraddittorio di quanto lei creda. Posso andare ora?"

"Be' non direi: lei sa che è stata uccisa una suora, no? Se mi ha mentito sul satanismo, potrebbe avermi mentito anche sui suoi veri rapporti con la vittima."

"Guardi, mi piacerebbe molto poterle confessare di aver avuto rapporti intimi con la Concepcion, che era un gran pezzo di gnocca, ma purtroppo non è mai accaduto. Saremmo stati tutti contenti se avesse accettato di partecipare a uno dei nostri incontri."

"E l'avete uccisa a causa del suo rifiuto?"

"Ma no! – si coprì la faccia con la mano – Era per dire..."

"E la vostra setta ha delle cellule anche fuori da Trieste?"
"Io sono un semplice affiliato, non ho mandato di parlare di queste cose. Se vuole, posso indirizzarla dal nostro Gran Maestro. – annuii incredulo per quella proposta – Mi lasci il suo numero e vedrò quello che riesco a fare. Spero che, se riuscirò ad aiutarla, poi mi lascerà in pace."

Mi incamminai verso l'agenzia speranzoso, ma al tempo stesso confuso. Avevo scoperto più di quanto la mia logica accettasse: gli ecclesiastici mi avevano taciuto dei particolari sulla morte di Concepcion, mi avevano nascosto l'appartenenza di un frate a una setta satanica e quest'ultimo aveva candidamente affermato che le due cose non erano in contraddizione. Per di più forse sarei riuscito a incontrare il capo della setta. Non volevo arrivare impreparato a quel momento. Quando aprii la porta, trovai Adalgisa e Chiara sedute l'una accanto all'altra sul divanetto a studiare delle carte. Le salutai e chiesi ad Adalgisa di accompagnarmi nel mio studio.
"*Cossa te ga fato?* Dai, confessa."
Sgranai gli occhi: "Io?! Niente! Perché?"
Adalgisa mi disse che quando avevo "quella faccia" era evidente che avessi intinto le dita in qualche marmellata. Raccontai quello che era successo prima con don Stanislao e poi con fra Bernardo.
"*Te par! Sempre cussì co ghe xe de mezo i catolici, no se se pol propio fidar!* – fece un sorrisetto malizioso – Ma se andassimo a cercare questa setta su internet?"
Acconsentii subito, avevo bisogno di essere preparato, anche emotivamente, a un eventuale incontro con il capo. Ci mettemmo subito a cercare su Google sia la chiave generica "sette sataniche" e sia, più nello specifico, il nome della setta di cui faceva parte Bernardo, su cui però non trovammo nulla, se non dei trafiletti e la sua presenza in alcuni elenchi di sette in Italia e l'indicazione della sede a Trieste, cioè niente di più di quello che già sapevo. Adalgisa però, non voleva cedere, e iniziò a cliccare sui vari *link* alle pagine di YouTube, cosicché finimmo per passare il pomeriggio a guardare video, ognuno dei quali mi mandava sempre più in confusione. Si passava dai fatti di cronaca più cruenti a immagini di ragazze che camminavano nei boschi vestite di bianco come fossero spose. Adalgisa rideva senza soluzione di continuità: "*Ma cossa c'entra le wikka col satanismo?!* – esclamava ogni due per tre – *Ma questi xè neopagani, no adoratori del diaul! Che confusion!*"

Alla fine di quella carrellata mi faceva male la testa: "Veramente, Ada, sono più confuso di prima. – commentai – Solo di una cosa sono sicuro: che devo chiederti scusa."
"Scusa? A me? E perché mai?"
"Che sia il tuo amico LuciBer o qualcun altro, sono quasi certo che si tratti di un *serial killer*."
Adalgisa sgranò gli occhi mentre il mio cellulare iniziava a squillare. Lo presi e lessi Numero Privato sullo schermo.
"Pronto?" risposi,
"Ha da scrivere? – rimasi un attimo interdetto, poi mi affrettai a prendere carta e penna e a rispondere di sì – Hristo Zdrach la aspetta domani alle 16."
Mi disse la via e il numero civico, poi attaccò senza neanche darmi il tempo di salutare.

Continuavo a buttar giù dal tavolo della cucina Lucifero: pensava che stessi aprendo una scatoletta per lui invece stavo tentando di aprire una scatoletta di tonno da buttare nella mia insalata, per la seconda volta. Si era rotta anche la linguetta di questa e ora stavo cercando di aprirla con l'apriscatole. Era proprio un giorno no: la mattina l'acqua della doccia era gelata e avevo scoperto che si era rotta la caldaia, poi avevo sbagliato strada durante il mio *jogging* quotidiano e mi ero ritrovato nel bel mezzo di un mercato cittadino settimanale con tutte le signore che stavano in fila mentre i venditori urlavano le qualità della loro merce. Poi ero stato in palestra, ma anche lì non ero riuscito a finire la serie dei miei addominali perché la panca su cui ero si era miseramente infranta a terra sotto al mio peso. In compenso, poi, ero riuscito a farmi una doccia. Stavolta bollente, perché la manopola dell'acqua fredda era bloccata. Forse dipendeva da me, ero talmente ansioso per l'incontro di quel pomeriggio che non riuscivo a concentrarmi su nulla di quello che facevo. Continuavo a controllare l'orologio, mancavano solo due ore e poi avrei visto finalmente questo Zdrach. Avevo chiesto ad Adalgisa di recuperare informazioni su di lui: era un architetto, piuttosto quotato, di origine bulgara, che viveva a Trieste ormai da molti anni. Quando riuscii finalmente ad aprire il tonno e a mangiare la mia insalata, un altro problema si pose alla mia attenzione: cosa avrei indossato? Casual? Elegante? Sportivo? Alla fine scelsi un normale paio di *jeans* a cui accostai un dolcevita color petrolio. Arrivai all'indirizzo indicatomi da fra Bernardo: era un negozio di arredamento. Avevo dieci minuti di anticipo e approfittai per prendere un caffè in un bar lì vicino. Quando scoccò l'ora x mi avviai verso la grande porta a vetri, che si aprì non appena mi avvicinai. Mi accolse una venditrice molto piacente, che mi chiese con voce languida se avessi bisogno di aiuto. Risposi che stavo cercando Hristo Zdrach e, prima che lei potesse parlare, un uomo di circa cinquant'anni mi si fece incontro con le braccia allargate: "Lei deve essere Tony, la stavo aspettando!"

Era un uomo alto e magro, con dei capelli lisci e neri che gli arrivavano alle spalle e un incarnato cereo, di un pallore quasi lunare. Il suo sguardo era intenso e profondo e gli occhi, nerissimi, erano penetranti, sembravano leggermi dentro. Mi metteva un po' di soggezione, anche se il suo atteggiamento sembrava molto accogliente. Mi fece strada e mi condusse in un angolo del negozio in cui campeggiava un tavolo da disegno con squadre e compassi, sovrastato da una grande lampada da lavoro.

"Da quando ho aperto questo negozio, cinque anni fa, tanti giovani promettenti hanno avuto l'opportunità di lavorare su questo tavolo. Alcuni ora lavorano all'estero, anche per clienti molto noti. Mi piace iniziare i giovani. Ma prego, accomodiamoci." e mi mostrò un divanetto alle spalle del tavolo, su cui ci sedemmo.

"La ringrazio per avermi ricevuto, signor Zdrach. – fece un gesto come per minimizzare – Può raccontarmi qualcosa della sua... setta? Posso chiamarla così?"

"Sono sempre molto contento che qualcuno con l'animo puro e scevro da condizionamenti si interessi a noi e al nostro Credo. Setta... certo, è un termine un po' inflazionato. Preferiamo pensare a noi stessi come a una grande famiglia e io amo considerarmi un *pater familias*... con tutto quel che ne consegue, oneri e onori." e strizzò l'occhiolino con fare complice. Sorrisi, un po' in imbarazzo. Era un uomo affascinante: completamente vestito di nero, i suoi occhi emanavano riflessi viola. Pensai che niente in lui, né la sua posa, né il suo aspetto, né il suo modo di parlare, fosse naturale. Eppure, nonostante tutto, non riuscivo a non sentirmi attratto da lui.

"E la sua... famiglia ha altre sedi oltre a questa di Trieste?"

"Noi siamo ovunque."

"E lei conosce tutti i membri di questa grande famiglia?"

Sorrise: "Conosco lei."

"In che senso, mi scusi?"

Si alzò per avvicinarsi a un tavolo di cristallo e prese qualcosa, poi si sedette di nuovo mostrando quel che aveva in mano: a destra un sacchetto di rete pieno di piccole pietre coperte di segni e a sinistra una sorta di ciondolo a goccia rovesciata appeso a un filo di corda. Mi fissò dritto negli occhi: "Tony, sa cosa sono queste? – feci di no con la testa, lui alzò il sacchettino che teneva con la destra – Sono rune, le ho interrogate su di lei prima che arrivasse."
"E le hanno risposto?" dissi quasi sarcastico, pur senza volerlo.
"Certo. Le rune rispondono sempre, sta a noi saper accettare la loro risposta. – rimasi in silenzio – Per esempio di lei so che ha un rancore non elaborato nei confronti di sua madre."
Mi irrigidii: "Mia madre era una donna straordinaria."
Mi guardò in profondità, facendomi sentire quasi nudo e vulnerabile: "Si sforzi di accettare il suo lato ombra. – mi prese la mano – Lei deve accettare la rabbia che prova nei confronti di sua madre, così come per anni ha accettato di odiare suo padre che poi ha scoperto essere del tutto incolpevole."
Ritrassi la mano, confuso: "Ma chi le ha detto queste cose su di me?"
Alzò di nuovo il sacchetto con le pietre davanti al mio naso: "Le rune sanno tutto. Bisogna solo accettarlo, anche se a volte non è facile entrare in contatto con il nostro inconscio. La verità rende liberi." e posò il sacchetto con le rune sul tavolino davanti a noi.
"E lei pensa di conoscere le mie verità meglio di me?"
Sorrise con aria di sufficienza: "Le rune conoscono la verità, io lo accetto, lei deve lavorare ancora un po' per essere libero. Vuole conoscere qualche altra verità su di lei? – iniziò allora a sfregare fra i palmi delle mani il ciondolo che teneva prima nella destra, quando finì mi guardò – Può interrogare il pendolo se vuole. – cercai di sfiorare quell'oggetto per me misterioso, lui lo ritrasse. – No, non lo tocchi. Solo la mia energia può entrare in contatto con lui, sarò io a interrogarlo per lei."
Ero ormai totalmente soggiogato da quell'uomo, senza nemmeno accorgermene dissi: "Voglio sapere di Jennifer."
Lui mi guardò, poi si sporse verso il tavolino dove aveva posato le rune e, alzando il braccio, iniziò a far oscillare il pendolo legato al filo. Era un movimento ipnotico. Dopo qualche minuto si voltò verso di me: "Il pendolo non ha da dirmi nulla su questa Jennifer. Mi dice solo che è morta. Forse deve accettare anche questo."

Mi alzai di scatto, mi strofinai gli occhi e le tempie: "Non è possibile! – iniziai a camminare nervosamente dietro al divanetto – Non è assolutamente possibile! Come fa a sapere queste cose?"

Zdrach, appoggiandosi allo schienale del divanetto, gonfiò il petto e rispose: "Non solo Dio è onnisciente. La Verità è alla portata di tutti, basta essere abbastanza liberi da saperla cogliere."

Ero scosso, non riuscivo a continuare quel colloquio, avevo bisogno di aria. Presi un respiro profondo, mi rimisi a sedere e gli chiesi: "Quindi lei adora il diavolo?"

"Satana non è il diavolo, Satana è libertà. Io e la mia famiglia adoriamo lui, per noi lui non è un calunniatore o qualcuno che divide, lo è per i cristiani. Anche se, certo, – si sfregò le mani – come lei sa, non tutti i cristiani ci sono così avversi."

Rimasi un attimo in silenzio, poi mi alzai di nuovo: "Oh bene, allora la ringrazio per il tempo che mi ha dedicato. Non gliene rubo altro, arrivederci."

Rimase seduto a fissarmi con aria divertita e le mani in grembo. Quando stavo quasi per uscire, sentii la sua voce chiamarmi, mi voltai: "Ci pensa mai, Tony, che se i Patti Lateranensi non fossero stati firmati, forse la Seconda Guerra Mondiale avrebbe avuto un esito diverso? – lo fissavo senza capire – Lei sa che i nazisti erano dei nostri, vero? Si ricordi che la storia la scrive chi la vince, è così da millenni. – feci per uscire di nuovo e lo sentii dire – Tony, ricordi che è bello avere una Famiglia. Lei non ne ha più una, del resto, no?!"

Le parole di Zdrach avevano instillato in me il dubbio che nell'istituzione ecclesiastica potesse esserci qualcuno della loro setta, qualcuno oltre a fra Bernardo naturalmente. Ma quello a cui soprattutto stavo pensando erano le cose che quell'uomo sapeva di me. Com'era possibile? Davvero delle pietre e un ciondolo di ottone potevano rivelare la verità? E poi davvero odiavo mia madre e mio padre? Avevo bisogno di rimanere solo con me stesso... e con loro, se solo fosse stato possibile. Senza quasi accorgermene presi la strada per il cimitero di Sant'Anna e mi ritrovai davanti alla tomba di mio padre: era un fornetto, scarno, collocato in alto, in terza fila. Presi la scala e salii finché non fui davanti alla sua foto. Credevo di doverla spolverare, invece era tirata a lucido, come il resto della lastra, e c'erano delle rose bianche appoggiate al bordo. Probabilmente Erminia, la sua ultima compagna, trascorreva lì diverse ore. Forse alla fine anche lui aveva trovato qualcuna che lo amava davvero. Mi sentii in colpa: se fosse dipeso da me, quella tomba sarebbe già stata abbandonata e lui non lo meritava. I suoi occhi grigi mi osservavano dal fondo del riquadro. Mi resi conto che, da quando ero tornato da Ferrara, ossia quasi due anni prima, non ero mai tornato a trovarlo. Mi sedetti sulla scala e iniziai a parlare con lui: "Ti devo chiedere scusa, papà. – mi fermai come se aspettassi una sua risposta e mi parve quasi di sentirla – Per tutta la vita ho pensato che fosse colpa tua se mamma mi aveva portato in California. Ti ho odiato per anni, anche quando ti sono stato vicino nella malattia: fingevo, in realtà. Non ti ho mai perdonato. – feci di nuovo una pausa per mettere ordine nei miei pensieri – Quando sono andato a Ferrara ho scoperto la verità: è stata mamma a tradire te, non il contrario. – era la prima volta che lo dicevo ad alta voce; anche se sapevo che quella era la realtà dei fatti, non averlo mai detto esplicitamente aveva fatto sì che non mi sembrasse davvero reale – E poi, con chi...! Lo zio Biagio! Ci pensi? Ma sì, certo, tu lo sapevi. Già da prima di conoscerti era innamorata di lui. E lo ha detto a te ma non a me, a me ha sempre fatto credere che la colpa fosse tua, che solo lei mi amasse e che tu mi avessi preferito le tue tante donne e una vita dissoluta. – mentre parlavo, lacrime di rabbia mi riempirono gli occhi. Avevo sempre negato le mie emozioni, avevo paura di esserne vinto, anche con Jennifer... non riuscivo a elaborare la perdita, la delusione, il dolore – Anche quando ho letto le sue parole nei diari, quelli che ho trovato nel baule, giù a Ferrara, nella casa dei bisnonni, non ho voluto guardare in faccia la realtà, non sono riuscito ad accettare il fatto che lei mi avesse ingannato per tutti quegli anni: era più facile continuare a odiare te in fondo al mio cuore come ormai mi ero abituato a fare, purtroppo. Tu invece sei riuscito a perdonarla e hai continuato a difenderla per evitare che io avessi un brutto ricordo di lei. Tu l'hai amata davvero. – mi fermai e fissai i suoi occhi nella foto – Ma lei lo meritava?"

La mattina dopo andai in agenzia di buon'ora, dopo la mia consueta corsa, una doccia ristoratrice e una ricca colazione. Mi sentivo di buon umore e determinato a scoprire di più su *Introivit in illum Satanas*, la setta a capo della quale c'era Hristo Zdrach. Mi misi al pc e iniziai a consultare i miei *database*, non avevo accesso diretto a quelli che mi sarebbero serviti, ma avrei potuto cercare notizie sulle persone e sui luoghi. Zdrach mi aveva parlato di giovani che avevano lavorato nel suo negozio come di persone che aveva iniziato, forse si trattava di un riferimento alla loro affiliazione alla setta. Perciò cercai non solo informazioni su lui e su Bernardo, ma anche, attraverso il negozio e la s.r.l. che ne risultava titolare, su tutti quelli che ci lavoravano e ci avevano lavorato da quando era stato inaugurato. Trovai una decina di nomi di giovani architetti che avevano svolto lì il tirocinio: cinque venivano dal Politecnico di Torino, dove riuscii a scoprire che Zdrach aveva insegnato per un anno, due venivano dall'Università di Bologna e tre dalla Statale di Milano, in entrambe queste università mi risultava che Zdrach avesse tenuto dei seminari. Dei tre ragazzi laureati a Milano, uno era di Varese e uno di Cremona. Alcuni di loro ad oggi risiedevano e lavoravano all'estero e sembravano condurre vite regolari, per quanto ero riuscito a scoprire. Gli altri erano rimasti in Italia: un paio aveva scelto la carriera accademica, altri erano tornati nelle loro città di origine. Uno aveva aperto un negozio di pietre magiche in centro a Torino, mentre degli altri due si erano perse le tracce. Le coincidenze mi sembravano tali da poter indagare più a fondo, con i miei mezzi però non riuscivo ad arrivare oltre, avevo un'unica soluzione a cui ricorrere.

"Che ti serve, Tony?"

"Oh Franco, ciao! Ma che dici? Perché pensi che io ti chiami solo perché ho bisogno di qualcosa?"

"Perché ti conosco. Dai, dimmi. Ricordati sempre che non voglio essere sospeso di nuovo per sei mesi dalla Disciplinare."

"Ehm... sì, certo, certo... senti, avresti modo di trovare informazioni su una setta satanica?"

Franco rimase in silenzio per un attimo, poi disse: "Scusa, ma su cosa stai indagando?"

Chiesi a mio cugino la massima discrezione e gli raccontai per grandi linee delle indagini e delle mie ipotesi, dilungandomi sui particolari riguardo alla setta e alle mie ricerche di quella mattina. Franco si convinse che le mie deduzioni potessero essere fondate e acconsentì ad aiutarmi, promettendomi che mi avrebbe richiamato non appena possibile per informarmi di quanto aveva scoperto.

Non appena finii la telefonata con mio cugino, vidi la porta del mio studio che si apriva e Adalgisa che faceva capolino con un paio di bacchette in mano: "Cinese?"

Pensai che in fondo, seppur non esattamente dietetico, un buon involtino primavera era quello che il mio stomaco avrebbe gradito, così mi unii ad Ada e Chiara. Il pranzo fu molto piacevole, alla fine decidemmo di andare al Caffè degli Specchi: una passeggiata fino alla

piazza era quello che ci voleva per aiutare la digestione. Mentre Chiara era al telefono con il fidanzato, Adalgisa non riuscì più a trattenersi: "Zdrach l'hai visto? Com'era? Dimmi tutto!"
Sorrisi, sembrava una bambina davanti ai doni sotto l'albero di Natale, solo che il suo entusiasmo era acceso dal capo di una setta satanica: "Un uomo molto particolare, magnetico a suo modo, seppure un po' angosciante."
"In che senso angosciante?"
"Ha uno sguardo che sembra attraversarti da parte a parte, come se ti facesse una radiografia delle emozioni."
"Wow! – fece gli occhi tondi e rimase a guardarmi con la bocca spalancata – Ti prego, quando ci torni voglio venire anch'io! – ridacchiai, nel mentre Chiara tornò al tavolo – Ma ti è servito a qualcosa quest'incontro?"
"Mah, in realtà è stato molto evasivo, mi ha dato degli spunti però."
"Sei sempre convinto che gli omicidi siano collegati tra loro?"
"Spero che la Curia mi darà l'autorizzazione per andare a Firenze a indagare. – Chiara, che era abituata a sentirci parlare di cose riservate, guardava alternativamente noi e la tazzina in cui continuava a rimestare lo zucchero senza farci domande e con un'espressione neutra – Altrimenti sarò costretto a farlo da solo."
"Direi che sei più che convinto, allora."
"Sì, ho trovato anche un altro riferimento che potrebbe essere interessante, in un'altra città."
"Un'altra suora? – annuii – Non aggiungere altro! Qualunque cosa tu abbia scoperto, io sarò al tuo fianco per combattere contro di loro!" e brandì un pugno in aria.
Presi a ridere, Chiara non resistette: "Scusa, Ada, ma loro chi?"
Adalgisa, accesa da uno spirito rivoluzionario, disse con un'enfasi ai limiti del teatrale: "La Chiesa Cattolica!"
Chiara sgranò gli occhi: "Allora dovete fare in fretta! La prossima settimana io e Giacomo dobbiamo lasciare l'offerta per il matrimonio, mi diceva poco fa al telefono che sono almeno 800 euro! Presto!"
Finì tutto in una grande risata.

Nel tardo pomeriggio finalmente arrivò la telefonata di don Stanislao. Mi disse che la Curia approvava la mia idea e che il vescovo di Firenze mi aspettava per un colloquio il sabato mattina successivo alle 10. Don Stanislao mi spiegò che sarei stato ospite per tutto il tempo necessario in un convento in centro città e mi ringraziò per quello che avrei potuto fare per loro. Gli risposi con una certa freddezza, non riuscivo a non pensare che in qualche modo don Stanislao aveva tradito la fiducia che riponevo in lui e, per estensione, in tutta l'istituzione che rappresentava.

Chiesi a Chiara di prenotarmi un biglietto per il giorno dopo, non volevo arrivare trafelato all'incontro con il vescovo.

Mi sentivo soddisfatto, quella giornata si era rivelata piuttosto fruttuosa: mi sentivo sulla pista giusta, anche se non avevo ancora nessun risultato concreto tra le mani. Dopo cena, mi misi sul divano con Lucifero, per godermi un po' di relax, e ricevetti la telefonata di Franco.

"Cugino, hai avuto una buona intuizione. Questa *Introivit in illum Satanas* ha cellule sparse in tutta Italia. Ha una sede a Trieste, che pare sia la principale, poi a Torino, Aosta, Cremona, Bolzano, Padova, Bologna, Firenze, Rieti, Terni, Pesaro, Teramo, Isernia, Caserta, Potenza, Lecce, Locri e Alghero. In Sicilia non sono arrivati, pare."

"*What the fuck!*"

"Eh, sì. Rende bene l'idea! Ognuna di queste sedi ha un capo e ogni sei mesi si incontrano in una sorta di consiglio direttivo. Ogni due anni eleggono il Gran Maestro: il tuo amico Zdrach riveste il ruolo da quasi sei anni."

"E che tipo di attività fanno?"

"E cosa vuoi che facciano? Le solite cose: sacrifici animali, profanazioni di cimiteri e paramenti sacri, rituali vari, orge e qualche reato minore, che però tendono a tenere ben nascosto."

"Reato minore? Di che tipo?"

"Be', uno di quei ragazzi che non trovavi sui tuoi *database* e che è stato allievo di Zdrach ha avuto una denuncia per stupro che è stata insabbiata ed è caduta in prescrizione. Non c'è bisogno che ti dica che a Cremona, la sua città, uno dei magistrati più importanti è un affiliato della setta."

"Di nuovo Cremona..."

"Sì, ti avevo detto che era una delle sedi della setta."

"No, è che ho letto dell'omicidio di una suora a Cremona qualche anno fa, ma non sono riuscito a saperne di più."

"Be', allora forse vale la pena che io cerchi qualcosa anche su questo episodio. In caso ti faccio sapere."

Ringraziai mio cugino e ci salutammo. Quella era stata davvero una giornata fruttuosa, mi sentivo eccitato e sempre più vicino alla soluzione.

z

Ero il primo davanti all'uscita. La gente si accalcava alle mie spalle e premeva contro di me, ma io mantenevo saldamente la posizione. Stavo andando a Firenze per la prima volta, ed ero contento di poterla finalmente visitare. Quando il treno si fermò, il pulsante di apertura porte tardò ad accendersi: alcuni dietro di me mugugnarono, altri mi intimarono di aprire o di togliermi di là perché ci avrebbero pensato loro. Cercai di spiegare che le porte erano bloccate e in quel mentre, per fortuna, arrivò in mio soccorso un controllore che sbloccò il meccanismo dall'esterno. Venni travolto da tutti i passeggeri e dai loro insulti. Non appena fui sulla banchina mi resi conto di essere arrivato in una bolgia infernale: gente con la ventiquattrore che camminava veloce, mamme con bambini che spintonavano per arrivare prime, venditori ambulanti che si trascinavano dietro sacchi di mercanzie da vendere al mercato e poi frotte di turisti di ogni nazionalità che correvano dietro alla bandierina della guida neanche fossimo nel girone dantesco degli ignavi. Eppure tutti sembravano aver chiaro dove dovessero andare, tutti tranne me: continuavo a girare in tondo senza riuscire a capire dove fosse l'uscita principale. Decisi infine di chiedere indicazioni alla libreria, dove mi dissero di uscire da destra e che poi avrei trovato l'attraversamento pedonale. Feci come mi avevano detto, ma non trovai nessun attraversamento pedonale, perciò mi risolsi a imitare le persone attorno a me e ad attraversare fuori dalle strisce rischiando di essere investito da una bicicletta a cui ringhiai: "*You asshole! Get fucked!*"

Se l'insulto mi era uscito in inglese, il gesto con cui l'avevo accompagnato era invece tipicamente italiano. Quando ci vuole, ci vuole! Seguii il navigatore fino al convento che mi avrebbe ospitato in quei giorni: la Casa per Ferie Suore Oblate dell'Assunzione. Tenevo gli occhi fissi sullo schermo del telefono, ma ogni volta che li sollevavo vedevo un diverso scorcio, finché non mi comparve davanti il Duomo in tutta la sua magnificenza. Rimasi estasiato e mi ripromisi che sarei subito uscito per visitarlo.

La suora che mi accolse fu molto cordiale e mi accompagnò nella mia stanza. Non appena fui rimasto solo, mi feci una doccia ristoratrice e mi stesi sul letto per riposare un po', ancora con l'accappatoio addosso. Quando mi preparai e scesi alla *reception*, chiesi alla suora di prima un consiglio su cosa visitare quel pomeriggio: lei mi diede un paio di cartine pieghevoli e mi disse, con un accento fiorentino molto divertente, di andare in piazza del Duomo e visitare Santa Maria del Fiore e il Battistero, che erano poco distanti dal convento. Poi mi consigliò di fare un giro in piazza della Signoria e di attraversare il Ponte Vecchio, arrivando fino ai Giardini di Boboli. Mi indicò tutto sulla mappa e mi augurò una buona permanenza.

Uscito dal convento, mi guardai intorno per focalizzare i punti di riferimento necessari e orientarmi, presi a camminare in direzione della piazza del Duomo e, quando arrivai vicino alla chiesa, notai sulla mia destra un negozietto affollato di turisti e fiorentini che reclamavano il loro panino. Mi resi conto che il mio stomaco stava brontolando e mi unii anch'io ai questuanti. Il negozio era molto particolare, mi spiegarono che si trattava di una vecchia scuderia riadattata. Presi una schiacciata classica con "cacio bono e sbriciolona" e li accompagnai, eccezionalmente, con un bicchiere di Chianti. Fu un pasto davvero delizioso.

Salutai i gestori e mi avviai verso l'ingresso della Cattedrale. Mentre stavo per girare a sinistra e mettermi in fila per entrare, fui attratto da un edificio a pianta ottagonale: doveva essere il Battistero che mi era stato indicato sulla cartina. Da vicino era davvero stupefacente, mi avvicinai ad ammirare i portali lavorati in bronzo che raffiguravano immagini sacre. Mentre ero intento a interpretarle sentii un sibilo alla mia destra, feci appena in tempo a girarmi e una bicicletta mi travolse urlando: *"C'atiena un cancar a tì e tò mama clà vera!"* e entrambi fummo scaraventati a terra dall'impatto. Per un istante quasi persi la connessione con la realtà, non capivo dove fossi né cosa fosse accaduto. Tornai immediatamente in me e mi alzai, porgendo la mano alla mia investitrice. Mentre la prendeva, la ragazza non mi guardava nemmeno in faccia, era piuttosto intenta a sgrullare dal suo cappotto di lana degli inesistenti granelli di polvere. Mentre si alzava, continuavo a guardarla: era mediamente alta, con i capelli biondo scuro, tagliati corti e coperti da un baschetto di lana grigia che le dava un'aria sbarazzina, e dei grandi occhi azzurri con i quali mi fissò. Mi sembrava di conoscerla, dopo un attimo realizzai: "Ma lei lavorava al Castello Estense!"
Sbatté le ciglia, poi strinse gli occhi: "Prego?"
"Il cadavere nella prigione del Castello, si ricorda? Fui io a ritrovarlo!"

Inarcò le sopracciglia: "Ehm, sì, certo che mi ricordo l'episodio, ma purtroppo non sono per nulla fisionomista, mi scusi. Anche per averla travolta con la mia bicicletta."

"E anche per avermi insultato?" capivo il ferrarese abbastanza bene da afferrare il senso delle sue urla.

Sorrise, forse ero riuscito a farla sciogliere un po': "Ha ragione. Mi ero spaventata e in quei momenti..."

Feci un cenno come per dire che non importava: "Come mai è a Firenze? Si è trasferita?"

"No, vivo ancora a Ferrara, sono qui per motivi di studio." Nel frattempo stava tirando su la sua bicicletta, mi chinai ad aiutarla.

"Ah e che cosa studia di bello?"

Mi guardò con gli occhi tondi: "Guardi, è una cosa un po' lunga da spiegare, diciamo che studio storia delle religioni. – guardò l'orologio, sembrava avere una gran fretta di andarsene – Ora devo andare in biblioteca, mi scusi."

Fece per salire sulla bicicletta, ma, non appena mise un piede sul pedale, si accorse che la catena si era sganciata. Imprecò nuovamente.

"Ha bisogno di aiuto?" le chiesi vedendola in difficoltà.

Lei mi disse che non c'era bisogno, accampava scuse, io la ignorai e mi chinai. Presi ad armeggiare con la bicicletta, facevo riparazioni di quel tipo fin da bambino e avevo continuato poi con la mia moto, per me era una sciocchezza. Quando mi alzai in piedi, lei stava ancora dicendo che davvero non le serviva il mio intervento. Io feci un gesto plateale per mostrarle la bici riparata: "Ci salga su! La provi!"

Lei mi guardò sorpresa e fece quello che le avevo detto, dopo un paio di pedalate mi girò intorno in cerchio: "Grazie! Ma lei è bravissimo! – Il suo tono era improvvisamente diventato cordiale. – Io avrei perso forse metà del pomeriggio per sistemarla. Come posso ringraziarla?"

"Potrebbe fare un aperitivo con me! – mi guardò con gli occhi spalancati, sorpresa – Non ci sto provando, stia tranquilla! È solo che non sono mai stato a Firenze, non conosco nessuno e mi farebbe piacere fare due chiacchiere."

Ci pensò per un attimo: "Perché no? Potrei farle da Cicerone."

Ci salutammo dopo esserci dati appuntamento in quella stessa piazza per le 19. Mi rimanevano quasi quattro ore per fare conoscenza con quella città. Iniziai proprio dall'interno della Cattedrale, quando uscii mi diressi verso gli Uffizi, passando prima davanti a Palazzo Vecchio. Mi fermai sotto al David a contemplarlo, mentre ero ancora fermo ai

piedi della statua, fui rapito dalle statue sotto alla Loggia, in particolare dal bronzo di un eroe che teneva in mano una testa. Mi ripromisi di chiedere a Beatrice di chi si trattasse.
Mentre mi stavo per allontanare, notai una lapide tonda a terra, lessi la scritta:

QUI DOVE CON I SUOI CONFRATELLI FRA DOMENICO BUONVICINI
E FRA SILVESTRO MARUFFI IL XXIII MAGGIO DEL MCCCCXCVIII
PER INIQUA SENTENZA FU IMPICCATO ED ARSO
FRA GIROLAMO SAVONAROLA DOPO QUATTRO SECOLI
FU COLLOCATA QUESTA MEMORIA.

Savonarola?! Mi ricordai di quando avevo visto la sua statua a Ferrara e mi ero chiesto cosa ci facesse lì anziché a Firenze. Questa targa mi stava dando ragione, finalmente: c'era davvero un legame fra Savonarola e Firenze! Mi ricordavo bene!
Continuai a camminare verso gli Uffizi, tutto tronfio, poi vidi una fila interminabile che serpeggiava davanti all'edificio. Non me la sentivo di mettermi in coda, probabilmente non sarei nemmeno riuscito a entrare, quindi proseguii per Ponte Vecchio e da lì andai verso i Giardini di Boboli. Anche lì la fila era interminabile. Decisi perciò di addentrarmi nelle viuzze limitrofe e mi ritrovai in una piazzetta graziosissima dove pensavo che avrei potuto fermarmi e su cui spiccava una chiesa. Mi guardai intorno, tutta la piazza era popolata di ragazzi con i capelli colorati, i cani, le camicie a scacchi e *piercing* ovunque. Dopo una veloce visita alla Chiesa di Santo Spirito, che dava il nome all'intera zona, mi incamminai nuovamente verso il Duomo.
Arrivai in piazza pochi minuti prima dell'appuntamento, aspettai poi che Beatrice arrivasse per quasi venti minuti. Non mi infastidì quell'attesa: è la condanna di noi puntuali.
"Tony, mi scusi, sono mortificata per il ritardo, ma ho preferito passare da casa a lasciare la bici."
"Non si preoccupi, la vita di noi puntuali è fatta di solitudini immeritate." citai. Ridacchiò: "Avrei una proposta: visto che sono un po' in ritardo e che non ho fatto merenda, perché non andiamo a cena? Ho pensato a un posto carino e andando potremmo vedere dei punti interessanti della città, le va?"
Aggrottai le sopracciglia con fare severo: "Solo a una condizione!"
"Quale?" disse quasi intimorita,

“Che iniziamo a darci del tu!"
Rise di nuovo, stavolta con una risata più aperta e sincera: “Volentieri!"
mi prese sottobraccio e ci avviammo. Mi chiese anche perché fossi a
Firenze. Le dissi in maniera frettolosa che ero lì per delle questioni
lavorative. Dopo pochi passi, arrivammo in Piazza della Repubblica e
la mia attenzione fu distratta da quel che vidi in un angolo: “Una
giostra?! – la guardai stupito – Cosa ci fa qui una giostra?"
Lei mi guardò perplessa, poi sorrise: “Io ce l'ho sempre vista!"
“Chissà quanti giri ci avrai fatto, allora!"
“Be', no! La prima volta che sono venuta a Firenze avevo diciannove
anni e le giostre sono per i bambini!"
“E chi l'ha detto? Anzi, un'altra volta ci torniamo per fare un giro, così ti
farò cambiare idea."
Lei sorrise affabile, io le feci l'occhiolino e riprendemmo a camminare.
Passammo davanti a Palazzo Strozzi, di cui ci fermammo ad osservare
l'architettura, mentre lei mi raccontava aneddoti e storie. Girammo
intorno al Palazzo, mentre lei continuava a parlare. Quando fummo su
via de' Tornabuoni, alla nostra destra cominciarono a comparire
boutique di alta moda e oggetti di lusso che Beatrice non degnò
nemmeno di uno sguardo. Superato il Palazzo ce le trovammo da
entrambi i lati, ma Beatrice sembrava non accorgersene, tutta presa
dai racconti.
“Vuoi fermarti a guardare le vetrine? Per me non è un problema."
Lei si fermò di colpo: “Vetrine? – si guardò attorno, poi fissò lo sguardo
divenuto severo su di me – Forse ti sto annoiando?"
“No, perché mai?"
“Perché ti vuoi fermare a vedere delle vetrine mentre sto parlando...
Tra l'altro i negozi sono anche chiusi, forse non ti interessa quello che
dico."
Rimasi con un dito a mezz'aria, stavo per dire qualcos'altro, ma tenni
per me il mio pensiero e dissi solo: “No, scusa, continua pure, è molto
interessante quello che mi stai dicendo."
Dopo poco lei comunque si zittì, eravamo quasi arrivati al locale e
chiedemmo un tavolo per due. Ci fecero aspettare all'esterno per
qualche minuto, lei chiese di usare il bagno ed entrò, lasciandomi solo
fuori dal ristorante: in questo, e solo in questo, somigliava alle altre
donne che avevo conosciuto. Jennifer, ma anche Dobriana, si
sarebbero fermate per ore a guardare le vetrine, anche con i negozi
chiusi, ignorando del tutto il Palazzo e, forse, anche me.

Mangiammo e bevemmo benissimo e chiacchierammo tanto, degli argomenti più disparati e anche delle nostre vite. Io mi soffermai sui miei anni in California, lei sulla sua infanzia e adolescenza a Ferrara: seppi che anche lei aveva studiato al Liceo Classico Ariosto, lo stesso dei miei cugini Franco e Martina e dei fratelli Rossetti, che anche lei conosceva e della cui vicenda parlammo per un po'. Iniziammo a parlare delle cose che conoscevamo e avevamo in comune: lei mi disse che aveva frequentato il Conservatorio a Ferrara e che aveva cantato nel coro dell'Università di Bologna. Su questo punto ci eravamo trovati in gran sintonia, perché anch'io avevo cantato nel coro al College e condividemmo diversi aneddoti confrontando le nostre esperienze al di qua e al di là dell'oceano.

Dopo averla riaccompagnata, rientrai al convento e mi misi subito a letto: ero stanco, ma non riuscivo a prendere sonno, continuavo a pensare alla giornata. Ero per la prima volta in una città magnifica e avevo trascorso una serata piacevole con una ragazza che si era rivelata del tutto diversa dalle mie aspettative.

Mi presentai all'incontro con il vescovo mezz'ora prima dell'ora fissata e un prete in abito nero mi disse di accomodarmi nell'anticamera: forse Sua Eccellenza mi avrebbe potuto ricevere anche in anticipo. Così fu e, quando mi introdussero nel suo studio, lo trovai intento a intingere una grossa ciambella fritta in una tazza di cappuccino. Vedendomi entrare si alzò, senza mollare la sua preziosa ciambella ma proteggendo la sua tunica dalle gocce di cappuccino con un tovagliolo e mi si rivolse con tono accogliente: "Buongiorno, lei deve essere Tony! È mattiniero, vedo! Bene, bene, mi piacciono le persone mattiniere: il mattino ha l'oro in bocca! – mi guardò sornione – Certo, sempre che non si viva in un *hotel* solitario in mezzo a una tormenta di neve infestato dai fantasmi!"

Mi resi conto solo con qualche secondo di ritardo che stava alludendo al film *Shining*. Sorrisi, indeciso se essere o meno divertito. Sicuramente ero perplesso: questo vescovo mi sembrava molto diverso da quello che avevo conosciuto a Trieste.

Gli raccontai perché ero lì, dei miei dubbi, delle mie ipotesi, anche delle indagini che stavo seguendo sul satanismo, lui mi guardò con due occhietti vispi e indagatori, ridotti a due fessure, si grattò la testa e iniziò: "Mah... certo, figliuolo, lei ha delle sinapsi ben collegate tra loro, la sua è una fervida immaginazione. Non credo, però, che quello che lei pensa corrisponda alla verità dei fatti. La nostra Maria Gertrude, qui, era una persona un po' particolare, una suora un po' *sui generis*, per così dire." si intrecciò le mani in grembo e mi guardò con una certa aria maliziosa.

"Cosa intende, mi scusi?"

Il vescovo sorrise, divertito: "Forse le sue sinapsi non sono poi così ben collegate, allora! Suor Maria Gertrude è entrata in convento in circostanze molto particolari. Sa, era molto bella e veniva da un paese molto piccolo della Lucania, voleva essere libera, voleva conoscere il mondo, andare al di là dei ristretti confini del suo paese. Aveva la passione della danza ma non era fisicamente adatta a diventare una ballerina classica e così, per allargare le sue vedute, per fare nuove esperienze, si era ritrovata a fare la ballerina in un *night club*. – sgranai gli occhi – Le nuove esperienze però l'hanno portata purtroppo sulla via della perdizione: ha iniziato a drogarsi e a frequentare cattive compagnie. Alla fine è entrata in comunità di recupero, per fortuna, e lì ha avuto la sua chiamata, anche se, talvolta, aveva ancora dei cedimenti. – e si fece il segno della croce, io ero incredulo e dalla mia espressione doveva essere evidente – Non giudichi, figliuolo, il Signore ama le sue pecorelle smarrite molto più di quelle del suo gregge. Si ricorda la parabola del figliuol prodigo?"

Annuii. Forse il vescovo aveva visto nei miei occhi un giudizio che nemmeno io mi ero reso conto di aver formulato. Poi tornai al tema della mia indagine: "Sua Eminenza, forse ha ragione nel dire che sono arrivato troppo rapidamente a delle conclusioni, ma ho dei sospetti fondati e voglio conoscere la verità; che i due delitti siano legati o meno, il mio obiettivo è di risolverli entrambi. Pensa che potrei andare nel convento dove viveva Gertrude?"

"Certamente! Anzi, le metterò a disposizione una macchina. – alzò il telefono e diede disposizioni in merito, poi si rivolse a me e mi porse la mano – Siamo molto contenti di aver trovato in lei un valido supporto. Mi contatti quando vuole, per lei sono sempre disponibile. Una buona giornata."

Feci un piccolo inchino e mi congedai, facendomi il segno della croce.

Il Convento delle suore carmelitane di Santa Teresa si trovava appena fuori città, a Campi Bisenzio; durante il viaggio parlai a lungo con l'autista del vescovo, un fiorentino molto simpatico che faceva continuamente battute. Quei trenta minuti che mi separavano dalla mia meta passarono in un lampo.

Mi accolse la Badessa, suor Maria Chiara, che era già stata allertata dal vescovo. Era una donna dall'aspetto inquietante: alta, magrissima, con un viso molto bello, ma solcato da rughe profonde, gli occhi grigi e severi, il naso fino, aquilino e arcigno, gli zigomi alti e austeri, le labbra che non accennavano mai un sorriso. Mi accolse all'ingresso, giungendo le mani davanti al petto e inclinando in avanti la testa: "Signore, la situazione è molto grave. – io, che nel frattempo mi ero inchinato, facendomi il segno della croce, annuii – La prego di non fare cenno a nessuna delle consorelle di questa vicenda, le racconterò io tutto quello che vorrà sapere."

Aggrottai le sopracciglia, ma non dissi niente e annuii debolmente. Si avviò verso l'interno e io la seguii, camminavo a un passo di distanza da lei, era in qualche modo magnetica. Mi condusse in una stanza arredata con modestia, le pareti spoglie, di un bianco sporco, un tavolo di legno scuro con due sedie dallo schienale alto rivestito in pelle e, su una delle pareti corte, poco distante dalla finestra, un inginocchiatoio davanti a un crocifisso appeso al muro. Ci sedemmo l'uno davanti e l'altra e lei mi fece un gesto ampio con la mano come a indicare che aspettava le mie domande.

"Mi può parlare delle abitudini di suor Maria Gertrude? Cosa faceva?"

"Signore, era una suora. Cosa vuole che facesse? Si svegliava di buon'ora, pregava, veniva a messa, faceva opere di carità, poi tornava in chiesa a pregare e ad ascoltare la messa, poi andava a dormire."

Pensai che quella era anche la giornata tipo di Bernardo e di Concepcion, ed entrambi avevano tempo per fare anche altro: "Non usciva mai dal convento? Frequentava qualcuno al di fuori?"

"Solo le persone con cui entriamo in contatto praticando opere di carità."

"Ha dei sospetti? C'era qualcuno che la odiava?"

"Siamo suore. Nessuno ci odia, a parte Satana."

"Sta parlando di qualcuno in particolare? Sa di qualche mela marcia?"

"Non capisco cosa intenda, Signore."

"Le sto chiedendo se, per caso, fra le consorelle o fra i preti della vostra chiesa o tra i fedeli abituali ci siano dei satanisti."

"Satanisti? – si fece il segno della croce mentre, per la prima volta da quando l'avevo incontrato, la sua espressione cambiò – Nella nostra chiesa non c'è nessuna mela marcia."

"Capisco. Il giorno della sua scomparsa aveva fatto qualcosa in particolare?"

"Stava rientrando dalla Basilicata. Il treno sarebbe dovuto arrivare alle 8 di sera, ma l'autista che avevamo mandato a prenderla ci ha riferito di non averla mai vista uscire dalla stazione."
"Vi eravate allarmate per la sua scomparsa?"
"Certo. Abbiamo provato a chiamarla, ma il suo telefono era spento. Abbiamo chiamato la polizia, ma ci hanno detto che forse aveva perso il treno e di non preoccuparci, comunque hanno preso la segnalazione dicendo che ci avrebbero aggiornato. E poi..." abbassò lo sguardo, seria, "Lo avete saputo dalla televisione?"
"No, è stata proprio la polizia a chiamarci quando ha riconosciuto nel cadavere la nostra consorella scomparsa."
"E lei non ha proprio idea di chi abbia potuto ucciderla? – fece di no con la testa – E ha visto il cadavere? Sa se c'erano dei segni sul corpo?"
"Sono stata io a riconoscerla, ma all'obitorio le hanno scoperto solo il volto e non ho visto segni, non saprei dirle altro."
"Conosceva la sua famiglia? Potrebbe darmi dei riferimenti?"
La Badessa mi diede tutti i riferimenti necessari e mi invitò a pranzare nel refettorio. Acconsentii, molto sorpreso di quell'atto di gentilezza. Dopo pochi minuti avevo già cambiato idea: attraversammo un lungo corridoio e ai lati intravidi una sala spoglia, con un tavolo lunghissimo attorno al quale le suore erano riunite in preghiera. Mi fermai a guardarle dalla soglia, aspettando che la Badessa mi aprisse la porta.
"Lei mangerà nell'altra sala, – disse invece – oggi desiniamo in silenzio. Prego, mi segua." Continuammo lungo quel corridoio che sembrava infinito, mi ritrovai in una stanzetta minuscola, con un tavolino di legno scuro con due sedie ai lati e sulle pareti quadri raffiguranti martiri. La badessa mi fece sedere e poi mi lasciò solo. Pensavo che sarebbe tornata per pranzare con me, invece dopo pochi minuti, arrivò una novizia con un vassoio; si avvicinò e mi mise davanti un piatto bianco, sbeccato sul bordo, ricolmo di minestra, un panino secco, una brocca con dell'acqua, un bicchiere di vetro opaco e un cucchiaio avvolto in un tovagliolo di cotone bianco pesante. Poi si fece il segno della croce e mi lasciò solo.
Mentre mangiavo quel pasto frugale, mi trovai a pensare a quanto fosse triste l'aspetto di quel convento rispetto a quello in cui viveva Concepcion. Mi tornarono in mente le parole della Badessa: non voleva che io parlassi con le consorelle di Gertrude. Perché mai non avrei dovuto farlo? Dal suo racconto non sembrava proprio che ci fosse qualcosa che non andasse. Dopo venti minuti, mentre ero assorto

ancora nei miei pensieri e sorseggiavo l'acqua, la Badessa ritornò e mi chiese se avessi gradito il pasto. Mentii e la ringraziai. Mentre mi accompagnava all'uscita, non riuscii più a trattenere la domanda che mi girava in testa: "Perché non vuole che io parli con le consorelle di Gertrude. Sarebbe importante, potrebbero sapere qualcosa che lei non sa. – mi guardò con uno sguardo che sembrò trafiggermi – Oppure lei sa già qualcosa che non vuole dirmi?"

Fece una pausa, poi mi guardò severa: "Non sia ridicolo, signore. Qui nessuno sta nascondendo niente. Il mio compito è quello di difendere dal mondo le mie protette. Sono responsabile io per tutto quello che accade in questo luogo e a ciascuna di loro, anche al di fuori di qui."

Una volta ripreso posto in macchina, finalmente respirai: "Che posto attufante!" dissi a voce alta, senza volerlo. L'autista scoppiò in una sonora risata: *"Eh la 'apisco, sa, i 'onventi dopo un po' stuccano. Pensi io 'he ci lavoro!"*

Gli chiesi se lavorasse sempre per la curia e lui mi rispose che sì, era un loro dipendente: "Stipendiato dal Vaticano! – precisò – Non è male, purché non mi facciano mangiare in refettorio!" e mi lanciò uno sguardo eloquente dallo specchietto retrovisore. Mi accorsi in quel momento che la minestra aveva aperto una voragine nel mio stomaco, che non voleva smetterla di brontolare.

"Effettivamente..." commentai,

"Ora la porto io a mangia' come si deve!"

Andammo in un chioschetto con un'insegna su cui campeggiava una scritta: LAMPREDOTTO. Strinsi gli occhi: "Lampredotto? Che cos'è?" e presi il panino che mi stava porgendo il ragazzo dietro al bancone. Lo addentai senza aspettare risposta, ero davvero affamato!

L'autista scoppiò a ridere: *"Si'uro 'he lo vuol sape?!* – mi disse ammiccando, io annuii incuriosito, mentre masticavo soddisfatto, trovavo il mio panino davvero delizioso. – *È lo stoma'o de' la mucca!"*

Deglutii il boccone rumorosamente, l'autista mi passò una birra fresca appena stappata, la presi e tracannai un sorso: tutto sommato quello era un pranzo molto soddisfacente, molto più di quello che avevo mangiato in convento! Risalito in macchina, però, quell'euforia gastronomica venne repentinamente meno e io sprofondai nei sedili posteriori dell'Alfa Romeo meditando su quanto avevo, o meglio, su quanto non avevo scoperto quel pomeriggio. L'autista mi gettava delle occhiate fulminee dallo specchietto retrovisore e, quando accostò per farmi scendere, si girò e mi disse, con sguardo malizioso: *"Oh mi*

raccomando, eh! Si ri'ordi 'he pe' tirassi su – iniziò a ridere sguaiatamente e a gesticolare in maniera scomposta e allusiva al doppio senso – *la migliore soluzione è poppe e culo!"*
Ridacchiai, un po' imbarazzato, e chiusi la portiera. Eravamo in seconda corsia e non potevamo fermarci troppo a lungo. Sicuramente aveva ragione, ma in quel momento il mio fisico non aveva nessuna intenzione di "tirarsi su": chiedeva solo riposo. Appena appoggiai la guancia sul cuscino caddi addormentato come un sasso e mi risvegliai, in preda al torpore, solo due ore più tardi e con un peso sullo stomaco: quel lampredotto era buono ma decisamente difficile da digerire! Mi chiesi se le suore che mi stavano dando ospitalità potessero prepararmi una tisana. Furono molto gentili, mi prepararono un infuso di cannella e liquirizia che portai in camera e sorseggiai mentre scorrevo sul cellulare le ultime notizie della giornata. Il sapore era delizioso, e mi ricordava l'odore di cannella mista a zenzero che pervadeva la cucina di casa di Dobriana a Capodistria, dove, solo poche settimane prima, avevo trascorso il Natale in un'atmosfera serena e rilassata. Forse grazie al calore della tisana o forse anche grazie a quello dei miei ricordi recenti, il mattone che avevo sullo stomaco lentamente sparì. Mi misi quindi a riflettere sul da farsi; certo al convento non avevo scoperto granché, ma qualcosa di torbido mi sembrava ci fosse: quella reticenza della Badessa, il fatto che non aveva voluto farmi parlare con nessuna delle consorelle, le risposte rigide e, a volte, evasive e semplicistiche che mi aveva dato. Selezionai il numero del gabinetto del vescovo. Mi rispose uno che doveva essere il suo segretario particolare, dicendomi che il vescovo era occupato ma che aveva lasciato il mio nominativo in evidenza e che quindi potevo prendere direttamente un appuntamento, il primo disponibile era per il lunedì successivo. Era sabato, pensai di essere stato tutto sommato fortunato: avrei dovuto aspettare solo un giorno e mezzo, sarei potuto rimanere persino a Firenze e magari avrei potuto approfittare per conoscere meglio la città. Chissà se il mio Cicerone sarebbe stato ancora disponibile. Non appena riattaccai, le inviai un messaggio. La sua risposta non si fece attendere: *Sono libera! E certo che mi ricordo della promessa di farti da Cicerone. Che ne dici se ci vediamo davanti al monumento a Giovanni delle Bande Nere alle 19?* Risposi con un occhiolino e un pollice in su, ma dentro di me brancolavo nel buio: chi era questo Giovanni delle Bande Nere e, soprattutto, dov'era il suo monumento?

Verificai subito sul navigatore dove fosse, per fortuna distava solo una decina di minuti a piedi. Comunque, alle 18.40 uscii dal convento: la puntualità rimaneva la mia condanna. Quando arrivai al monumento, la vidi uscire dalle scalette di un edificio alla mia sinistra, le sorrisi e le feci un cenno con la mano. Lei, vedendomi, si profuse in un sorriso del tutto inaspettato: "Hai visto? Stavolta sono arrivata addirittura in anticipo!"

"Mi ero preparato ad aspettare mezz'ora. – dissi ridacchiando e mostrai lo *smartphone* – Stavo iniziando a leggere informazioni sulla piazza!"

Rise: "Ma no! Ci penso io a raccontarti qualche aneddoto divertente! Mettilo via!"

Iniziò raccontandomi chi fosse Giovanni delle Bande Nere, rimasi affascinato dalla storia di quel Capitano di ventura che era morto per mano di un duca di Ferrara. Fu così che io e Beatrice riprendemmo a parlare di Ferrara.

"Scusa, ma io non ho ben capito: qual è il tuo legame con Ferrara, visto che ieri mi raccontavi che vivi a Trieste, dove sei nato, e che sei cresciuto in California?"

"La famiglia di mia madre era originaria di Ferrara. La mia bisnonna viveva in una grande casa fra Traghetto e Argenta, che ora ho rilevato e ristrutturato. Mio nonno, suo figlio, ha sposato una californiana e l'ha seguita a Los Angeles, dove è nata mia madre."

"E tu perché sei nato a Trieste, allora?"

"Mia madre tornava spesso a Ferrara dai suoi nonni materni. Un'estate ha incontrato mio padre, lui era triestino ed era a Ferrara con la *jazzband* con cui suonava, mia madre è andata a un suo concerto e da lì è scattato l'amore."

"Ah, e poi come mai siete tornati in California?"

Mi incupii, mi resi conto in un attimo di non essere pronto a rispondere a quella domanda riferendo tutta la verità: "Solo io e mia madre siamo tornati, mio padre è rimasto a Trieste. E poi, dopo la morte di mia madre, sono tornato da lui in Italia."

Lei abbassò lo sguardo: "Mi dispiace, sarà stato difficile per te barcamenarti fra due continenti."

"Eh sì. – Fui di nuovo sbrigativo, non volevo approfondire il tema, avevo ripensato anche troppo al mio passato, per quella sera – E invece della chiesa cosa mi racconti? Stavi venendo da lì, vero?"

Ridacchiò: "No, no, venivo dalla Laurenziana: è lì che studio."

Prese poi a raccontarmi di quello che studiava e la storia della biblioteca.

"Certo sai un sacco di cose! – sorrise lusingata – Starei ad ascoltarti per ore. Non è che sai qualcosa anche sulla gastronomia?"

Si mise a ridere e mi prese sottobraccio: "Ma certo! Ho già prenotato per cena in un posticino delizioso esattamente qui sulla piazza. Ti farò assaggiare qualche specialità!"

Dopo un antipasto a base di salumi e crostini, lei ordinò un peposo e io una trippa alla fiorentina: dopo il lampredotto avevo deciso di indagare tutta la gamma dei piatti a base di interiora! Innaffiammo il tutto con un buon vino rosso. Parlammo a lungo, lei mi raccontò ancora degli aneddoti su Firenze e mi chiese di nuovo perché fossi in città. Forse era il vino a farmelo credere, ma mi sembrava che stesse nascendo tra noi una certa complicità. Quale che fosse il motivo, mi sentivo a mio agio con lei, così, quando mi chiese perché fossi a Firenze, decisi di raccontarle qualcosa dei casi che stavo seguendo. Pensai anche che potesse aiutarmi, con tutte le cose che sapeva.

"Quindi tu stai pensando a qualche tipo di rito sacrificale? – mi chiese quando le esposi la mia teoria sul satanismo, io annuii: era più o meno quello a cui stavo pensando – Ma cosa intendi tu per sacrificio?"

"Ehm... – mi aveva preso in contropiede, ma feci mente locale in un attimo – Intendo che le vittime erano delle suore, quindi innocenti, e quindi i satanisti le hanno offerte in dono alla loro divinità, se così si può dire, a Satana, insomma."

Rimase per un attimo pensierosa: "Ma con quale obiettivo? Una consacrazione? Un'espiazione? Una supplica?"

Presi un lungo respiro: "Sinceramente non lo so. Forse uccidere un religioso era una prova per entrare nella setta?"

"Quindi un sacrificio di consacrazione. Sì, potrebbe essere. Ma dovresti indagare sulla setta che hai individuato e capire se praticano questo tipo di riti. O se qualche altra setta li pratica. Sempre che sia un sacrificio di consacrazione." il suo tono mi diceva chiaramente che considerava ovvio, scontato, che io dovessi fare una simile ricerca.

"Non saprei da dove iniziare a indagare sul satanismo. Ti ho detto di aver incontrato il Gran Maestro, ma non sono riuscito a fargli dire granché."

"Sì, ma i tuoi sospetti partono da casi che sembrano collegati fra loro. Perché non approfondisci le indagini sul caso di Cremona? Potrebbe esserti di aiuto: indagando capiresti anche se il collegamento esiste realmente o se c'è solo una similitudine."

"Eh, ma è difficile, su internet non ho trovato nulla e nemmeno sui miei *database*."

"Potresti andare in emeroteca, qui alla Nazionale."

"Emeroteca? *What is* emeroteca?"

Lei scoppiò in una risata fragorosa, poi mi spiegò cosa fosse un'emeroteca e, nello specifico, come funzionasse quella della Biblioteca Nazionale di Firenze. Anzi, si propose di accompagnarmi il lunedì, visto che anche lei doveva andare in Biblioteca. Quella serata era stata veramente fruttuosa. Quando riaccompagnai Beatrice a casa, mi venne spontaneo chiederle di rivederci il giorno successivo. Non appena glielo chiesi mi pentii, forse ero stato troppo istintivo, forse stavo dando l'impressione sbagliata, lei però non sembrò farsi grossi problemi: "Certo! Perché no? Anzi, ti porto a fare una gita!"

"Dove andiamo di bello?"

Nicchiò mentre muoveva ritmicamente il dito davanti al mio viso: "Eh no, è una sorpresa! Ti aspetto qui domani alle 10."

H

Quella notte dormii davvero poco: continuavo a pensare alle suore morte, a Bernardo, a Zdrach. Doveva esserci un legame, ma non riuscivo a capire quale. Le domande di Beatrice mi avevano messo in difficoltà e mi avevano fatto capire che vagolavo nel buio. Forse poteva essere lei il mio faro? Aveva detto di studiare Storia delle Religioni e mi aveva raccontato molti aneddoti su Firenze, dimostrando di avere una cultura molto vasta. Del resto, aveva due dottorati.

Quando furono le 5.30 mi alzai, rimanere sdraiato mi metteva agitazione, indossai la mia tuta e uscii a correre. Quando attraversai l'atrio, vidi, con la coda dell'occhio, le suore che si raccoglievano nella cappella in fondo al corridoio a destra del bancone; pensai che forse la mia abitudine di svegliarmi sempre presto venisse dai miei anni alla Catholic High School.

L'aria era frizzante, il centro era tutto per me, attraversai i vicoli, le piazze, fino ad arrivare al Lungarno. Seguii il corso del fiume fino ai piedi di una collinetta con in cima una chiesa. Rimasi colpito da quella vista, in quel mentre passò un signore alla guida di un'ape carica di frutta: mi passò esattamente davanti, io gli feci cenno e gli chiesi, mentre continuavo a correre sul posto, cosa fosse quella chiesa. Mi disse che era San Miniato e mi consigliò di andare a visitarlo, senza trascurare il David. Lo ringraziai e continuai la mia corsa, ripromettendomi di chiedere qualche informazione in più a Beatrice su quel luogo.

Dopo poco attraversai un ponte da cui si godeva un bellissimo panorama e ritornai verso il centro e il mio alloggio. Non appena in stanza, mi gettai letteralmente sotto la doccia e stetti lì a lungo: il movimento prima e l'acqua poi mi avevano sgombrato la mente da ogni pensiero ossessivo ed ero pronto a godermi la giornata. Alle 9.30 ero pronto per andare da Beatrice, così mi incamminai, anche se palesemente in anticipo. Quando arrivai in vista del suo portone, lo vidi aprirsi e uscirne lei. Mi sorrise da lontano, facendomi un cenno con la mano.

"Sono in ritardo? Forse l'appuntamento era per le 9.30, non per le 10."

"No, no, è che mi hai detto che la vita dei puntuali è costellata da lunghe attese, quindi ho pensato per una volta di evitartene una. Andiamo a fare colazione?"

Annuii senza riuscire a replicare: era riuscita a sorprendermi. Feci una colazione all'italiana, per una volta. Quando finimmo, lei mi guidò verso la sua macchina che era parcheggiata poco distante: una Twingo verde, un modello ormai passato di moda da anni, con la carrozzeria un po' malandata. Mi aspettavo di trovare anche all'interno quello stesso sentore di vecchio, ma, non appena mi sedetti al posto del passeggero, notai invece una delicata fragranza floreale. Mi girai e vidi pendere dallo specchietto una boccetta di vetro con il tappo in legno intagliato, piena di olio profumato, accanto a cui ondeggiava una chiave di violino d'argento, che toccai: "Bella!" dissi. Lei mi sorrise, ma mi parve di intravedere nei suoi occhi un fondo di cupezza. Mise in moto e partimmo. Dopo qualche minuto si vedeva già la campagna, con ulivi e muretti a secco, cipressi e case in mattoni: era uno spettacolo incantevole. Visto che la conversazione mi sembrava languire, chiesi con tono allegro dove fossimo diretti. Lei rise: "Ti sto portando a vedere il teatro romano di Fiesole, ti avevo detto che ti avrei fatto una sorpresa!"

Nel mentre la strada iniziava a salire, "Ah, bello! Ne abbiamo uno anche a Trieste, lo sapevi?"

"Ma sì, certo che lo so! Questo però è molto meglio, vedrai!" e mi lanciò uno sguardo sornione. Di lì a poco arrivammo in uno slargo, parcheggiammo ed entrammo nell'area archeologica: il teatro era molto suggestivo, adagiato su una verde collina dal profilo dolce, che lasciava l'occhio perdersi nella vallata sottostante. Rimasi a bocca aperta: "*Amazing!*"

Beatrice mi diede un colpetto sulla spalla: "Hai visto? Che ti avevo detto? – sorrisi annuendo – E questo è niente! Se un giorno andrai al teatro di Taormina mi saprai dire."

"Anche quello è un teatro romano?"

"Sì, be', anche se in realtà questo tipo di impianto è greco."

Mi incuriosii: "E che significa?"

Lei ridacchiò: "Be', semplificando molto, – esitò un attimo – il teatro di impianto greco sfrutta un declivio naturale del terreno, mentre quello di impianto romano utilizza delle strutture artificiali. Quindi da fuori vedi una specie di edificio, una parete, tipo il teatro di Marcello a Roma, hai presente? – rimasi un po' in imbarazzo, mentre lei mi guardava con gli occhi un po' sgranati e le braccia allargate, come se stesse dicendo una vera ovvietà, di cui io però non avevo alcuna idea.

La mia titubanza spense gradualmente la luce nei suoi occhi – Hai presente Roma, vero?"
Annuii: "Sì, ma... – ero sempre più imbarazzato – non la conosco benissimo."
"Be' certo, per conoscere Roma non basta una vita. – disse facendo un gesto di noncuranza – Quante volte ci sei stato?"
"Ehm veramente una volta sola, ero ancora bambino. – inarcò le sopracciglia – Con mia madre e... – aggrottai le mie al pensiero – mio zio."
Mi guardò comprensiva: "Qualcosa non va? Non voglio farti ricordare cose spiacevoli."
Tentai di recuperare: "No, perché mai una gita a Roma dovrebbe essere un ricordo spiacevole?"
"Non lo so, mi è sembrato di vedere un'ombra nel tuo sguardo. Magari è stata un'impressione." e fece qualche passo lungo la gradinata del teatro. La seguii, quello che mi aveva detto mi aveva colpito: era un'osservatrice molto attenta. Iniziò a raccontarmi cose sul teatro, su come venivano messe in scena le opere teatrali, tragedie, commedie, e mi disse che ancora oggi quel teatro veniva usato per concerti e rappresentazioni varie. Mi sembrò che si fosse nuovamente incupita senza una ragione apparente. Non le chiesi nulla, però, non volevo metterla a disagio. Continuammo a passeggiare per l'area archeologica, mentre lei andava avanti a raccontare delle terme, del tempio, degli Etruschi e dei Romani, tracciando un quadro della zona come doveva essere in epoca antica. Ero molto affascinato, sia dalla quantità di cose che sapeva, sia dal modo in cui le esponeva, senza essere mai pesante e trasmettendo una grande passione e un grande entusiasmo. A un certo punto si tolse lo zaino e si sedette su un masso che spuntava dal terreno: "Ti va di mangiare? – chiese facendomi un cenno di sedermi accanto a lei – Ho portato dei panini!" e sventolò un sacchetto davanti al mio naso.
Fu molto premurosa, quel suo modo di essere mi colpì. Peraltro i panini che aveva portato erano molto buoni, con cacio e salumi tipici racchiusi da un ottimo pane toscano fragrante: era anche una buongustaia. Iniziavo davvero a sentirmi a mio agio, così senza nemmeno accorgermene mi trovai a farle una domanda diretta e personale: "Sei legata a questo luogo per qualche motivo in particolare?"

Rimase per un attimo a fissarmi, tenendo il panino davanti a sé, poi prese un profondo respiro, come se dovesse inspirare un po' di coraggio insieme all'aria: "Sì, mi ricorda una persona a cui ho tenuto molto... – la fissai senza parlare, lei guardava in basso – ci venivo spesso con quello che è stato il mio grande amore, – fece una pausa – forse l'unico grande amore della mia vita. Anzi, la prima volta che siamo stati insieme, lo avevo accompagnato qui per un concerto, lui era un violinista."

"Oh, mi dispiace! Com'è morto?"

Lei mi guardò, facendo una smorfia: "Non è morto, ma per me è come se lo fosse."

"Ma cos'è accaduto allora? Se ti va di parlarne..."

"Dopo sette anni ero stanca di fare l'amante." il suo tono era tale da non lasciare spazio a repliche, o almeno così mi sembrò, visto che addentò con foga il suo panino.

"Il mio grande amore invece è morto."

Lei fece per dire qualcosa e poi si fermò, riprese lo zaino e si mise a frugare, poi ne estrasse due bottiglie e le alzò: "Questo è il momento giusto per una birra! – rimasi stupito, non mi aspettavo che portasse i panini, figuriamoci la birra – Non temere, nello zaino ho anche un coltellino multiuso: sono stata una coccinella!"

Sorrisi, quella ragazza era una sorpresa continua.

Dopo poco riprendemmo la nostra visita e continuammo anche a chiacchierare di noi e del nostro passato: mi sentivo a mio agio con lei, mi veniva naturale aprirmi e raccontarle le mie sensazioni e le mie emozioni e mi sembrava che lei facesse lo stesso. Forse è vero che con gli sconosciuti a volte si riesce a essere sé stessi più che con chi ci conosce, si abbattono le barriere con più facilità. Nel frattempo il sole era tramontato e la luce si faceva sempre più argentata.

"*Fresche le mie parole ne la sera...*"

Mi girai verso Beatrice, che aveva iniziato a declamare fissando l'orizzonte davanti a sé.

"*...ti sien come il fruscìo che fan le foglie*
del gelso ne la man di chi le coglie
silenzioso e ancor s'attarda a l'opra lenta
su l'alta scala che s'annera
contro il fusto che s'inargenta
con le sue rame spoglie
mentre la Luna è prossima a le soglie

cerule e par che innanzi a sé distenda un velo
ove il nostro sogno si giace
e par che la campagna già si senta
da lei sommersa nel notturno gelo
e da lei beva la sperata pace senza vederla.
Laudata sii pel tuo viso di perla,
o Sera, e pe' tuoi grandi umidi occhi ove si tace
l'acqua del cielo!"
Per un attimo calò il silenzio.
"Oh ma è bellissima! – dissi poi – L'hai scritta tu?"
Lei mi guardò di traverso, scuotendo la testa: "D'Annunzio! 'La sera fiesolana'… – mi guardava come aspettando da me un cenno di assenso che però io non potevo assolutamente fornire – non la conosci?"
Mi sentii avvampare: "Ho studiato negli Stati Uniti, vale come alibi?"
Si mise a ridere: "Sì, dai, semmai una volta ne parleremo. Adesso torniamo a Firenze? Inizio ad avere fame."
Quella sera andammo a mangiare in una trattoria vicino agli Uffizi, che ancora non ero riuscito a visitare, dopo cena ci incamminammo verso la giostra su cui ci eravamo ripromessi di fare un giro. Fu una bella serata, ci lasciammo con la promessa di vederci il giorno dopo in emeroteca.
Quella ragazza mi piaceva molto, anche se era molto diversa da tutte le donne che normalmente mi attraevano, o forse proprio per questo. Andai a dormire con un grande senso di serenità interiore, che ritrovai in me anche al risveglio. L'appuntamento era alle 10, non mi affrettai, feci tutto con grande calma, pensando a quello che mi aspettava e sperando di trovare un indizio illuminante. Mi sentivo stranamente vicino all'obiettivo. Quando arrivai alla Biblioteca Nazionale, la trovai già ad aspettarmi davanti all'ingresso, guardai l'orologio, erano le 10 esatte: "Sei qui da molto?"
"Non preoccuparti, – disse inarcando le sopracciglia – la vita di noi puntuali è fatta di solitudini immeritate."
Scoppiai a ridere: quella ragazza aveva su di me un effetto benefico. Certo era molto diversa da me: chissà se avrebbe mai potuto trovarmi interessante.
Varcando la soglia, mi resi conto che avrei dovuto fare la tessera per accedere alla biblioteca, mi fecero una foto, mi chiesero il documento e Beatrice dovette anche lasciare la sua borsa con i suoi effetti personali in un armadietto: portò con sé solo il pc.

"Come mai hai portato il pc?" chiesi.

"Be' ho da fare delle ricerche. Te lo avevo detto, che oggi sarei dovuta venire qui. – rispose con un sorriso. Era deciso: non mi trovava interessante – Ti accompagno nella sala emeroteca e poi vado a fare le mie cose."

Quando arrivammo nella sala che mi serviva, ci venne incontro un bibliotecario alto, corpulento, con indosso un maglioncino di filo di lana verde oliva su una camicia a scacchi, un accenno di barbetta e la faccia quadrata come la montatura dei suoi occhiali. Con quello che doveva essere il suo miglior sorriso si avvicinò a Beatrice e le toccò una spalla: "Carissima collega!" le disse con voce melliflua. Lei fece un sorriso tirato e un passo indietro per liberarsi dalla sua mano: "Philologus! Che fai qui, non c'è Alvaro?"

"Eh oggi lo sostituisco, sai, sta facendo delle ricerche sul vaso di Dueno. – lei fece una faccia che simulava interesse – Ma anch'io sto facendo delle ricerche, eh. Sto studiando le capigliature femminili nelle corti, dall'antica Roma ai Windsor."

Beatrice fece uno sguardo sornione: "Il solito esagerato!" esclamò con un fare canzonatorio che lui evidentemente non colse,

"Guarda, ho trovato tantissima bibliografia, se vuoi poi ti passo alcuni titoli, secondo me ti possono essere anche utili per i tuoi studi."

"Ah, hai ragione, – ribatté lei, sempre più divertita – potrebbe essere proprio interessante sapere come si acconciavano gli eretici!"

Mi schiarii la voce e finalmente il bibliotecario si girò verso di me: "Chi è il signore?" chiese a Beatrice indicandomi e facendomi una radiografia dalla testa ai piedi.

"Ah, è Tony, un mio amico, deve fare una ricerca, anzi, se potessi aiutarlo mi faresti un favore, è la prima volta che viene e io devo consegnare un capitolo mercoledì, ancora devo rivedere la bibliografia. Mi puoi fare questa cortesia?" gli chiese poi facendo occhi da cerbiatta per convincerlo. Il bibliotecario gonfiò il petto: "Ma certo, carissima, ci penso io, il signore è in buone mani."

"Perfetto grazie! Ciao Tony, poi ci sentiamo, eh!" e scomparve.

Guardai questo Philologus, che continuava a fissarmi con distacco, perplesso, quasi si stesse chiedendo cosa ci facesse lì uno come me. Sorrisi, sperando di sciogliere quella tensione che sentivo tra noi, lui mi guardò serio e mi chiese di cosa avessi bisogno e come potesse aiutarmi. Gli dissi che stavo cercando un articolo o una serie di articoli che si riferivano a un omicidio accaduto anni prima a Cremona: mi consigliò di consultare il catalogo relativamente all'anno e alla città e mi disse che poi avrei potuto consultare i *microfilm* nell'apposito visore che mi indicò. Dovetti sembrargli veramente spaesato, perché si offrì di aiutarmi anche a consultare i cataloghi. Alla fine fu una fortuna, perché si rivelò molto gentile e competente. Trovai in particolare un articolo su un numero del 2009 de "La Provincia di Cremona", quotidiano locale, in cui l'omicidio veniva raccontato in maniera dettagliata.

Una fine crudele per una sposa del Signore. Satanismo o feticismo?
Cremona. Svelata finalmente l'identità del corpo ritrovato nel cantiere davanti alla chiesa del cimitero cittadino. La donna è Giuditta Afroditi, novizia dal 2008 dell'Istituto Beata Vergine di Cremona. Gli inquirenti sono riusciti a risalire a lei grazie alla denuncia diramata dalle consorelle. 'Le ricerche vanno in direzione del satanismo – dice il capitano dei Carabinieri Giusto Celli – la suora aveva delle bruciature a forma di croce su tutto il corpo, è stata torturata e poi chiusa in una custodia per cappotti in cellophane nella quale è morta soffocata." Una morte atroce per una sposa del Signore, un assassino senza scrupoli e senza fede oppure un feticista del cellophane o un adepto di qualche setta satanica, che come sappiamo operano nel nostro territorio corrompendo i giovani al riparo dalla legge e dall'ordine?

"Certo questo giornalista era veramente un incompetente! – mi girai verso Philologus che scuoteva la testa con aria schifata – Del resto, cosa ci si può aspettare da un giornale di provincia!"

"Mi scusi?" non riuscivo a cogliere il problema.

"Ma non vede? Si lancia in una filippica contro le sette sataniche attive a Cremona e dintorni nel decennio 2000/2010, senza citare né nomi né fatti! E si sofferma in maniera quasi maniacale sulla decadenza dei costumi attuali, sulla depravazione dei giovani... sembra una *laudatio temporis acti* di stampo catoniano!"

Rimasi a fissarlo per un attimo. Neanche lui aveva nulla in comune con me, per fortuna! Tornai a leggere, ma non mi sembrò che ci fosse niente che potesse interessarmi. Cercai altri articoli, ma non trovai niente di più dettagliato né che facesse alcun riferimento alla soluzione del caso. Mi dissi che forse avrei potuto telefonare a Franco per chiedere se poi avesse recuperato le informazioni che mi aveva promesso. Volevo sapere se l'assassino fosse stato catturato, chi fosse, quale fosse stato il movente, se fosse in carcere o se invece non fosse stato rilasciato per mancanza di gravi indizi di colpevolezza: nel qual caso, sarebbe stata ipotizzabile una ripresa delle attività all'indomani della liberazione, perché quell'omicidio sembrava davvero simile ai due su cui stavo indagando io. Preso dal *furor* investigativo mi alzai e, salutando Philologus con un cenno, mi avviai a grandi falcate verso l'uscita, già col telefono in mano: una volta all'esterno chiamai immediatamente mio cugino. Franco mi rispose bruscamente: "Tony, sai che non posso darti informazioni riservate!"

"Ma come, Franco, me l'hai detto tu!"

"Che cosa?"

"Che mi avresti richiamato con delle informazioni in più su quel caso di Cremona del 2008."

Franco sbuffò: "Ma chi se lo ricordava, Tony! Scusa, ho tantissimo da fare in questo periodo, l'avevo completamente rimosso! Comunque, vediamo se riesco nei prossimi giorni ma non ti prometto... – si interruppe – Aspetta, hai detto che era il 2008?"

"Sì."

Venne inaspettatamente preso dall'entusiasmo: "Ah, ma allora è presto fatto! In quel periodo era a Cremona Luigi Foresta! Un mio brillantissimo compagno di Accademia! Posso chiedere senz'altro a lui senza problemi. Tranquillo, Tony, lo chiamo subito!"

"No, ma..."

"Insomma, Tony, non sei mai contento! Cosa c'è ora?"

"No, è che il caso l'hanno seguito i Carabinieri."

Seguì un momento di silenzio. Forse avevo detto l'ennesima cazzata.

"Mi stai chiedendo notizie di un caso che hanno seguito i Carabinieri? Lo stai facendo davvero?"

"Be' sì... ma quando te l'ho chiesto la prima volta non lo sapevo... e poi ho pensato che magari... tramite gli archivi... tu potessi controllare comunque."

"Tony non ti attacco il telefono in faccia solo perché sei mio cugino."

"Non conosci proprio nessun carabiniere, sei sicuro? – tu–tu–tu – Franco? Franco? Ah! Deve essere caduta la linea!"

Stavo per essere preso dallo sconforto, poi mi incamminai verso il palazzo del vescovo per andare all'appuntamento. Era sempre cordiale e bonario, mi accolse con un largo sorriso sincero e mi invitò a sedermi davanti a lui, chiedendomi come potesse aiutarmi. Gli raccontai di quanto avevo letto sull'omicidio di Cremona e della mia ipotesi che fosse collegato agli altri.

“E perché mai dovrebbe esserlo? A parte il fatto che le vittime erano suore, quali altri elementi la inducono a pensarlo?"

“Intanto sono state tutte ritrovate nude, avvolte nel *cellophane* e all'interno di un cantiere. In più, tutte avevano dei segni sul corpo. Mi sembrano più prove che non coincidenze."

Il vescovo sospirò: “In effetti... però quello di Cremona risale a diversi anni fa, forse è stato individuato il colpevole, ha controllato?"

Tossicchiai: “Non sono riuscito a scoprirlo, per ora."

Il vescovo sorrise: “Se vuole, possiamo chiedere alla diocesi di Cremona. Sicuramente loro hanno notizie sull'esito delle indagini."

“Oh grazie, Eminenza! Era proprio quello che volevo chiederle."

Il vescovo chiamò immediatamente e scoprimmo così che il caso era rimasto irrisolto. Ringraziai il vescovo e mi diressi immediatamente alla stazione. Mi sembrava di non aver altro da fare, lì a Firenze. Mentre aspettavo il treno per Trieste mi misi a ripensare agli omicidi e a quello che sapevo della setta *Introivit in illum Satanas*. Decisi infine di ricontattare Hristo Zdrach: cercai nel telefono, mi resi conto però di non avere il suo numero. Allora mi venne in mente di chiamare fra Bernardo, ma mi accorsi che non avevo nemmeno il suo contatto perché mi aveva telefonato con il numero privato. Per un attimo mi sentii di nuovo sconfortato, poi mi ricordai del negozio. Cercai su Google e poi composi direttamente il numero. Mi rispose una voce di donna, cortese e disponibile, che, alla mia domanda di poter parlare con Zdrach, rispose mettendomi in attesa. Quando il *midi* dei Carmina Burana terminò, fu proprio Zdrach a rispondermi; sembrava molto contento di sentirmi e fu entusiasta della mia proposta di un incontro. Mi diede l'indirizzo del suo studio e mi disse che mi avrebbe aspettato per le 10 del giorno dopo. Dal treno scrissi un messaggio a Beatrice, ringraziandola della compagnia e dell'aiuto. In cuor mio speravo che l'avrei rivista a breve e avrei voluto scriverlo nel messaggio, poi però lasciai perdere: la conoscevo poco e anche se era stata molto gentile con me, non mi aveva dato l'impressione di avere una propensione nei miei confronti.

Quando mancavano ormai pochi chilometri a Trieste, chiamai anche Martina: volevo capire da lei se avesse senso che un *serial killer* restasse inattivo per tanto tempo.

“Tony! Che bello sentirti! Come stai? Cosa mi racconti?"

“Ciao Martina! Tutto bene, grazie, torno ora da Firenze, anzi, scusa se dovesse cadere la linea ma sono in treno."

"Ah, cosa sei andato a fare di bello a Firenze?"

"A cercare un legame tra quegli omicidi di cui ti avevo parlato..."

Martina sembrò entusiasmarsi: "Ah, che bello! E l'hai trovato?"

"Veramente ho trovato anche un altro omicidio, a Cremona: sempre una suora. Però risale a diversi anni fa."

"Ah, interessante! E quindi abbiamo un *serial killer*!"

"È una delle ipotesi che ho fatto. Ti volevo giusto chiedere se è credibile che un *serial killer* rimanga inattivo per anni. Considera che il delitto di Cremona risale al 2008, noi siamo nel 2016: sono passati otto anni!"

Martina emise uno strano verso con la bocca: "Questo non mi sembra un problema. Intanto: sei assolutamente certo che in questi otto anni non ci siano stati altri omicidi? – rimasi in silenzio, lei proseguì – Ecco, appunto. E poi, anche fosse, ci sono diverse opzioni percorribili: il *serial killer* potrebbe essere stato arrestato per altri motivi, reati minori; potrebbe essere stato all'estero e aver colpito lì e magari essere stato arrestato lì; oppure potrebbe essere riuscito a incanalare le sue pulsioni altrove e aver quindi condotto una vita apparentemente normale per alcuni anni."

"E questo capita di frequente, che a te risulti?"

"Sì, certo. Può accadere. Tutte e tre le cose possono accadere. Cos'è che ti suona così strano?"

"Ti ricordi che ti avevo detto che l'assassinio poteva essere avvenuto in un contesto satanista?"

"Sì ma le due cose non sono necessariamente in contrasto. Prendi per esempio Richard Ramirez."

"*Sorry?*"

"Ma dai, Tony, è famoso! Ha operato proprio dove vivevi tu, in California, negli anni '80!"

"Va be' ero un bambino, Martina, non mi ricordo proprio, non ne ho mai sentito parlare. Che ha a che fare col satanismo?"

Martina mi raccontò che questo assassino era stato traumatizzato da un suo cugino, un reduce del Vietnam che gli mostrava continuamente immagini di morte e di sesso con cadaveri; per di più aveva ucciso sua moglie e Ramirez, ai tempi appena tredicenne, era stato testimone dell'omicidio. A venticinque anni aveva iniziato a uccidere e violentare donne in diversi modi, spesso sparando anche ai loro compagni, inneggiando a Satana e chiedendo loro di fare lo stesso. Aveva anche inciso sul seno di una delle vittime la sua iniziale e, quando era andato al processo, aveva un pentacolo tatuato sul palmo della mano. Era un vero sanguinario: in appena cinque mesi si era macchiato della bellezza di 13 omicidi, 5 tentati omicidi, 11 violenze sessuali e 14 furti con scasso.

"E pensa che ha avuto anche tantissime *fan*, perché c'è da dire che era un bell'uomo. – ebbi un sussulto – Una l'ha anche sposata! Una giornalista *freelance*. Questa donna aveva anche detto che si sarebbe uccisa quando fosse stato giustiziato. Fortuna per lei, è morto di morte naturale!"

"Come di morte naturale?! Non l'hanno giustiziato subito?"

Martina si irrigidì: "Tony, intanto noi siamo contro la pena di morte!"

"Ma io veramente..."

"Tony, per favore! Vivi in Italia da più di dieci anni!"

Parlando con mia cugina, mi resi conto di quanto fossi ancora legato all'idea di giustizia che avevo in America: "Hai ragione, Martina, ho parlato senza pensare. Però questo Ramirez ha agito in pochissimi mesi, vedi che il mio dubbio ha un senso? E poi, scusami, era un *serial killer* satanista o agiva in nome di una setta?"

"Ma dai, Tony, era un esempio! Comunque, per quanto se ne sa, agiva da solo. Magari però era affiliato a una setta. Una cosa che mi ha sempre insospettito è che la sua condanna a morte è stata rimandata perché uno dei giurati è stato ucciso. Mi sono sempre chiesta se sia stata una casualità o se, invece, sia stato intenzionale. La cosa cambia poco, comunque, i *serial killer* sono di tanti tipi, e non si può affatto escludere che i tre casi che mi hai citato siano opera della stessa persona."

Sospirai: "Sì, ma tutti questi anni di inattività mi lasciano davvero perplesso."

"Ma ti ho già spiegato che sono motivabili in vario modo. E anche sul satanismo, ti ho dimostrato che un'ipotesi non esclude l'altra. I *serial killer* sono di vari tipi, il tuo, ammesso e non concesso che lo sia, potrebbe essere un dominatore, un missionario, un edonista, un visionario."

Mi schiarii la voce: "Scusa, puoi spiegarmi meglio?"

Bofonchiò: "Be', semplificando molto, posso dirti che il dominatore è il tipo più comune, uccidere lo fa sentire potente. Il missionario uccide per liberare il mondo da categorie di persone che, a suo parere, non meritano di vivere, si sente un benefattore, in sostanza. L'edonista uccide per provare piacere, può essere un necrofilo oppure un cannibale o un sadico. Il visionario di solito ha disturbi mentali importanti, viene guidato da voci o da ordini superiori. Ce ne sono anche altri tipi: la vedova nera, l'angelo della morte... ma in questo caso, se mai dovesse essere stata un'unica mano a compiere tutti e tre gli omicidi, penserei a una delle quattro categorie che ti ho detto."

"Il missionario mi convince come opzione: con Adalgisa dicevamo che questo assassino potrebbe avere come obiettivo la distruzione della Chiesa dall'interno. Magari lo fa proprio in nome di Satana."

"Perché no. Ramirez era proprio un missionario, infatti."

"Ti ringrazio, Martina, sei sempre preziosa."

Mia cugina si schernì, poi mi strappò la promessa di andare presto a trovarla a Ferrara. Dopo il colloquio con lei, ero sempre più convinto che Zdrach potesse essere risolutivo.

Mi ero preparato con cura per quell'incontro, sia per l'abbigliamento che avevo scelto sia per la disposizione mentale. Avevo indossato un paio di pantaloni *beige* e un *blazer* blu sopra una camicia celeste, un pesante cappotto color cammello e al collo una sciarpa di *cashmere*. Ero stato a lungo indeciso se mettere o meno la cravatta, poi avevo pensato che un *look* più *casual* sarebbe stato più adeguato. Quanto al mio stato mentale, mi ero ripromesso di restare centrato sul caso e di non farmi coinvolgere troppo da qualsiasi cosa avesse detto su di me. Dopo qualche istante di esitazione mi decisi a suonare il citofono.

Zdrach viveva in un palazzo antico, nella zona di San Vito, una grande scala in marmo dall'andamento arrotondato mi guidò fino all'ascensore di ferro battuto con delle sedute in velluto rosso e i dettagli in mogano. Premetti la pulsantiera di ottone e l'ascensore si fermò all'ultimo piano. Quando le porte si aprirono mi resi conto di essere in una sorta di salone con del *parquet* scuro e perfettamente lucidato. Le pareti erano spoglie, se non per un grande camino spento, di stucco bianco esattamente come il soffitto, che troneggiava su uno dei lati. In un angolo, un rigoglioso papiro accanto alla porta, da cui comparve Zdrach con indosso lo stesso completo di velluto nero che gli avevo visto anche al negozio. Mi venne incontro con le braccia aperte: "Tony caro!" disse, mentre mi appoggiava le mani sulle spalle e avvicinava le sue guance alle mie per salutarmi,
"Oh buongiorno signor Zdrach, la ringrazio di avermi ricevuto."
"È un piacere per me! – i suoi occhi, questa volta, emanavano riflessi color smeraldo – Ma perché non ci diamo del tu? Chiamami pure Hristo."
Annuii timidamente con un sorriso e lo seguii lungo un corridoio su cui si affacciavano sia a destra che a sinistra una serie di porte, che si aprivano su delle pareti ricoperte di stoffa damascata. Alla fine del corridoio campeggiava un grande specchio, che si rifletteva su quello montato sul retro della porta da cui eravamo appena passati, creando un effetto disorientante. Svoltammo a destra e imboccammo un nuovo corridoio, che si estendeva sia davanti che dietro di noi. Dopo qualche metro Zdrach aprì una porta e mi fece cenno di precederlo.
Mi ritrovai in una sala, spaziosa e molto luminosa, con le pareti bianche su cui si aprivano delle grandi finestre da cui, in lontananza, si scorgeva il mare. Il pavimento di marmo bianco con delle venature

quasi impercettibili era talmente lucido che sembrava riflettere la mia immagine. Mi girai verso destra attratto da un'enorme libreria di legno bianco laccato, che ricopriva interamente la parete. Stavo per avvicinarmi, incuriosito dalle coste antiche dei libri, quando sentii una voce femminile alle mie spalle: "Per voi."

Mi girai di scatto e vidi una donna mulatta, alta, slanciata, con lunghi e setosi capelli color miele, che mi veniva incontro tenendo in mano due bicchieri. Ne porse uno a Zdrach e uno a me con un sorriso ammiccante, poi si voltò e andò a sedersi sul divano di pelle bianca. La osservai: si muoveva sinuosa nel suo abito aderente, anch'esso di pelle bianca, che le lasciava scoperta la schiena e le spalle. Si sedette accavallando le gambe e mettendo in mostra delle scarpe pitonate bianche dal tacco vertiginoso. La guardavo ammaliato prendere il suo bicchiere dal tavolino di vetro davanti al divano, su cui era elegantemente seduto, con la coda attorcigliata attorno alle zampe, uno *sphynx* che mi scrutava con dei profondi occhi gialli.

"Vuole darmi il cappotto?"

Un'altra voce femminile, calda e suadente, mi riscosse e nel mentre sentii due mani avvolgermi le spalle e posarsi sui miei pettorali sfilandomi il cappotto senza lasciarmi neanche il tempo di rispondere o di capire cosa stesse succedendo. Zdrach, per aiutare la misteriosa donna alle mie spalle a togliermi il cappotto, mi passò accanto e mi prese il bicchiere. Quando me lo restituì lo guardai.

"Ti piace la nostra ospitalità?" chiese e, senza attendere risposta, mi fece cenno di seguirlo sul divano. Una volta seduto, mi guardai di nuovo intorno: davanti a me avevo la libreria che mi aveva colpito entrando, occupava l'intera parete ed era piena di libri all'apparenza antichi. A dirla tutta, su uno dei ripiani era accomodato un secondo *sphynx* che, inizialmente, mi era sembrato la statua di una divinità egizia. C'era una scala scorrevole di ottone per permettere di raggiungere i ripiani più in alto. Strinsi gli occhi, una particolare disposizione faceva sì che i libri collocati più in alto, pur più grandi, apparissero della stessa dimensione di quelli posizionati sugli scaffali più in basso.

"Sei interessato all'esoterismo?"

"*Not at all.* Oh, mi scusi, cioè scusa. Sono molto colpito dalla tua libreria."

Bevve un sorso dal bicchiere, dopo aver fatto tintinnare il ghiaccio all'interno: "Sono contento che ti piaccia, l'ho disegnata io stesso, come gli altri mobili della stanza e della casa. – Sorrisi e bevvi anch'io un sorso, reclinando la testa all'indietro: il soffitto era interamente ricoperto da una pianta tentacolare che non capivo da dove si sviluppasse. – Stai cercando il vaso? – sobbalzai – È alle nostre spalle. – mi girai e lo vidi, grande, al di sopra del mobile bar – Si tratta di una tetrastigma."

Mentre tornavo a guardare Zdrach, mi resi conto che la donna che mi aveva tolto il cappotto era rientrata e stava armeggiando con un mobile di vetro posizionato tra le finestre. La sua figura si stagliava in controluce, non riuscivo a capire bene cosa stesse facendo, vidi solo la reazione che stava provocando su un altro *sphynx,* che scese elegantemente i pochi scalini di marmo che separavano la zona delle finestre dal resto della stanza e si andò ad acciambellare al centro del tappeto dal motivo *optical* che era in mezzo alla stanza.

"I gatti sono creature affascinanti, ti guardano dentro. Non trovi?"

"Oh, sì, piacciono molto anche a me. Ne ho uno anch'io: Lucifero!"

"Un gatto nero, immagino. – annuii – Me ne rallegro. Ma ora dimmi, cosa ti ha portato di nuovo da me?"

Mi schiarii la voce, ma prima che potessi iniziare a parlare, avvertii una presenza al mio fianco e mi voltai. La donna che mi aveva preso il cappotto si era seduta sul bracciolo del divano. Era arrivata lì senza che me ne accorgessi, si muoveva con lo stesso passo felpato degli *sphynx,* nonostante gli altissimi tacchi laccati neri che aveva ai piedi. Indossava dei pantaloni di lattice nero e un top coordinato che le lasciava scoperte le spalle su cui era adagiato un serpente. I capelli corvini erano folti e vaporosi e contrastavano con il candore della sua pelle. I tratti, orientali, avevano un che di felino; quando incrociai il suo sguardo, mi resi conto che indossava delle lenti a contatto che davano alle sue pupille la forma allungata di quelle dei gatti e dei serpenti. Proprio in quell'istante notai che il serpente si stava muovendo: sobbalzai, fino a un momento prima pensavo fosse finto.

"Non si preoccupi, Mehen è innocuo. Peraltro, ha appena mangiato i suoi topi."

Sorrisi alle parole della donna.

"Scusami, che pessimo ospite sono. Non ti ho neanche presentato alle mie donne. – mi girai di scatto e con gli occhi sgranati verso Zdrach che con la mano indicò prima una e poi l'altra – Loro sono India e Savannah. Come ti ho già detto, la nostra vita è all'insegna dell'amore e della libertà. – si interruppe per un istante, guardandomi intensamente come a volermi leggere dentro – Ma stavi dicendo qualcosa?"

"Oh, sì, sì. Avrei bisogno di qualche informazione sulla tua... famiglia."

"Che tipo di informazioni?"

"Volevo conoscere qualcosa di più sui vostri rituali."

"Molto bene. Vuoi che ti descriva quelli di iniziazione, ad esempio?"

Mi resi conto che Zdrach stava pensando che il mio interesse per la setta e i rituali fosse di tipo personale, così pensai di cavalcare l'onda per avere il maggior numero di informazioni possibili. Se fossi stato più diretto, nel caso in cui la sua setta fosse effettivamente coinvolta, avrei rischiato di bruciarmi ogni possibilità.

Lui iniziò a raccontare di come la sua setta puntasse alla crescita spirituale degli adepti e alla loro liberazione dalle catene dell'omologazione. Spiegò che entrare a far parte della famiglia era una scelta volontaria, in seguito alla quale ciascun adepto intraprendeva un cammino di iniziazione che culminava nella conversione vera e propria, concretizzata in un rituale, durante il quale assumeva una nuova identità, un nuovo nome, un nuovo abito.

"E questo rituale in cosa consiste?"

"L'unico modo che hai di saperlo è scoprirlo con i tuoi occhi."

"Potrei assistere?"

Mi guardò enigmatico: "Non esattamente."

Mi schiarii la voce: "Puoi almeno dirmi se si praticano sacrifici o violenze? Insomma, se sono cruenti."

"Dipende. Parte tutto dalla volontà e dal consenso."

"In che senso?"

Sorrise in direzione di Savannah, mentre posava la mano sul ginocchio di India: "Nel senso che tutti sono consenzienti. Non esistono vittime."

"Quindi chi subisce violenze e abusi acconsente?"

"Non si tratta, in realtà, di abusi e violenze."

"Ma la cronaca è piena di crimini perpetrati da satanisti."

"Suvvia. La maggior parte dei casi a cui ti riferisci era opera di poveri pazzi che inneggiavano al satanismo senza conoscerlo minimamente, oppure semplici ragazzate operate da disadattati che volevano mettersi in mostra. Ti ricordi il caso delle tre ragazze di Sondrio? – lo guardai interrogativo, non sapevo di cosa stesse parlando – Nel 2000 tre ragazzine minorenni decisero, davanti a una birra, di attirare una suora in un agguato, fingendo di aver bisogno del suo aiuto, per massacrarla a coltellate nel nome di Satana. Un'azione veramente deprecabile. Il satanismo ne è uscito svilito: la religiosa sarà proclamata beata, dov'è il vantaggio per noi? Un vero satanista l'avrebbe attirata nelle sue schiere, invece così è stato sortito l'effetto contrario. E di casi come questo sono piene le cronache. Non credere a tutto quello che leggi, Tony."

"Vuoi dirmi che nessuna setta satanica ha mai ucciso dei religiosi?"

"Voglio dirti che è molto meglio sedurli."

Percepii la mano di Savannah lungo il braccio, mentre Zdrach continuava a fissarmi senza mai spostare lo sguardo da me. Mi alzai di scatto: "Ora è proprio il caso che io vada." Uscii dalla stanza e India mi venne dietro per guidarmi alla porta dopo avermi riconsegnato il cappotto.

Quando mi ritrovai vicino al papiro nell'ingresso, Zdrach comparve alle mie spalle: "Spero di rivederti presto, Tony. Sai dove trovarci."

Annuii con un sorriso tirato e mi diressi a passo spedito verso l'ascensore che mi aspettava con le porte già aperte.

Letteralmente scappai verso il mio ufficio e, quando arrivai, un senso di sollievo mi pervase. Mi chiusi nel mio studio e iniziai a ricapitolare le conclusioni a cui ero giunto, se di conclusioni si poteva parlare.

"Capo, ti ho portato il pranzo."

"Grande, Ada! *You re the best*!"

Iniziammo a mangiare il cibo cinese che Adalgisa aveva portato. Di nuovo tutti quei fritti e quei carboidrati pieni di salse, ma sapevo benissimo che era inutile discutere con lei, soprattutto in tema di cibo. Pensai che sarei potuto tornare alla mia alimentazione salutare a cena.

"Allora, capo, confessa: perché sei così stranito? Hai visto Dobriana con uno, per caso? – mi irrigidii, forse la guardai torvo – Ma dai, sto scherzando. Insomma, che ti è successo?"

"Niente, è che sono stato a casa di Zdrach..."

"A casa di Zdrach?! *Ma alora te son propio una merda*! – scoppiai a ridere – *no xè un cazzo de rider*!"

Mi scusai perché non l'avevo avvisata e le spiegai che era stata una cosa organizzata in fretta. Poi iniziai a parlarle delle indagini, di quello che mi avevano spiegato Beatrice e mia cugina sui *serial killer* e sulle sette sataniche. Inoltre, le avevo confessato che le parole di Zdrach mi avevano spinto a pensare che la loro setta non fosse coinvolta.

"Certo, senza contare che anche la tempistica non mi convince in relazione a una setta. Se si tratta di un qualche tipo di rituale, perché compierne uno e poi fermarsi per anni e poi, d'improvviso, compierne due, uno dietro l'altro?"
"Magari ci sono altri omicidi di cui non sappiamo. Ma nella sostanza, Ada, sono d'accordo con te. – esitai per un attimo, poi presi coraggio – Ma quindi Dobriana sta con qualcuno?"
Adalgisa alzò gli occhi al cielo: "Oddio, Tony! Dicevo per dire. *Te son peso.*"

La mattina dopo, mi svegliai come al solito di buon'ora e andai a fare la mia consueta corsa mattutina fino al Castello di Miramare e ritorno. Continuavo a pensare agli omicidi, mi sembrava ormai chiaro e incontestabile che fossero collegati e opera della stessa mano, ma non ero ancora certo se il satanismo andasse escluso o meno. Per prima cosa dovevo sincerarmi che non ci fossero altri omicidi compiuti con le stesse modalità negli anni tra quello di Cremona e quello di Trieste, pensai di chiedere una mano ad Adalgisa, intanto, e poi, magari, anche alla diocesi: una ricerca nei loro archivi sarebbe potuta essere fruttuosa, dovevano necessariamente tenere traccia di eventuali omicidi ai danni di religiosi. Riguardo al satanismo, invece, non sapevo proprio da che parte iniziare, Zdrach era troppo coinvolto per potermi rivelare qualcosa di interessante, ed era troppo astuto per poter cadere in qualche mia eventuale trappola. Bernardo di certo non era altrettanto astuto, però sembrava essere particolarmente bravo a svicolare. Continuavo a rimuginare alla ricerca di una soluzione, ero ormai quasi ritornato a casa e ancora non avevo capito come sciogliere quel nodo. All'altezza del canale, guardai i palazzi antichi che incombevano alla mia sinistra e, per la prima volta, mi chiesi cosa fossero, quale fosse la loro storia, a quale stile architettonico appartenessero. Mi chiesi se Beatrice avrebbe saputo dirmi qualcosa in merito. Beatrice? In un lampo mi resi conto che avrebbe potuto aiutarmi lei con la questione del satanismo; in fondo era l'unica persona che avessi mai conosciuto che si occupasse della religione in termini scientifici. Non appena arrivai a casa le mandai un messaggio chiedendole quando avrei potuto chiamarla per chiederle un parere e mi infilai sotto la doccia. Dopo la colazione, fu lei a chiamarmi.
"Tony, come stai? Non mi aspettavo un tuo messaggio, come ti posso aiutare?"

“Oh, Beatrice, grazie per avermi chiamato. Pensavo che non volessi più sentirmi, visto che mi hai abbandonato in emeroteca." dissi ridacchiando.

“Sì, certo, anzi scusami se ti ho lasciato con Philologus ma di solito tendo a scappare quando lo vedo! – rise – La ricerca è stata utile?"

“Diciamo di sì. L'omicidio di Cremona risulta ancora irrisolto e dall'articolo ho verificato che effettivamente è molto simile agli altri due su cui sto indagando. Anche per questo sono tornato di corsa a Trieste e dal Gran Maestro della setta."

“Ah, e sei riuscito a capire se si tratta di un sacrificio di consacrazione?"

Risposi allora che Zdrach non mi aveva voluto, o potuto, raccontare nulla in realtà dei loro rituali e che ero perciò allo stesso punto di prima. Le dissi anche delle mie perplessità in relazione all'ipotetica interruzione dell'attività della setta per tanti anni fra Cremona e Trieste: “E qui entri in gioco tu."

“Io? – rise di nuovo – E come? Io non so niente di sette sataniche! Se vuoi al massimo posso raccontarti qualcosa del Cristianesimo precostantiniano!"

Sorrisi: “Be’, magari conosci qualcuno che studia questo argomento e potresti mettermi in contatto con questa persona."

Si fermò per un attimo a riflettere poi mi disse: “Forse qualcuno ce l'ho! Dammi qualche ora e ti richiamo. Ciao!"

Attaccò prima ancora che riuscissi a salutarla o a ringraziarla, lasciandomi un po' interdetto.

Finii di prepararmi e andai in agenzia: ero deciso a scoprire se ci fossero altri omicidi che mi erano sfuggiti. Salutai Chiara rapidamente e mi chiusi in ufficio. Chiamai prima la diocesi e mi feci passare padre Angelo, il segretario particolare del vescovo, a cui chiesi la cortesia di poter accedere ai loro archivi per appurare se negli anni tra il 2008 e il 2016 ci fossero stati degli altri omicidi simili a quelli su cui stavo indagando. Padre Angelo mi rispose che assolutamente quella non era una via percorribile ma si dimostrò collaborativo offrendosi di fare la ricerca al mio posto. Certo non sarebbe stata la stessa cosa, ma acconsentii. Mentre prendevo gli ultimi accordi con il sacerdote, Adalgisa aprì la porta e mi salutò con la mano, ancora con il cappotto indosso. Le feci cenno di aspettare, dovevo dire una cosa anche a lei. Mimò che si sarebbe tolta il cappotto e sarebbe tornata, così ebbi il tempo di chiudere la telefonata con padre Angelo, con il quale rimasi d'accordo che mi avrebbe informato in giornata dell'esito delle sue ricerche negli archivi diocesani.

Mi alzai per farmi un buon caffè lungo americano, come piace a me, e, in quel mentre, Adalgisa tornò nella stanza: "Ancora bevi quella brodaglia? – mi girai e la vidi letteralmente tuffarsi, con la solita grazia, sulla mia sedia girevole – Cosa mi volevi dire, capo?" chiese continuando a roteare sulla sedia a destra e sinistra come una bimba al parco giochi.

Feci qualche passo verso di lei e bloccai la sedia tenendo lo schienale: "Ho un incarico delicato per te: devi verificare se ci sono stati altri omicidi a danni di religiosi con lo stesso *modus operandi* di quelli su cui sto indagando che ci sono sfuggiti."

"Stai chiedendo a me di indagare sulla Chiesa?"

"No! Ho chiesto direttamente alla diocesi di verificare nei loro archivi. – sbuffò – Voglio che tu verifichi in internet e sui nostri *database*."

"Ma non l'hai già fatto tu?"

"Sì, ma in maniera superficiale. Ho bisogno di una ricerca più approfondita, che punti non solo alle suore, ma in generale ai religiosi."

"Va bene, vado. – si alzò dalla sedia – Comunque io non mi fiderei dei preti che cercano nei loro stessi archivi. Se trovano tre cose te ne raccontano una. Forse."

Feci una risata e le diedi una spintarella, lei se ne andò ridacchiando.

Rimasi da solo a pensare a quel caso, non riuscivo ad andare avanti né indietro: mi stavo avvitando su me stesso e un senso di ansia stava iniziando a pervadermi. Dovevo darci un taglio: presi la giacca e uscii.

Il freddo pungente di quel febbraio triestino mi tagliava la faccia, mi strinsi nel bavero e affrettai il passo verso piazza Unità.

L'edificio della questura, con il suo porticato, incombeva grigio sulla piazza. Non ci entravo da quell'ultimo interrogatorio che aveva rivelato l'assassino di Alina. Presi un profondo respiro e mi avviai con passo sicuro verso l'ingresso. Non appena varcato il portone vidi il sovrintendente Cocullo appoggiato al gabbiotto e intento a parlare con l'appuntato gesticolando ampiamente.

"Salve, Cocullo!"

Si girò verso di me, mettendomi subito a fuoco: "Tony! – esclamò con un largo sorriso – Cosa ci fa qui?"

"Ho bisogno di parlare con il Commissario, c'è?"

Cocullo tentennò: "Aspetti qui, vediamo cosa posso fare." e scomparve su per le scale. Mi girai e sorrisi all'appuntato nel gabbiotto, che mi fissava con occhi vacui: non aveva evidentemente alcuna intenzione di socializzare. Rivolsi dunque la mia attenzione alla macchia di caffè sull'intonaco della parete di fronte. Dopo qualche minuto, che mi sembrò interminabile, Di Firenze comparve in cima alle scale e mi fece cenno di salire: "Della Rocca, venga pure." disse con piglio deciso.

Mi affrettai sulle scale, mentre lui già era rientrato nel suo ufficio. Cocullo, in piedi sulla soglia, mi salutò mentre entravo e richiuse la porta alle mie spalle prima di andarsene.

"Allora, il brillante investigatore pagato dalla Curia ha già risolto il caso? – mi chiese aggressivo – Oppure ha bisogno di rubarci qualche informazione per farlo?"

Rimasi di sasso, non mi aspettavo un'accoglienza simile. Ci misi un attimo per rispondere adeguatamente: "Non ho risolto il caso e non voglio rubare informazioni, voglio solo scoprire la verità. Dovrebbe sapere come sono fatto, no?"

Di Firenze sospirò: "Mi scusi Tony – crollò sulla poltrona – la presenza della Curia mi fa sentire davvero sotto pressione. Si accomodi pure."

Mi sedetti davanti a lui e iniziai a raccontare di quello che avevo scoperto e delle mie ipotesi. Di Firenze mi ascoltò con attenzione e poi mi disse: "Molto affascinante. Noi però abbiamo già un indiziato. – si alzò e andò a prendere una cartellina dallo schedario, poi si sedette di nuovo davanti a me, estrasse un foglio e me lo mostrò – Ecco, questo è il referto dell'autopsia. Suor Maria Concepcion aveva avuto un rapporto sessuale poche ore prima dell'omicidio, apparentemente consensuale. Il DNA appartiene al suo amante, Emmanuel Levi. Sapeva che aveva un amante, no? – feci cenno di sì con la testa – Più di un testimone ci ha raccontato di averli visti entrare e uscire dal lapidario: sono stati visti entrare lì anche il giorno in cui lei è stata uccisa."

Le parole di Di Firenze mi giungevano lontane, come un'eco, ero concentrato sul referto dell'autopsia: "Ma questi segni sul corpo, potrei vederli? Lei ha delle foto?"

Di Firenze mi guardò perplesso, poi aprì la cartellina e ne estrasse delle foto, che mi mostrò: "Eccole."

Ammutolii: sulla carne di Concepcion, appena sotto l'ombelico, era impresso a fuoco un crocifisso e, sui seni, due tagli a forma di croce. Sul cavo popliteo e sui polsi, dei tagli netti. Rimasi a guardarli a lungo, poi rilessi il referto dell'autopsia: "Per fortuna sono stati fatti *post mortem.*"

Di Firenze annuì: "Sto indagando per capire se Levi sia ancora legato alla setta satanica che frequentava in gioventù."

"Emmanuel frequentava una setta?"

"Frequentava persone che ne facevano parte e abbiamo notizia della sua partecipazione ad alcuni riti."

"Sa come si chiama questa setta?"

"Non hanno voluto rivelarmi il nome, ma penso di essere abbastanza vicino a scoprirlo."

"E secondo lei gli omicidi di Cremona e di Firenze possono essere collegati?"

Di Firenze si alzò e prese delle altre cartelline dallo schedario, ne estrasse delle foto, poi tornò a sedersi e me le mise davanti: "Questi sono i cadaveri di Firenze e di Cremona. – indicò prima l'una e poi l'altra – I segni, come vede, sono identici."

"E quindi lei pensa che Emmanuel sia responsabile anche degli altri due omicidi?"

Di Firenze sospirò: "Stiamo indagando in questo senso: per i giorni dell'omicidio di Firenze Levi non ha un alibi, sostiene di essere rimasto a casa da solo. Per Cremona, stiamo cercando dei collegamenti."

"Provi a cercare *Introivit in illum Satanas.* Potrebbe essere la setta di cui Emmanuel faceva parte e ha cellule anche a Cremona."

Di Firenze prese un appunto e mi disse che avrebbe verificato, ringraziandomi con un cenno del capo.

Quando uscii dalla questura mi sentivo più confuso che mai. Emmanuel era proprio l'ultima persona che avrei sospettato, non lo avevo neanche preso in considerazione. Era possibile che il fatto di essermi identificato con lui e con la sua sofferenza mi avesse reso cieco? E poi restava comunque incomprensibile il movente di quegli omicidi come anche il significato dei segni sul corpo delle vittime. Provai a chiamare mia cugina, ma scattava la segreteria. Ero ormai rientrato in agenzia e decisi di staccare per dedicarmi ad altro, mettere distanza tra me e quel caso così ingarbugliato forse mi avrebbe permesso di vedere le cose con maggior chiarezza.

La mattina del giorno seguente, Beatrice mi richiamò con una buona notizia: aveva trovato qualcuno che poteva fare al caso mio, un suo amico giornalista, tale Fabio Valentini, che si era occupato per anni di questioni religiose e, in particolare, di svelare frodi, collaborando con il CICAP.

"CICAP? Cos'è?"

"Il Comitato Italiano per il Controllo delle Affermazioni sulle Pseudoscienze. – rimasi in silenzio per un istante – È un'associazione che si occupa di indagare criticamente e scientificamente l'ambito del paranormale, dell'occulto e dei misteri. L'obiettivo è, ovviamente, pedagogico: evitare che la gente si lasci abbindolare da false credenze."

Non potei fare a meno di pensare a Zdrach e al senso di fascinazione che indiscutibilmente aveva esercitato su di me.

"E come potrebbe aiutarmi questo tuo amico?"

"Non saprei, magari puoi fargli delle domande: lui è molto competente. Ha detto che può incontrarti, se vuoi, tra un paio di giorni."

"Certo, volentieri, grazie! – mi venne in mente che non sapevo di dove fosse questa persona – Ma dove potrei incontrarlo? A Ferrara o a Firenze?"

"A Roma!"

Sgranai gli occhi: "A Roma?!"

SECONDA PARTE

α

Fuori dal finestrino scorrevano senza soluzione di continuità graffiti e binari morti. Il treno era appena ripartito dalla stazione Tiburtina e stava per fermarsi di nuovo a Termini, dove sarei dovuto scendere. Mi sentivo pervaso da un indefinito senso di eccitazione: forse perché stavo per visitare Roma per la prima volta da adulto, forse perché stavo per rivedere Beatrice.

Ero stato a Roma da bambino, in una di quelle gite così frequenti che mia madre organizzava con lo zio Biagio e i miei cugini, Franco e Martina. Adesso finalmente capivo perché fossero così frequenti e perché sua moglie Carla non venisse mai con noi. Era sempre impegnata per lavoro, dicevano: in realtà erano loro a scegliere il momento in cui lei non si sarebbe potuta liberare.

Mentre il treno rallentava, con il suo caratteristico fischio, e mentre tutti intorno a me si affannavano a recuperare le proprie valigie, intravidi sulla banchina Beatrice, avvolta in una pesante sciarpa di lana *beige*. Vicino a lei, un uomo, con cui parlava e rideva: sembravano avere una buona intesa. Mi alzai di scatto anche io per recuperare il mio bagaglio dalla cappelliera e mi feci largo tra la folla per mettermi in prima fila davanti alle porte. Purtroppo, puntualmente, anche stavolta non riuscii ad aprirle abbastanza in fretta da evitare che si levasse una voce alle mie spalle: "*Ahò, ma tutta 'sta fretta era pe' facce fa' 'a fine der sorcio?!*"

Per fortuna, proprio in quel mentre le porte si aprirono con uno sbuffo, salvandomi dal linciaggio. Scesi in fretta, spinto dalla massa che premeva alle mie spalle, e mi ritrovai proprio davanti a Beatrice e al suo accompagnatore, che mi guardavano sorridendo: "Benvenuto a Roma, eh! – mi disse lui, ironico. Risposi con un sorriso tirato: non so perché, ma non riuscivo proprio a provare simpatia per quello sconosciuto – Io sono Fabio." aggiunse, tendendomi la mano. Ricambiai la stretta, con scarsa convinzione, presentandomi a mia volta.

"Bene! – esclamò Beatrice battendo le mani – Adesso che abbiamo fatto le presentazioni di rito togliamoci da qui e troviamo un posto più adatto per parlare."

Mi guidarono fuori dalla stazione Termini facendo lo slalom tra i *clochard* e le transenne dei cantieri, parlottando tra loro per decidere dove portarmi, ridendo di tanto in tanto e facendo delle battute. Mi sentii escluso e mi sembrò che quella ragazza che avevo davanti fosse completamente differente da quella che avevo visto a Ferrara e a Firenze. Attraversammo un piazzale pieno di autobus e ci lasciammo, sulla destra, una buffissima statua grigia piena di piccioni e di gabbiani. La indicai alle mie guide chiedendo loro che cosa fosse. Scoppiarono entrambi in una risata sonora e lui disse: "Ma che non riconosci Wojtyla?!" e tirò dritto. Quella sua risposta confermò la mia prima impressione: quel tizio non era per niente simpatico. Dopo pochi metri ci trovammo in una piazza circolare, con una bellissima fontana al centro, purtroppo spenta, e da una parte una chiesa, dall'altra dei porticati. Mi fermai per un attimo ad ammirare quella grandiosità, Beatrice se ne accorse e si avvicinò sorridendo: "Bella, vero? Si chiamava piazza Esedra, per via della forma della chiesa. – la indicò e io mi voltai – Una volta lì c'erano le terme di Diocleziano. Ora si chiama piazza della Repubblica. Andiamo, dai, Fabio ci aspetta sulle strisce. Anche se non si vedono, ci sono!"

Attraversata la piazza, imboccammo una larga e lunghissima via in discesa che sembrava non finire mai e su cui si affacciavano edifici imponenti e bellissimi che poi scoprii essere musei, teatri e la Banca d'Italia. Arrivammo a una scalinata, anch'essa interminabile, alla fine della quale ci ritrovammo su via dei Fori Imperiali.

Ero stanchissimo, anche per la borsa a tracolla che iniziava a pesarmi, ma cercavo di dissimulare. Vedere tutte quelle rovine mi lasciò senza fiato: da piccolo ero passato su quella enorme strada che le fiancheggiava a bordo di un autobus turistico, ma non le avevo viste così da vicino. Intravidi in lontananza, alla mia sinistra, anche il Colosseo. Passammo poi davanti all'Altare della Patria e iniziammo a salire una scalinata che ci condusse a una grande statua equestre di bronzo al centro di una piazza su cui si affacciavano tre grandi edifici bianchi. Le mie guide mi spiegarono che si trattava del Campidoglio, dove si trovavano gli uffici del Comune e i Musei Capitolini. La statua raffigurava Marco Aurelio e, mi raccontarono, si era salvata dalla fusione solo perché nell'antichità si pensava che raffigurasse invece Costantino. Mi portarono poi lungo una salita ghiaiosa sulla destra che conduceva alla terrazza di un bar, dove finalmente ci accomodammo per pranzare. Dopo esserci rifocillati, iniziammo a parlare delle indagini: io focalizzai l'attenzione sui dubbi che speravo potesse sciogliere quel Fabio. Lui mi ascoltò con grande attenzione, poi, mentre sorseggiava il caffè, sospirò e disse: "I rituali satanici, a quanto ne so, si svolgono con modalità e tempistiche molto precise, inoltre hanno una contestualizzazione più complessa. – posò la tazza sul piattino e si pulì le labbra col tovagliolo – Per esempio vengono scelti luoghi che abbiano un significato: caverne, grotte, anche cantieri – lo guardai speranzoso – ma di solito cantieri archeologici. Proprio recentemente hanno trovato resti di messe nere nel cantiere archeologico di Ostia Antica, vicino a quella che si presumeva essere la tomba di un bambino, legata a una maledizione. Quindi capisci che un normale cantiere di restauro, anche per la sua natura provvisoria, non è il contesto adatto per un rituale di questo tipo. Il fatto poi che questi omicidi siano avvenuti a intervalli irregolari mi porta a escludere con ragionevole sicurezza che possano rientrare in una ritualità definita."

"E quindi tu escludi del tutto che ci possa essere una matrice satanista?"

"No, si potrebbe trattare di un satanista che però opera per sé e non a nome della setta: un neofita, un fuoriuscito o semplicemente un esaltato. Hai detto che c'erano dei segni sul corpo, di che tipo erano? – gli descrissi i segni che avevo visto nelle foto mostratemi da Di Firenze, lui sbuffò e si appoggiò allo schienale della sedia – Mah, sinceramente non vedo perché un satanista dovrebbe tracciare delle croci sul corpo di un religioso. Io lo vedrei piuttosto a tracciare la stella a cinque punte, una croce rovesciata, se mai, o il 666."

Continuammo a parlare per un po', poi ci avviammo verso il Lungotevere, dove Fabio aveva parcheggiato. Mi chiese se avessi bisogno di un passaggio, gli dissi che dovevo andare ad Acilia e lui si offrì di portarmi alla fermata del treno a Piramide. Salimmo in macchina tutti e tre e Beatrice mi chiese come mai avessi scelto di alloggiare ad Acilia, che non era esattamente Roma. Spiegai che la moglie di mio cugino era di là e che i suoi genitori si erano offerti di ospitarmi. Quando scesi per entrare in stazione Beatrice mi disse che, se avessi avuto bisogno di compagnia, avrei potuto chiamarli. Usò il plurale: chiamarli. Forse, anche se non me l'aveva detto esplicitamente, erano una coppia. Ringraziai sorridendo e mi dileguai tra la folla.

"Allora, com'è annato er viaggio?"
La Panda rossa e polverosa di Mario arrancava lungo lo stradone di Acilia che portava alla loro casa. Il padre di Manuela, la moglie di mio cugino Franco, mi era venuto a prendere alla stazione e ora mi stava tartassando di domande: *"Te piace Roma? Quante ore ciài messo a*

*ariva'? Me sa 'na cifra... Oh, amo comprato certe olive pe' stasera... so'
greche! Ma 'o conosci Mario Brega?* – scoppiò in una risata fragorosa –
*E quanto ha ritardato er treno? Sicuro armeno 'n par d'ore. Ma 'a
coratella te piace, sì? Che hai fatto durante i cambi? Sai che palle sta
alla stazione senza fa' niente... Ma n'è che invece preferivi 'e coppiette?"*
Non riuscivo in nessun modo a inserirmi nel suo monologo, infarcito di
risate e amichevoli colpi di gomito. Fortunatamente la strada era breve
e, dopo pochi minuti, ci stavamo infilando nel garage. Salimmo da una
scala interna che ci portò direttamente in un corridoio su cui si
affacciavano delle stanze.
"A' Ni', è arivato Tony!"
La madre di Manuela, Nina, uscì di corsa dalla cucina con indosso un
grembiule a scacchi bianchi e rossi, giungendo le mani al petto con un
sonoro schiocco: "Oddio! Ma quanto sei bello! – mi pizzicò entrambe le
guance tutta sorridente – *Ma guardate, me pari 'n gladiatore!* – si girò
verso il marito e, indicandomi, continuò a dire – *È più bello dar vivo,
ve ?!* – si incamminò verso la cucina facendomi cenno di seguirla –
Vie a vede' che t'ho preparato!"
Lasciai il bagaglio e il cappotto a Mario che si era offerto di sistemarli
nella stanza che avevano riservato per me ed entrai in cucina. Sul
tavolo erano già disposte una serie di pietanze che Nina mi nominò
una ad una: coratella con i carciofi, coda alla vaccinara, carciofi alla
romana, vino frizzantino dei Castelli, olive greche, pane di Lariano,
porchetta di Ariccia. Sul fuoco, invece, stava bollendo l'acqua in cui
Nina si preparava a tuffare una smisurata quantità di bucatini che
avrebbe condito con il sugo di coda che aspettava in una padella lì
accanto. In quel momento pensai che, tutto sommato, i fritti cinesi di
Adalgisa non fossero poi così pesanti.
Mentre la pasta si cuoceva, approfittai per andare a rinfrescarmi. A
tavola mi avevano riservato il posto d'onore, a capotavola, dicendomi
che era quello di mio cugino quando andava da loro. Accesero la tv e,
mentre cospargevano di pecorino la cofana di pasta che mi avevano
piazzato davanti, iniziò il telegiornale. Mentre continuavano a
parlarmi e a farmi domande, sovrapponendosi alla giornalista, in una
gara a chi urlava di più, la mia attenzione fu attirata da un servizio.
Senza rendermene nemmeno conto, li zittii con un gesto: sullo
schermo si susseguivano immagini di un cantiere in cui era stato
rinvenuto un cadavere. Nudo. Avvolto nel *cellophane*. Il cadavere di
una suora.

Mi scusai con i genitori di Manuela per essere stato un po' rude, spiegando loro che gli omicidi su cui stavo indagando erano molto simili a quello che avevano appena descritto al TG. Loro mi dissero che non c'era problema e, anzi, mi chiesero informazioni sulle mie indagini ripetendo che loro seguivano sempre programmi e telefilm che raccontavano di omicidi e sparizioni. Parlai a lungo, talmente assorto nel mio racconto e nei miei pensieri da non accorgermi che stavo continuando a ingurgitare senza soluzione di continuità tutto quello che Nina mi metteva davanti e a bere tutto quello che Mario mi versava nel bicchiere. Quando arrivammo all'amaro con le ciambelline al vino, mi cadde l'occhio sul telefono: "Oh, scusate, è tardissimo, devo telefonare a Martina. Grazie mille per la cena, era tutto buonissimo!"

Nina e Mario si entusiasmarono sentendo il nome di mia cugina, mi chiesero come stesse e di salutargliela tantissimo. Mi augurarono una buona notte e mi dissero che, se mi fossi sentito appesantito, avrei trovato un buon liquore al finocchietto selvatico nella credenza in sala da pranzo, due porte dopo. Quando mi chiusi alle spalle la porta della stanza dove avrei dormito sentii all'improvviso uno strano rumore: il silenzio. Dopo averne goduto per qualche minuto presi il telefono e selezionai il numero di Martina.

Mia cugina mi rispose, dopo qualche squillo, con la voce un po' impastata, come se si fosse appena svegliata. Mi disse che non la disturbavo affatto, che si era solo appisolata sul divano mentre guardava un film e che Sebastiano aveva il turno di notte. Le chiesi se avesse sentito al TG la notizia della donna morta a Roma, mi rispose che non aveva visto il telegiornale e mi pregò di darle qualche dettaglio su questo nuovo omicidio. Le raccontai quello che avevo sentito in televisione e mi dissi fermamente convinto che fosse stato eseguito dalla stessa mano degli altri su cui stavo indagando e che quindi era sempre più verosimile che avessi a che fare con un *serial killer*. Quella parola ebbe su di lei un effetto rinvigorente: "Oddio lo sapevo! Ero sicura! Che emozione! Finalmente! Ovviamente io sarò la tua *profiler*!" esclamò come invasata,

"Ma... be' adesso, non so se mi servirà proprio un *profiler*..."

"Come sarebbe non ti servirà un *profiler*?! È essenziale che tu faccia i profili sia delle vittime che del probabile assassino! Se no come pensi di trovarlo?! Mettiamoci subito al lavoro, dai! Prendi un foglio!"

Non avevo assolutamente niente su cui scrivere. Scrivevo sempre sulle Note del telefono e a maggior ragione per due giorni non pensavo che

avrei avuto bisogno di altri supporti scrittorî. Mi misi quindi a cercare nella stanza. Mi guardai intorno, ero seduto sul divano letto, che i miei ospiti avevano già aperto e preparato, alle mie spalle campeggiava una grande libreria a ponte ingrigita dal tempo, su cui facevano bella mostra di sé tutti i numeri dei fumetti più in voga negli anni Ottanta, altrettanto ingriti e polverosi. Davanti a me, una scrivania per pc con un'altra piccola libreria all'interno della quale vidi una serie di manuali universitari che dovevano essere appartenuti a Manuela. Filosofia del Diritto, Estetica, Storia della Filosofia Antica, Moderna e Contemporanea, Ermeneutica, Gnoseologia: "Ma Manuela ha studiato filosofia?" chiesi a Martina,
"Sì certo! Hai trovato da scrivere? Io ho qui davanti il mio blocco!"
"Ah sì sì, certo!" afferrai il primo foglio che mi capitò davanti e mi sedetti alla scrivania,
"Allora per prima cosa scrivi tutte le caratteristiche che conosci delle vittime così possiamo evidenziare i tratti comun..."
La interruppi bruscamente: "Martina, lo so cosa devo fare! Ti ricordo che ho studiato criminologia."
Martina sbuffò: "Va bene, non ti scaldare! Allora dai, di' tu!"
Cominciai a riepilogare tutto quello che sapevo delle vittime. Di tutte sapevo che erano state uccise per soffocamento e che i loro corpi erano stati ritrovati nudi, in dei cantieri, avvolti nel *cellophane* e sfregiati. Concepcion De Almeida, la donna morta a Trieste, era quella di cui sapevo di più: era nata in Cile e, dopo la scomparsa del padre per motivi politici, si era trasferita in Italia con la madre. Dopo la morte della madre, avvenuta a pochi anni dall'ottenimento della cittadinanza italiana, era entrata in una casa–famiglia e lì aveva ricevuto la chiamata. Una volta diventata suora, si era occupata principalmente dei bambini e del coro. Aveva una relazione con un uomo, il direttore artistico del Teatro Miela, che aveva conosciuto in occasione di una commemorazione del colpo di Stato dell'11 settembre 1973. Solo una delle sue consorelle e amiche era al corrente di questa sua relazione e la aiutava a uscire dal convento. In generale sembrava benvoluta e apprezzata da tutti. Da ciò che avevo visto nelle foto dell'autopsia mostratemi da Di Firenze, gli sfregi sul suo corpo consistevano in una croce impressa a fuoco appena sotto l'ombelico e da due croci incise con un coltello o qualcosa di simile sui seni. Inoltre aveva degli altri tagli, questa volta longitudinali, sui polsi e sul cavo popliteo.

Della donna morta a Cremona otto anni prima mi resi conto che non sapevo quasi nulla, solo che si chiamava Giuditta Afroditi e che anche lei era una suora, una novizia, quando morì, dell'Istituto Beata Vergine di Cremona. Dall'articolo che avevo letto avevo evinto che i segni avevano una tematica religiosa ma non avevo idea, ovviamente, di dove fossero collocati, non avendo accesso alle immagini dell'autopsia.

Della donna morta a Firenze sapevo qualcosa di più: Carmela Morelli, dopo una vita dissoluta, aveva deciso di prendere i voti, forse per essere supportata nel suo percorso di recupero dalla droga o per ringraziamento verso chi l'aveva aiutata. Tuttavia, avevo verificato con i miei occhi che l'ambiente del convento in cui viveva non era esattamente accogliente. La madre superiora sembrava dura e arcigna, le consorelle talmente succubi di lei che neppure ero riuscito a parlarci. Immaginavo quindi che la sua vita non fosse facile, tanto più che il vescovo mi aveva detto che era soggetta ancora a dei cedimenti.

"Be', non mi sembra molto. Forse dovresti approfondire le tue ricerche."

"Non si finisce mai di indagare. – risposi piccato, mia cugina aveva colpito dove faceva più male – E comunque anche per la Morelli, come per la De Almeida, penso che ci sia sotto qualcosa di torbido."

"Perché adesso lo definisci torbido? – rimasi per un attimo in silenzio – Non mi era sembrato che, da come l'hai descritta, tu considerassi torbida la storia della suora che aveva un amante."

Feci un respiro profondo: "Be' la cosa in sé in realtà è torbida: una suora con un amante... ma io l'ho conosciuto, l'amante, e credo che si amassero davvero. Infatti sono sicuro che lui non c'entri nulla, anche se la polizia sospetta di lui..."

"Fermo, fermo, fermo: vuoi dire che c'è un sospettato e non me l'hai detto? Cioè, tu lo escludi a priori per quale motivo?"

"Senti, sono certo che lui non c'entri. E poi, scusa, che motivo avrebbe avuto il direttore artistico di un teatro di Trieste di uccidere delle suore in giro per l'Italia?"

"Bene e quindi chi lo avrebbe avuto?"

"Avevamo pensato a un satanista, che uccide suore per colpire la Chiesa. Te l'avevo detto, mi pare."

"E allora, scusami, perché mai avrebbe dovuto tracciare croci anziché Stelle a cinque punte o altri simboli satanici? – sospirai: di nuovo la stessa obiezione! Nessuno oltre me pensava che fosse per mettere in mostra la loro colpa, cioè credere in Cristo? – E poi questi segni comunque sono solo su Concepcion, non sappiamo delle altre. – sentii il rumore di una penna che rotolava sul tavolo – Non abbiamo abbastanza elementi. Devi indagare di più. E meglio. Sei a Roma, inizia dall'ultima."

Quella notte non riposai affatto, mi girai di continuo e mi risvegliai di frequente: la cena prima e la reprimenda di mia cugina poi mi avevano appesantito, in tutti i sensi. La mattina mi svegliai prestissimo e, per prima cosa, contattai la diocesi di Trieste, dichiarando la mia disponibilità a seguire l'omicidio perpetrato ai danni di una suora a Roma, dato che mi trovavo nella Capitale e presumevo potesse essere collegato a quello su cui stavo già indagando. Mi risposero che avevano preso nota e che avrebbero riferito tutto al vescovo al più presto attraverso padre Angelo.

Uscii dalla mia stanza e andai in cucina, dove Nina mi accolse con un sorriso: "Buongiorno! Dormito bene? Siediti che il caffè sta uscendo."
Mentre ringraziavo e mi sedevo, entrò Mario con indosso ancora il giaccone e la sciarpa e sventolando con aria trionfante il pacchetto di una pasticceria: *"L'ho trovati, Ni'! Ecch'i maritozzi co'a panna!"* urlò.
"Daje amò lo sapevo che ce riuscivi! Li dovemo da fa' assaggia' a Tony, – mi scartarono davanti il pacchetto – *questi so propio 'na specialità de Roma! Assaggia, assaggia!"*
Erano effettivamente molto buoni, anche se certo non era quello il genere di colazione che ero abituato a consumare. Quell'atmosfera casalinga e familiare non mi dispiaceva affatto, mi sentivo accudito e coccolato. La stessa sensazione che avevo sentito a casa di Ciril e Julija, i genitori di Dobriana. Rimanemmo a chiacchierare a lungo in cucina finché il *display* del mio cellulare non si illuminò: era un numero sconosciuto, risposi immediatamente.
"Signor Della Rocca, buongiorno. La chiamo dalla prefettura 8 settore nord della diocesi di Roma. Le passo sua Eminenza il vescovo ausiliario."
Senza che avessi il tempo di rispondere o di dire nulla la linea si interruppe e partì una musichetta. Mi alzai di scatto, congedandomi con un cenno dai miei ospiti che mi guardarono in silenzio, comprendendo dal mio gesto la crucialità di quel momento, e mi chiusi nella mia stanza.

"Signor Della Rocca, buongiorno. Sono stato informato che lei si sta occupando dei brutali omicidi perpetrati a danno di due suore a Trieste e a Firenze e che si è messo a disposizione per aiutarci anche relativamente a quello scoperto ieri in un cantiere qui a Roma. Parlo a nome della diocesi di Roma, saremmo contenti se volesse aiutarci, sa, ci preme molto venire a capo nel più breve tempo possibile di questi casi che coinvolgono delle nostre consorelle. Se è sempre dell'idea la aspetto nel mio ufficio di Borgo Pio alle 15. Il mio segretario le darà tutti i particolari. Le auguro una buona giornata."

E anche stavolta, prima che avessi tempo di rispondere, partì la musichetta dell'attesa. Presi gli stessi fogli della sera prima per segnare l'indirizzo e subito dopo mi misi a cercare su Google Maps quali mezzi avrei dovuto prendere per raggiungere la mia meta.

"Johnny! Johnny, sei proprio tu?!"

Ero arrivato a piazza Risorgimento mezz'ora prima dell'orario previsto per l'appuntamento ed ero seduto su un muretto a sorseggiare un caffè americano da asporto, intento a leggere le notizie del giorno sul mio *smartphone*, quando una voce mi raggiunse alle spalle. Mi voltai e cercai di individuare da chi provenisse quel grido, dopo un attimo vidi un uomo sbracciarsi da lontano, sembrava proprio che facesse cenno a me. Mi guardai intorno, la piazza era completamente deserta, pensai che ci fosse un errore, poi capii che il tizio, che si avvicinava a larghe falcate, effettivamente si stava rivolgendo a me. Ci misi un attimo a metterlo a fuoco, poi capii: era Alessandro, la guida bizzarra che avevo già incontrato a Ferrara e a Basovizza.

"Oh, Alessandro, che piacere rivederti!"

"Johnny, è incredibile! Ti ho riconosciuto quando ci sei passato davanti poco fa. Siamo in fila con il gruppo per visitare i Vaticani con Raffaele, Raffaele Felce, un archeologo napoletano eccezionale che poi è pure un amico, anzi proprio un fratello! Tu non ci crederai, ma stavo proprio raccontando di come ti ho aiutato a risolvere due casi spinosissimi. Sai, io ho sempre un sacco di cose da fare: le guide, i libri, le trasmissioni tv... poi mi chiedono sempre di presentare libri, mostre, ma io lo dico che non ho tempo, che mamma mia sto sempre sotto botta, una cosa pazzesca! E poi nel discorso è uscito fuori anche delle tue indagini... e dopo un attimo sei passato. Cioè, una cosa pazzesca, che sincronicità! –

rimase a fissarmi con gli occhi che brillavano mentre mi mostrava i peli dell'avambraccio – Guarda i peli! Da brividi!"

Sorrisi imbarazzato: "Eh, già, le informazioni che mi hai dato sono state importanti per entrambi i casi... e che coincidenza ritrovarci anche a Roma. Chissà che tu non possa essermi utile di nuovo."

"Perché, Johnny, segui una nuova indagine?"

"Tony..."

"Sì, certo, Tony! Senti, è vero che la fila è lunga ma io devo tornare al gruppo. Raffaele è bravo ma loro vengono per me, capisci? Se vuoi unirti a noi sei il benvenuto, sennò, non so, magari dopo ci vediamo per un aperitivo, che dici? Così ti presento pure Raffaele. – non mi lasciò tempo nemmeno per pensare – Allora dai, chiamami, tanto il mio numero ce l'hai che ormai ti ho inserito nella *mailing list*, noi tra 4 ore finiamo, stiamo di nuovo qua. Chiama, eh! A dopo!"

E corse via, attraversando con il rosso senza praticamente guardare: riuscì a superare indenne le macchine sfreccianti e a riunirsi al gruppo. Rimasi a fissarlo finché non si mescolò alla folla che lo aspettava: era davvero un personaggio bizzarro. Poi mi incamminai verso l'ufficio del vescovo. Mentre camminavo, con la coda dell'occhio notai che Alessandro si stava sbracciando, rivolgendosi ai suoi accoliti e indicandomi, con una gestualità un po' sopra le righe.

Il vescovo mi accolse nell'anticamera del suo studio. Non appena entrai, mi indicò un divanetto Luigi XVI, pregandomi di accomodarmi. Davanti a me un tavolino decorato che aveva un'aria familiare: mi ritrovai a fissarlo senza rendermene conto.

"Sì, è proprio lui! Lei è di Trieste, giusto? – annuii – È proprio la copia di quello donato da Pio IX alla coppia reale di Miramare, Massimiliano d'Asburgo e Carlotta del Belgio! Si sente un po' a casa, ora? – e mi sorrise, io sorrisi di rimando – Le andrebbe un caffè?"

In realtà, ne avevo appena bevuto uno, ma non volevo sembrare scortese e quindi accettai. Dopo un po' arrivò una suora, con un vassoio, che mise sul tavolo due tazzine fumanti e un piattino ricolmo di biscotti: "Sono fatti a mano da noi." ci tenne a precisare, poi ci lasciò soli.

"Bene, Tony, spero che caffè e biscotti siano di suo gradimento, ma sicuramente è così, sono tutti prodotti artigianali, di ottima qualità. – sorrisi – Dunque, visto che si occuperà di questa indagine, è bene che sappia chi era suor Valentina. Il suo nome di battesimo era Cecilia, era figlia di contadini e aveva un'intelligenza vivace, così i suoi genitori la mandarono a studiare, con una borsa di studio, in un collegio cattolico.

Qui la ragazza ebbe la chiamata e decise di prendere i voti, all'età di 19 anni. Era una delle consorelle del Monastero delle Benedettine di San Giovanni Battista a Boville Ernica, una suora di clausura ma, vista la sua intelligenza acuta, unita a un saldo rigore e una costanza ammirevole, le era stato commissionato un volume sulla Regola di San Benedetto. Per questo motivo, aveva una particolare dispensa e poteva venire qui a Roma una volta a settimana per consultare dei volumi nella Biblioteca dell'Università Gregoriana. Veramente non riesco a capire chi possa aver voluto la morte di un'anima così pia ed elevata."
Seguì qualche istante di silenzio: il vescovo si era finalmente interrotto.
"Eminenza, oramai mi sembra evidente che abbiamo a che fare con un *serial killer*. Il movente dell'omicidio non va certamente cercato nella vita di suor Valentina, come in quella di nessuna delle altre vittime."
Il vescovo mi guardò, stringendo gli occhi: "E allora dove va cercato?"
"Nel profilo dell'assassino."
"Cosa intende?"
"Per esempio qualcuno che ha subito abusi da parte delle suore."
Il vescovo si impettì, inspirando con forza: "Sta parlando delle spose del Signore, persone che hanno dedicato la loro vita agli altri. Escludo che chiunque di loro possa aver mai commesso abusi su chicchessia."
"Eppure si legge spesso di..."
Il vescovo mi fermò con un imperioso gesto della mano: "Si tratta di propaganda negativa. Non mi dirà che crede a queste dicerie malevole? Noi non siamo a conoscenza di episodi di questo tipo, semmai sarebbero episodi isolati, opera di mele marce, comunque. Non ha pensato piuttosto a dei satanisti?"
"Sì, è una pista che sto vagliando. – il Vescovo si era irrigidito talmente tanto sulle sue posizioni, che non mi sembrò il caso di avviare una discussione – Pensa che potrei andare al monastero di Boville?"
Il vescovo si appoggiò allo schienale e si impastò il mento: "Se ha detto che il motivo non va cercato nella vittima, a cosa potrebbe servirle andare?"
"Il profilo di un *serial killer* si costruisce sulla base di quelli delle vittime che sceglie: se conoscessi meglio suor Valentina, forse potrei scoprire qualcosa in più anche su di lui."
Il vescovo rimase in silenzio per un attimo, poi afferrò un biscotto: "Devo fare delle telefonate. Avrà notizie dal mio segretario, non appena

possibile. Siamo comunque a sua disposizione se dovesse aver bisogno."

Poi si alzò e, senza darmi ulteriore modo di interagire, mi congedò. Mi avviai alla cieca verso una strada che mi sembrava trafficata: in effetti era piena di negozi, luci e gente che passeggiava carica di buste griffate piene di acquisti, comitive di ragazzini, signore in gruppo, famigliole vocianti e coppiette che camminavano scambiandosi effusioni. Rimasi fermo nel mezzo del marciapiede per guardarmi intorno. Mentre cercavo di capire dove fossi, venni praticamente travolto da una coppia che sembrava particolarmente affiatata. Lei aveva i capelli corti e gli occhiali, i lineamenti minuti, la carnagione perlacea con le gote leggermente rosate, come una bambola di porcellana. Per un attimo mi sembrò che fossero Beatrice e Fabio Valentini, poi, quando mi oltrepassarono ridacchiando, mi girai e mi resi conto che non si trattava di loro e che, anzi, i due ragazzi non somigliavano loro minimamente: il ragazzo della coppia era mulatto. Mi resi conto, in un attimo, che provavo un'inspiegabile sorta di gelosia per il rapporto che Beatrice aveva con Fabio. Mentre la gente continuava a scorrere nei due sensi, evitandomi con maestria, presi lo *smartphone* e la chiamai.

"Pronto?" Mi rispose con una voce che riuscivo a mala pena a sentire.

"Beatrice sei tu?"

"Sì, sì, scusa, sono in biblioteca – continuava a mormorare – sono uscita dalla sala, ma non posso parlare ad alta voce. È successo qualcosa?"

"No, no, nulla di grave..."

"Scusa, ma tu perché stai parlando a bassa voce?"

Mi resi conto che avevo iniziato a sussurrare anch'io, senza accorgermene e senza alcun motivo: "Sì, scusa, non mi ero reso conto. – ripresi il mio tono normale – Mi volevo confrontare con te su alcune cose... – non trovavo una scusa una scusa plausibile per quella chiamata – Ho visto ora il vescovo nel suo ufficio, ora sono in questa via piena di gente, via... – scorsi il cartello e lo lessi – Cola di Rienzo."

"Ah, ma siamo vicini, io sono all'Augustinianum. Tra un'oretta chiude, se mi aspetti quando finisco ti raggiungo e ci facciamo un aperitivo e chiacchieriamo un po'. Allora ciao, eh, adesso devo rientrare, scusa."

Attaccò senza aspettare la mia risposta, come se qualcuno le stesse mettendo fretta. Chiusi la chiamata con una sensazione strana addosso, quasi un formicolio, che mi mise voglia di fare, di muovermi, di camminare. Era la stessa sensazione che avevo prima di entrare in campo, quando giocavo a *football*. Percorsi via Cola di Rienzo a grandi falcate, occhieggiando nelle vetrine alla ricerca di qualcosa da comprare, quando arrivai, dopo diversi metri, di fronte a un negozio da cui fuoriusciva un intenso e gradevolissimo odore di caffè appena tostato. Mi fermai: in vetrina, decine di bottiglie di liquori allineate, alternate a dolciumi e decorazioni di San Valentino. Alzai la testa e lessi l'insegna: droghe coloniali, *drugstore*. Decisi di entrare. Il negozio era strapieno di gente, mi intrufolai tra la folla cercando qualcosa che mi colpisse. Fui attratto dallo scaffale dei prodotti provenienti dall'estero, allungai una mano e afferrai un barattolo: il *marshmallow fluff*! Senza neanche pensarci due volte, andai diretto alla cassa, chiedendo di avere un pacchetto regalo. Continuai, soddisfatto del mio acquisto, a camminare. Mi fermai anche in un negozio di abbigliamento *casual* e comprai una felpa con il cappuccio, di un intenso giallo uovo, perfetta per il mio *jogging* mattutino. Arrivai alla fine della via e, dopo essermi guardato un po' intorno, decisi di tornare indietro passando sull'altro marciapiede, visto che l'ora era quasi passata. Ero quasi tornato a piazza Risorgimento, quando sentii squillare il cellulare. Lo sfilai dalla tasca con le mani quasi tremanti: mi sentivo emozionato. Poi sul *display* lessi il nome della persona che mi stava chiamando: Alessandro Lavandino. Tutta la mia emozione si sgonfiò come un palloncino bucato, in un attimo. Dissi a me stesso che forse quella reazione era un po' eccessiva e risposi al telefono: "Oh Alessandro, ciao, dimmi."

"Tony, ciao! Ma dove sei? Noi abbiamo finito visita ora! Stiamo andando a fare aperitivo a Borgo adesso, con Raffaele e altri qui del gruppo! Vieni? – dissi che andava bene – Dai, allora ti mando posizione! Ti aspettiamo eh!"

Mi avviai verso il locale dell'aperitivo: era piccolissimo, con dei tavoli di legno contornati da panche, quasi attaccati uno all'altro. Sentii un gran baccano, prima ancora di salire i due gradini che mi avrebbero condotto all'ingresso: grida festose, bicchieri che tintinnavano e, netto, un "Auguri!" corale urlato a squarciagola. Non appena aprii la porta a vetri, sentii alla mia destra la voce di Alessandro: "Johnny! Siamo qui! Vieni, vieni, ti ho lasciato il posto qui vicino a me!"

Sorrisi e cercai di infilarmi nello stretto spazio tra la panca e la vetrina, mentre, man mano che avanzavo, tutte le persone, sedute al di qua e al di là del tavolo, mi tendevano la mano presentandosi: Giuseppe, Anita, Ornella, Claudio, Rita, Gemma, Gabriele, Luca, Lorena, Silvia... finalmente arrivai allo sgabellino rosso impagliato che Alessandro mi aveva riservato alla sua sinistra. Il tempo di sedermi, scavalcando le lunghissime gambe del ragazzo moro seduto alla fine della panca che non mi degnò nemmeno di uno sguardo, e già mi ero dimenticato tutti i nomi.

"Allora, Johnny, sono proprio felice di averti con noi! Tieni, bevi un prosecchino, offro io: oggi è il mio compleanno! Quanti anni mi dai?"

"Ehm... – rimasi spiazzato, poi feci una rapida valutazione: qualche capello bianco, diverse rughe, non solo d'espressione, uno sguardo maturo – Non saprei, cinquanta?"

Mi guardò interdetto, sembrò rimanere per un attimo senza fiato, poi riacquistò il suo solito piglio: "Eh, a te non la si fa! Si vede che sei un investigatore, eh! – mi passò il bicchiere – *Nunc est bibbendo!*"

"*Bibendum.*" disse una voce alle mie spalle. Mi girai e vidi il ragazzo dalle gambe lunghe di prima, che, appoggiato con le spalle alla vetrina, trafficava distrattamente con il cellulare. Era vestito completamente di nero e indossava un paio di occhiali da sole, anche se eravamo al chiuso ed era febbraio.

"Raffaele, ma tu non ce l'hai il bicchiere? Dai brindiamo!"

"Ah, sì. – il ragazzo sembrò ridestarsi, si tirò gli occhiali da sole sulla fronte – *L'aggio finito, shcusa, dammene n at', va.*"

"Dai, ragazzi, allora grazie per essere tutti qui! Mamma mia, che emozione: Raffaele, Johnny, Gemma, tutti voi, che empatia, guarda i peli! Che emozione! *Daje!*"

"Tanti auguri a teeeeee..." tutto il tavolo iniziò a cantare, tranne Raffaele che si limitava a muovere solo le labbra, senza preoccuparsi di mimare nemmeno le parole giuste. Peraltro, ora che eravamo tutti in piedi, stavo notando che quel ragazzo era davvero alto, quasi due metri! Probabilmente nessun altro, oltre a me, avrebbe notato il movimento delle sue labbra. Non appena la canzoncina finì e tutti ci rimettemmo a sedere, arrivò un cameriere con un enorme *cuoppo* di fritti, così lo chiamò quel Raffaele, con una candelina al centro. Alessandro sembrò commuoversi: "Mamma mia, ma chi ha avuto questa idea meravigliosa? Cioè, mamma mia, è un tripudio di emozioni. Panico! – spense la candelina, mentre tutti continuavano a fare foto, ad applaudire e a commentare – Che poi panico... dico in senso positivo. Perché poi gli attacchi di panico non è che si augurano a nessuno."

"*Uh, Maro*... panico, *panicus* latino, dal greco πανικός, il dio Pan, Alessa', che è anima e fermento di ogni cosa creata, *poi so' i cattolici che ci hanno 'sta fissa...* ci hanno costruito sopra Satana ma per secoli ci è andato bene, era positivo e mo'..."

Quello che Felce diceva non aveva alcun senso per me. Mentre stavano apparecchiando il tavolo con delle tovagliette di carta e prendevano ordinazioni per le bevande, ricevetti un messaggio da Beatrice: *Dove sei? Ti raggiungo?* Mi venne una stretta allo stomaco, ma cercai di rimanere freddo e le risposi inviandole la posizione e spiegandole che ero lì con altre persone. Mi rispose con una faccina sorridente. L'indecisione su cosa bere mi passò in un lampo: ordinai due calici di Nobile di Montepulciano in memoria delle nostre cene fiorentine.

"Ma tu hai mai fatto qualcosa con Raffaele? – guardai Alessandro senza capire – Intendo di visite! Perché lui è proprio un archeologo pazzesco, te lo dicevo prima, no?"

Mi girai verso Felce, che era chino sulla sua tovaglietta, intento a tracciare dei segni con una penna nera a inchiostro gel. Aggrottai le sopracciglia, cercando di mettere a fuoco le figure: un boccale di birra, con sopra e a fianco delle parole scritte in un alfabeto che non riconoscevo con un andamento serpeggiante; una specie di diavolo; una stella a cinque punte. La mia attenzione poi si concentrò sulla porta che si apriva: Beatrice, avvolta nella sua sciarpa *beige*, faceva capolino all'ingresso. La chiamai con un cenno della mano, mentre chiesi ad Alessandro se potessimo aggiungere uno sgabello: "Ma certo, Johnny, i tuoi amici sono anche amici miei!" si scostò di poco e frappose fra le nostre sedute un altro sgabello impagliato, stavolta azzurro. Beatrice si fece spazio anche lei fra la panca e la vetrina: mentre scavalcava le mie gambe, mi sentii piacevolmente in imbarazzo. Si sedette e, quando si fu tolta il cappotto, le passai il bicchiere e la presentai ad Alessandro che si occupò immediatamente di presentarla a tutti gli altri, come se la conoscesse da anni. L'ultimo su cui si fermò fu proprio Raffaele. Beatrice allungò il braccio, sfiorando il mio petto, per stringergli la mano: "Ah, ma hai disegnato Pan?"

"Eh sì, prima ne parlavamo." le rispose lui con aria distratta.

"E hai anche scritto *nunc est bibendum* in latino arcaico e in bustrofedico."

Lui sembrò rianimarsi per un attimo: "Sei un'antichista?"

"No, una medievista. – lui sembrò afflosciarsi e ripiegarsi su sé stesso ancor più di prima – Però lavoro anche nei musei e adesso mi sto occupando di tardo antico."

"Ah. Interessante. Io sono un archeologo."

"E di cosa ti occupi di preciso?"

Mi sentivo come uno che assiste a una partita di tennis, non prendevo palla, ma in compenso riuscivo a sentire l'odore della pelle di Beatrice, dei suoi capelli, a percepire il calore del suo corpo: era una sensazione inebriante. In quel momento si inserì Alessandro: "Eh, Raffaele, mamma mia, non hai idea, ha scavato a Pompei e pure a Alessandria d'Egitto! È proprio uno dei più bravi in assoluto! E è pure 'no *storyteller*!"

A quel punto lei si girò verso Alessandro e iniziò a parlare con lui, che si dimostrò molto interessato ai suoi studi e a Ferrara. Io mi occupai del mio vino e continuai a osservare Raffaele, che ora stava disegnando un *cuoppo* di fritti e la sagoma del Vesuvio fumante.

Dopo una mezz'ora quasi tutti i commensali erano andati via; mentre gli ultimi due si stavamo accomiatando, ci alzammo anche io e Beatrice. A quel punto, Alessandro ci chiese se non volessimo accompagnare lui e Raffaele al *tour* successivo: "Mannaggia, che sennò non abbiamo parlato per niente!" commentò. In realtà eravamo insieme da un'ora, ma non volevo frenare il suo sincero entusiasmo e quindi acconsentii, tanto più che Beatrice sembrava divertita dall'idea. Ci incamminammo tutti e quattro verso, così mi disse Beatrice, Santo Spirito in Sassia. Man mano, Lavandino ci illustrava aneddoti e storie legate ai luoghi che attraversavamo, gesticolando ampiamente; Beatrice un paio di volte si inserì raccontando una versione leggermente diversa degli stessi fatti. In entrambi i casi, vidi Felce che ridacchiava sotto i baffi, ben coperto dagli occhiali da sole che aveva di nuovo inforcato e dal bavero del cappotto, rigorosamente nero, che portava tirato su. Superammo la chiesa di Santo Spirito e arrivammo in prossimità di un enorme tunnel, che mi dissero essere scavato sotto il Gianicolo. Ci fermammo all'angolo di un marciapiede, poi Alessandro si rese conto che mancavano solo pochi minuti all'appuntamento per il *tour*: "Oddio, dobbiamo correre. Scusa, Johnny, ci risentiamo presto! Grazie per essere stati al mio compleanno, anche a te, Barbara. Ciao, ciao, eh!"

Poi si girò verso la strada e, ignorando il fatto che non fosse un incrocio pedonale, iniziò a correre verso un gruppo che iniziava a formarsi, seguito da Felce. I due arrivarono, incredibilmente, illesi alla meta, riuscendo a evitare con maestria e grazia le macchine che sfrecciavano. Mi voltai verso Beatrice e la vidi ridacchiare con le braccia allargate e un'espressione incredula: "Non ci si crede! – continuava a ridere – Ma sono veri?!"

"In che senso?" chiesi, disorientato,

"Dai, sono meravigliosi! Due personaggi! Io voglio andare a una delle loro visite, te lo dico! – mi rallegrai: significava che aveva voglia di passare del tempo con me – Quello più alto si vede che è del mestiere, ma l'altro... – fece una smorfia – non so!" e ridacchiò di nuovo.

Ci incamminammo verso Piazza Risorgimento, passando dal Lungotevere, dopo qualche metro trovai il coraggio di chiederle di cenare con me: "E se andassimo a mangiare qualcosa? Fabio sarebbe geloso?"

Si fermò e mi fissò con uno sguardo fra il perplesso e il divertito: "Fabio? Geloso? Scusa, non capisco."

"No, cioè, non intendo che tra noi ci sia qualcosa di cui essere gelosi... – mi guardava sgranando sempre più gli occhi a ogni mia parola – però, ecco, magari il tuo fidanzato non è contento se tu vai a cena con uno... non so!"

Dopo qualche istante di silenzio, durante il quale sbatté le ciglia continuando a fissarmi, Beatrice rispose: "No, allora, a parte che Fabio non è il mio fidanzato, ma poi, anche se lo fosse, sarei comunque libera di andare a cena con chi mi pare e piace! I rapporti si basano sulla fiducia, non è che se uno va a cena con qualcuno automaticamente mette le corna! – stavo per ribattere quando lei scoppiò a ridere – Ma poi, scusa, ma come ti è venuto in mente di me e Fabio?! Quello è pure *gay*!"

"Ops. Allora andiamo a cena? Pago io, eh, come pegno per la figuraccia!"

Si mise a ridere di nuovo: "Mi sembra il minimo!"

Camminammo per un po', poi ci infilammo in un localino in zona. Non appena ci sedemmo, mi ricordai che in tasca avevo ancora il pacchetto con il barattolo di *Marshmallow fluff* che avevo comprato nel pomeriggio e, senza pensarci troppo su, decisi di regalarlo a Beatrice. Lei rimase sorpresa nel vedermi tirar fuori un pacchetto e, ancora di più, una volta scopertone il contenuto. Mi guardò con aria interrogativa e mi chiese perché mai le avessi fatto un regalo e perché mai proprio quello. In effetti non sapevo perché mi fossi fatto fare una confezione regalo: forse attraverso quel *Marshmallow fluff,* che rappresentava la mia infanzia e i miei anni californiani, volevo farle conoscere una parte di me. Quando lo avevo comprato non lo avevo fatto pensando a lei. O forse sì. Durante la serata parlammo a lungo, non solo delle indagini che stavo continuando a portare avanti, ma anche di tante altre cose, dei nostri interessi, dei suoi studi, dei nostri precedenti incontri. Fu una serata molto piacevole e tra noi percepii di nuovo quel *feeling* che avevo sentito già a Firenze. La serata si interruppe però bruscamente quando Beatrice mi fece notare che era già molto tardi e che io, per tornare ad Acilia, avrei impiegato almeno un'ora e mezza.

"*What the fuck...* Oh, scusami. – lei ridacchiò, divertita – In qualche modo farò, prenderò un taxi. Però in ogni caso forse è meglio avviarci, dai, ti accompagno a casa e vado."

Passammo davanti al colonnato di San Pietro. Rimasi estasiato: la chiesa, con la sua cupola illuminata, si stagliava nel buio e nel silenzio, quasi ad abbracciarci col suo porticato. Peccato per la volante dei Carabinieri ferma in mezzo alla piazza, proprio davanti all'obelisco. Beatrice aveva una casa lì vicino. Riuscii a staccare gli occhi da quella visione solo quando, dopo qualche passo, ci infilammo sotto al colonnato. Mi venne d'istinto metterle una mano sulla spalla per avvicinarla a me, lei si fece abbracciare e si strinse al mio petto. Camminammo così per un po', continuando a chiacchierare, come fosse normale, poi lei si fermò di botto: "Io sono arrivata. – e indicò un portone, liberandosi dal mio abbraccio – Grazie per la serata, sono stata bene!"

Continuammo a fissarci senza riuscire a salutarci, poi, all'improvviso, mi posò le mani guantate sulle orecchie e mi stampò un bacio sulle labbra. Prima che potessi reagire o dire qualcosa, era scomparsa oltre il portone augurandomi la buonanotte. Ero senza parole, continuavo a guardare il portone con gli occhi spalancati e la bocca aperta. Ero felice, incredulo, emozionato, non riuscivo a mettere ordine in quel che provavo, tanto meno in quel che pensavo. Avrei avuto voglia di mettermi a ballare in strada, di citofonarle, di rimanere con lei.

"*Scusa, capo, che te poi sposta'? Dovrei puli'.*"

Un operatore della nettezza urbana, con una scopa di saggina in mano, mi riportò alla realtà. Davvero quella ragazza mi trasformava in qualcuno che non riconoscevo. Mi incamminai verso piazza Risorgimento, sperando di trovare un tassista disposto a portarmi ad Acilia. Quando arrivai era tardissimo, ma non avevo sonno. Mi misi comunque a letto, visto che il giorno successivo avrei dovuto essere in forma per continuare le indagini. Impostai la sveglia sul mio *smartphone*, poi scrissi un messaggio a Beatrice: *Have a wonderful night* e, finalmente, mi addormentai.

Appena rientrato dal mio *jogging* mattutino, entrai nella mia camera per prendere gli asciugamani e l'occorrente per la doccia. Guardai distrattamente il mio *smartphone*, che avevo lasciato sulla scrivania, e trovai una chiamata da un numero sconosciuto. Richiamai: era il segretario particolare del vescovo ausiliario di Roma con cui avevo parlato il giorno prima, che mi disse che la mia richiesta di visitare il monastero di Boville Ernica era stata accolta e che mi avrebbero messo a disposizione una macchina. Ringraziai dicendo che sarei potuto arrivare nella zona dell'appuntamento in un paio d'ore, dal momento che mi trovavo ad Acilia, ma lui mi disse che non c'era alcun bisogno che io venissi a Roma, perché avrebbe potuto disporre in modo tale da farmi venire a prendere direttamente ad Acilia. Lo ringraziai di cuore e andai a fare la doccia. Mentre l'acqua scorreva sulla mia pelle, mi ritrovai a pensare a quello che avrei potuto chiedere alle consorelle di suor Valentina per conoscerla meglio. Le tre vittime prima di lei non sembravano avere nulla in comune, eccetto l'essere suore, ma questo probabilmente dipendeva solo dal fatto che sapevo poco o nulla di loro. Mi resi conto che mi ero concentrato molto su Concepcion, mi ero concentrato molto sul satanismo e per niente sulle vittime: era giunto il momento di rimediare.

Anche durante il tragitto in macchina continuai a fare ipotesi sui possibili legami tra le morte: Concepcion era straniera, era venuta in Italia da bambina per motivi politici, aveva un amante. Le altre erano italiane e non sembravano essere state coinvolte in questioni di carattere politico, almeno per quanto ne sapevo: forse avrei dovuto indagare più a fondo su entrambi questi ambiti. Potevano avere un amante? Della Morelli mi era stato detto che aveva avuto una vita dissoluta prima della chiamata. Della Afroditi, invece, non sapevo nulla; anche se pensai che il giornaletto scandalistico su cui avevo approfondito la notizia non faceva riferimento ad alcuna macchia nella vita della suora, cosa che avrebbe potuto attirare l'attenzione dei lettori.

Quando la macchina si fermò all'interno del cortile del convento, ero sicuro della strategia che avrei attuato e delle domande che avrei fatto, che avevo già appuntato nelle note del mio telefono. Fui accolto da don Gianfranco, un simpatico prete sulla quarantina, sorridente e paffuto, con la carnagione rubizza e i capelli radi. Fu molto cortese e mi fece visitare il complesso del convento: i giardini, l'orto, la chiesa, indicandomi il refettorio, la biblioteca e gli appartamenti in cui lui risiedeva insieme ad altri parroci, con i quali, mi raccontò, avevano organizzato un piccolo *scriptorium* dove si riunivano per copiare a mano alcuni testi in greco antico, che trattavano della nascita delle comunità cristiane di area greca: "Sa, è una mia passione!" disse, quasi giustificandosi e ridacchiando imbarazzato, forse a causa del mio sguardo perplesso, dopo avermi mostrato il risultato del loro ultimo lavoro. La visita durò oltre un'ora: don Gianfranco era decisamente logorroico ed era ormai passata l'una. Quando mi vide per l'ennesima volta che controllavo l'orologio, ebbe quella che a lui sembrò essere un'idea geniale: "Che ne dice di unirsi a noi per il pranzo? Alle 13,15 inizia il nostro turno, sa, prima mangiano le consorelle. – annuii – Ecco, stanno giusto scendendo i miei confratelli! – iniziò a sbracciarsi – Gervaso! Renzo! Siamo qui, siamo qui!"

Mi presentò i due parroci e insieme ci avviammo in refettorio: la sala era semplice e spoglia, eppure sembrava accogliente, molto diversa da quella in cui avevo pranzato, per così dire, a Firenze. In fondo alla sala, su un tavolo di legno, c'erano degli scaldavivande. Don Gianfranco si avvicinò e ne scoperchiò uno: "Che profumino! Pasta e fagioli oggi! – iniziò a rimestare – Mi sembra di vedere anche qualche cotica!"

Alle sue spalle gli altri due preti iniziarono ad apparecchiare la tavola e, dopo essersi riempiti il piatto, presero posto, lasciando a me quello a capotavola. I miei ospiti iniziarono a parlare fitto fitto tra loro senza darmi alcun modo di inserirmi nella conversazione, di cui peraltro non riuscivo a capire i contenuti. A un certo punto iniziarono a sbellicarsi, mentre don Gianfranco, spostando il suo panino al sesamo da una parte all'altra del coltello, esclamava: "*Imperium domi, imperium militiae! Imperium domi, imperium militiae!* – si accorse che lo stavo fissando con il cucchiaio a mezz'aria e la bocca aperta – Scusi, sa, scherzi da prete!"

"In che senso, scusi?"

"Sa, noi nasciamo come antichisti, anche se poi abbiamo risposto alla chiamata del Signore. Io sono storico, Renzo è archeologo e Gervaso è filologo, quindi conosciamo molto bene la religiosità antica e ci piace anche prenderla un po' in giro. Bonariamente, eh! Sa, dicono tanto di noi cristiani, che abbiamo un amico immaginario... e i Romani però interrogavano i polli su quello che potevano o non potevano fare e dovevano fare rituali prima di passare il *pomoerium*."

Annuii con un sorriso ebete e ripresi a mangiare in silenzio, mentre loro riprendevano a discutere della divinazione e dell'aruspicina. Mi venne in mente, all'improvviso, che il vescovo ausiliario mi aveva detto che anche suor Valentina era una studiosa, che aveva una dispensa speciale per recarsi a consultare testi all'Università Gregoriana.
"Scusate, ma voi conoscevate suor Valentina?"
Ammutolirono e si guardarono tra loro. Gianfranco poi prese la parola: "Be', come sa, questo è un monastero di clausura, noi non possiamo avere contatti con le suore. Soltanto io mi interfaccio con la Madre Superiora per le questioni pratiche, ma attraverso una grata. La stessa presso cui la accompagnerò tra poco, visto che lei è stato autorizzato a fare delle domande. Immagino le abbiano detto che suor Valentina una volta a settimana andava a Roma, quindi abbiamo presente chi fosse, ma non le abbiamo mai parlato."
"E come andava a Roma? Non certo con i mezzi, immagino!"
Una mano si levò dall'altra parte del tavolo: "Ero io ad accompagnarla! – padre Renzo intervenne – All'inizio, quando mi hanno detto che avrei dovuto accompagnare a Roma ogni settimana una suora di clausura, la mia prima reazione è stata: *shock*! Totale! Poi mi sono abituato: nel pulmino c'è una grata, lei sedeva dietro e non ci parlavamo per niente, se non per i convenevoli di rito. – fece una pausa – E devo confessare che anche per me era una cosa piacevole: ne approfittavo per andare alla Nazionale, all'Alessandrina... insomma per divertirmi un po'."
"Capisco. E quindi è stato lei ad accompagnarla anche il giorno in cui è stata uccisa?"
"Sì! E quella mattina mi era sembrata anche particolarmente sorridente, sembrava in pace con sé stessa: avevo immaginato che fosse perché era a buon punto con le sue ricerche. Glielo chiesi anche! Mi rispose che non era proprio così, ma che sentiva di essere vicina a una svolta. Poi quella sera, quando non l'ho vista uscire dal portoncino del palazzo, la mia prima reazione è stata: *shock*! Totale! Per un po' ho pazientato, a volte capitava che ritardasse un po', altre volte la trovavo già ad aspettarmi, tanto che ero solito arrivare una mezz'ora prima dell'orario stabilito."
"E cosa ha fatto quando non l'ha vista arrivare?"
"Be' dopo venti minuti ho citofonato al portoncino da dove normalmente usciva. Mi ha risposto un inserviente che mi ha detto che non l'aveva vista, mi ha fatto entrare e hanno chiamato sua eccellenza

il cardinale Gialli in persona, un grande studioso; non immagina che emozione trovarmi davanti una personalità come la sua così all'improvviso. *Shock* totale! Ma in quel momento ero così agitato che non sono stato neanche sufficientemente deferente! Comunque anche lui ha detto di averla vista solo al suo arrivo e qualche ora dopo, appena dopo pranzo, quando le aveva portato dei testi, come era solito fare per evitare che dovesse mischiarsi al resto degli utenti della biblioteca."

"E quindi cosa avete fatto?"

"Quando ho detto che non era venuta all'appuntamento si sono tutti preoccupati, siamo andati a cercarla per tutto l'edificio e anche fuori, nelle strade vicine, magari era uscita prima del mio arrivo..."

"E poi?"

"E poi niente, abbiamo chiamato la polizia, abbiamo denunciato la scomparsa. – sospirò – E la mattina dopo quella notizia terribile..."

Per un attimo, calò il silenzio nella stanza. Poi il pendolo sul muro iniziò a scoccare l'ora: "Dobbiamo andare! – don Gianfranco si alzò di scatto dalla sedia, sorridendomi – La badessa ci sta aspettando alla grata." Sembrava elettrizzato all'idea di condurmi in quella sala. Don Gianfranco sembrava sempre entusiasta di tutto, come se ogni cosa fosse un evento, come se ogni cosa fosse un'occasione di felicità.

Mi alzai e lo seguii fuori dalla sala, mentre gli altri due preti rimasero a rassettare. Camminammo in silenzio attraverso alcuni corridoi, mentre don Gianfranco continuava a sorridere e a guardare ossessivamente l'orologio che aveva al polso, poi arrivammo in una grande sala, completamente bianca e piuttosto luminosa, con delle grandi finestre su un lato e una grande grata di legno scuro dall'altra, dietro la quale intravedevo appena la sagoma di una donna velata.

"Madre, le ho portato l'investigatore incaricato dalla Curia, è un bravo figliuolo, abbiamo pranzato assieme." Mi mise una mano sulla spalla come per affidarmi alla mia interlocutrice nascosta e si sedette dall'altro lato della stanza, su una sedia accanto a un tavolo da cui prese quello che sembrava un breviario.

"Mi dica, figliuolo, come possiamo aiutarla? Se la Curia le ha concesso di entrare qui, significa che può fare qualcosa per rendere giustizia alla nostra consorella. Sono qui per aiutarla."

"Grazie, madre. Mi dica tutto quel che sa su suor Maria Valentina: la sua vita precedente, come è arrivata la vocazione, cosa faceva in convento e come si rapportava con lei e le altre consorelle, i suoi studi e quello che faceva a Roma, se ha notato qualcosa di strano nell'ultimo periodo."

"Era molisana, i suoi genitori erano contadini e avevano un banco di frutta e verdura al mercato di Campobasso. Aveva quattro fratelli più grandi. Fin da bambina amava studiare e andare a scuola, così i genitori, mi raccontava la ragazza, la mandarono a studiare in un collegio di suore, appena fuori dalla sua città, che ogni anno offriva una borsa di studio per gli studenti in condizioni economiche disagiate ed è stato lì che il Signore l'ha chiamata nella sua schiera. – sospirò – Era davvero molto intelligente; e poi organizzata, sistematica, davvero portata per lo studio. Aveva iniziato il noviziato qui da noi nel '94 e non si è più mossa da qui da allora; sei anni dopo il suo arrivo ha concluso il cammino di preparazione e ha preso i voti. Si dedicava a opere intellettuali, in particolare stava studiando gli aspetti teologici, storici e canonici della Regola di San Benedetto. Eh, – sospirò di nuovo – glielo dicevo prima, era davvero intelligente, portata per lo studio, brillante. Così tre anni fa decisi di commissionarle un volume sull'argomento che sarebbe stato d'aiuto anche per le finanze del convento. Scrissi al mio vescovo, lui sembrò entusiasta, intercedette per lei a Roma e le facemmo ottenere una dispensa perché potesse recarsi una volta a settimana per consultare i libri nella Biblioteca dell'Università Gregoriana."

"Quindi questa ragazza non ha mai avuto una vita al di fuori del convento? Ha avuto la chiamata giovanissima e già prima studiava in convento."

"Non le serviva altro, solo il Signore e lo studio."

"Mi ha detto che era molisana, per caso sa se avesse dei parenti all'estero? Magari in America Latina. O se avesse qualche origine straniera."

"Non che io sappia. Come le dicevo prima, la ragazza veniva da una famiglia di contadini, non credo nemmeno che i suoi parenti siano mai usciti dal Molise."

"E non aveva mai avuto un fidanzato?"

Mi sembrò che la badessa sussultasse: "Siamo le spose del Signore, noi! – esclamò quasi indignata – Pronunciamo i voti di Stabilità e di Conversione dei costumi che includono Povertà e Castità. E, come le dicevo, la ragazza ha iniziato il suo percorso a diciannove anni e prima già studiava in un convento. Rientrava a casa solo per le vacanze e, a quanto ne so, passava il tempo nella sua stanzetta a studiare."

"Capisco. E negli ultimi tempi non aveva notato in lei nulla di strano?"
"No, non mi pare. Era sempre in orario alle cerimonie religiose, recitava con fervore il rosario e andava a Roma nei giorni stabiliti: nulla di diverso dal solito."
"Aveva rapporti con la sua famiglia?"
"Mah, i soliti. Si scambiavano delle lettere, si sentivano al telefono per le ricorrenze, ma nulla di particolarmente assiduo. Le devo confessare che la ragazza mi diceva spesso di sentire più affinità con le consorelle che non con i suoi parenti; di amici non mi ha mai parlato."
"La ringrazio molto, madre. Immagino di non poter vedere la stanza di suor Maria Valentina, vero?"
"No, figliuolo, al mondo non è consentito entrare nel claustro, le posso però dire che le nostre celle sono completamente spoglie: c'è solo un letto, un piccolo armadio e un inginocchiatoio."
Ringraziai molto la badessa, che si congedò benedicendomi. Mi avvicinai quindi a don Gianfranco, ancora completamente assorto nella lettura; quando fui a un passo, chiuse di scatto quello che credevo essere un breviario. In realtà mi era sembrato di scorgere dei disegni: mi sembrava proprio il fumetto "300" di Frank Miller, ma non chiesi nulla, se non di essere accompagnato fuori, temendo che avrei potuto metterlo in imbarazzo, vista la reazione che aveva avuto.

Una volta in macchina, sulla strada del ritorno, tornai a pensare a quello che poteva legare le vittime. Quello che avevo scoperto di suor Maria Valentina non sembrava fornire alcun tassello utile, sicuramente avrei dovuto indagare ancora su di lei, ma forse avrei dovuto ragionare anche su altro. In fondo, anche i segni sui corpi avrebbero potuto dirmi molto dell'assassino. Si trattava di croci: che senso avrebbero potuto avere? Se non rimandavano immediatamente al satanismo, sembravano comunque avere un nesso con la religiosità. E le parti del corpo, cosa comunicavano? I seni la sessualità, il ventre la maternità, forse... ma polsi e ginocchia? Avrei voluto parlarne di nuovo con mia cugina, ma prima sarebbe stato opportuno vedere le foto delle altre vittime. Mentre continuavo a perdermi nei miei pensieri, mi resi conto che la macchina si fermava: ero tornato ad Acilia. Ringraziai il mio autista ed entrai a casa, dove Mario e Nina erano in camera da pranzo a sistemare: "*Tony, stasera ciavemo 'n ospite speciale!* – mi disse Mario con aria trionfante – *Vie' mi fratello Arvaro co 'a famija, vedrai che te piaceranno! Arivano fra 'n'ora, non te dico Nina mia che ha cucinato! Preparete, va'!"*

Sorrisi e andai nella mia stanza. Non riuscivo a fare ordine nei miei pensieri, pensai che una serata in famiglia mi sarebbe stata utile per staccare un po' e recuperare la giusta distanza. Decisi di chiamare Beatrice: anche se faticavo ad ammetterlo, la sensazione delle sue labbra sulle mie mi aveva accompagnato per tutta la giornata. Mi rispose con una voce squillante, mi resi conto che avrei voluto abbracciarla in quel momento esatto. Le raccontai delle mie perplessità, lei mi consigliò di ripercorrere nel dettaglio quell'ultima giornata di suor Valentina, io le ricapitolai quello che mi aveva detto don Renzo: che non si era presentata all'appuntamento, che poi lui aveva citofonato al portoncino secondario della Gregoriana, che non l'avevano vista nel momento in cui aveva lasciato l'edificio né l'inserviente né il cardinale Gialli.

"Gialli? – mi interruppe all'improvviso – Cioè, Paolo Francesco Gialli? L'eminente studioso di antichità cristiane?"

"Non saprei. Anche don Renzo era entusiasta quando ne parlava, mi ha detto che si tratta di una personalità eccezionale."

"Ma certo che lo è! Considera che è uno studioso brillantissimo, anche se, con il proseguire della carriera ecclesiastica, ha dovuto abbandonare quella accademica. Anch'io l'ho contattato per avere un parere su una vicenda relativa al cristianesimo pre–costantiniano, qualche tempo fa, ti risparmio i dettagli, ma ti posso assicurare che è una persona con una cultura eccezionale. Se devi contattarlo, ti prego, chiamami! Si può sempre imparare qualcosa da una persona di quella levatura!"

Promisi a Beatrice che l'avrei coinvolta in quell'incontro, ero felice di poterla avere accanto, anche se mi resi conto che quel suo entusiasmo nel parlare di questo Gialli mi aveva provocato un po' di gelosia: prima mi ero preoccupato per un *gay* e ora per un prete. No, anzi, per un cardinale! Mi sembrava evidente che il mio interesse per Beatrice stesse aumentando e, forse, metteva in luce delle piccole insicurezze che non sapevo di avere. Non mi ero mai posto il problema di non essere particolarmente preparato culturalmente, nessuna delle donne che avevo frequentato in precedenza mi era sembrata superiore a me sotto quel punto di vista. Fino a quel momento erano bastati il mio aspetto fisico e la mia passionalità a rendermi immune dalla gelosia, perché nessuna delle mie donne sembrava essere interessata ad altro.

Mentre ero immerso nei miei pensieri, sentii Nina bussare alla porta: "*Daje, Tony, so' arivati l'ospiti! T'aspettamo 'n camera da pranzo!*"

Mi presi qualche minuto per riprendermi e li raggiunsi. C'era una gran confusione e solo cinque persone: Mario e il fratello urlavano all'unisono, ridendo e dandosi pacche sulle spalle, mentre Nina era intenta a strizzare le guance di due adolescenti, uno dei quali era alto almeno una spanna più di lei, entrambi con un'espressione che diceva chiaramente che avrebbero voluto essere altrove. Non appena varcai la soglia della stanza Mario si girò verso di me e, sempre urlando a squarciagola come se fossi a un chilometro di distanza, mi presentò ai nuovi arrivati. Poi ci sedemmo a tavola e iniziò un'altra cena infinita e molto impegnativa per il mio fegato: antipasto a base di prodotti "*di'i Castelli*", come disse Alvaro che li aveva portati, coppiette, porchetta, affettati e formaggi vari, prodotti sottolio e conserve, pane di Lariano e trippa; pasta alla gricia come primo e abbacchio a scottadito con le patate per secondo; per finire, una bella crostata di ricotta e visciole, tutto innaffiato da un ottimo vino rosso prodotto da un cugino di Grottaferrata. Alvaro sembrava una persona molto a modo: gentile, disponibile, buon conversatore. Parlammo a lungo, mi raccontò di essere un meccanico, la sua officina era proprio a fianco alla casa di Mario e Nina, e che quella dei motori era da sempre la sua passione. Tuttavia, non poteva dire di aver avuto in amore la stessa fortuna che aveva avuto con il lavoro: la moglie, francese, lo aveva lasciato per un altro, con cui era tornata nel suo paese di origine, lasciando a lui i ragazzi, per non sradicarli dall'ambiente in cui erano cresciuti. "*Così dice lei, armeno... ma secondo me è che nun j'andava de staje dietro,* – Mario gli diede una gomitata facendo cenno in direzione dei due ragazzi, uno dei quali stava giocando col cellulare e l'altro stava disegnando – *Aho, a regazzi'!* – esclamò perentorio – *A tavola nun se gioca cor cellulare e nun se disegna! Se magna! Mettete via qua'a robba!*"

Entrambi protestarono con veemenza, quello più grande in romano stretto e alzando vistosamente gli occhi al cielo, l'altro borbottando qualcosa in francese. Quando Nina arrivò col secondo la tensione si sciolse e riprendemmo a mangiare e a chiacchierare. Anche io raccontai che ero figlio di separati e che capivo il disagio suo e dei ragazzi, senza però dilungarmi troppo nei particolari.

"*Mortacci sua, altro che disaggio! 'Sta 'nfamona!*"

Lo raggiunse un'altra gomitata: "*Fa' piano che ce stanno i regazzini!*"

"E a Marie', e cio'o sanno pure loro, tanto, che è 'n'infamona. Quanno che vanno in vacanza da lei devi vede' co che voja partono e come ritornano!"

Mi inserii raccontando del cugino di Dobriana, Jurij: anche sua moglie se ne era andata tornando nel suo paese d'origine, l'Italia in quel caso, lasciando a lui l'incombenza quasi totale di gestire il figlio piccolo, e la sua reazione era stata tutt'altro che tranquilla. Finita la cena e andati via gli ospiti, mi proposi di sparecchiare e di aiutare Nina a rassettare la sala e la cucina. Quando finimmo di sistemare, mi affacciai in sala per controllare che tutto fosse a posto, mentre Nina e Mario mi davano la buonanotte e si ritiravano nelle loro stanze. Aggirandomi per la stanza mi cadde l'occhio sulla bottiglia di finocchietto che era sulla credenza, come due sere prima. Mi sentivo un po' appesantito dalla cena e così decisi che poteva essere una buona idea berne un po', mi avvicinai e presi un bicchierino. Mentre afferravo la bottiglia per servirmi, notai che, accanto, c'era un foglio, che io stesso avevo appoggiato lì sparecchiando, quello su cui Étienne, il figlio più piccolo di Alvaro, aveva disegnato tutta la sera. Mi fermai a osservarlo, era completamente ricoperto di disegni e scritte, sia in italiano che in francese, uno stadio, una pizza, vari tipi di palloni, una chitarra elettrica e, in un angolo, una casa con vicino una famigliola stilizzata composta da una madre, un padre e due bambini. Presi il foglio e me lo avvicinai agli occhi: la casa era percorsa da un segno simile a un fulmine che sembrava spaccarla in due, mentre la donna della famigliola era cancellata con tratti violenti, tanto che in alcuni punti il foglio si era rotto, e, sopra di essa, campeggiava, a grandi lettere in stampatello, la scritta *PUTAIN*. Aggrottai le sopracciglia, mi dispiaceva molto per quel ragazzo: quei disegni, quella parola, lasciavano trapelare una grande sofferenza. Appallottolai il foglio, lo buttai, andai in bagno e me ne andai a dormire.

Y

Mi trovavo sul Molo Audace, mio padre era dietro di me e teneva le mani sulle mie spalle. Non riuscivo a trattenere le lacrime, ero solo un bambino. Mia madre mi guardava dal ponte di una grande nave da crociera, sorridendomi, mi salutava agitando con la mano un fazzoletto con il bordo ricamato che somigliava a quelli che usava la bisnonna Giovanna. Poi, d'improvviso, il suono sordo della sirena che annunciava la partenza, la nave iniziava a muoversi, mio padre stringeva più forte le mie spalle con le sue mani, lo zio Biagio arrivava vicino a mia madre, lei smetteva di guardarmi, mi voltava le spalle e iniziava a baciarlo con passione. Sentivo le lacrime calde scendermi lungo le guance e arrivare, salate, alle mie labbra. Abbassai la testa: ai miei piedi, un paio di scarpe blu con gli occhielli, dei calzoncini blu e dei calzini bianchissimi. Quando rialzai la testa per cercare la nave e mia madre, la vidi colare a picco e scomparire, inghiottita dai flutti del golfo di Trieste. La sirena mi fischiava nelle orecchie e si mischiava alla voce di mio padre che diceva: "Sii forte e continua ad amarla."

Mi svegliai madido di sudore. Afferrai il telefono: erano le 3 di notte. Tentai di riaddormentarmi, ma senza successo. I pensieri si rincorrevano nella mia mente, divorandosi a vicenda: mi trovai di nuovo a chiedermi se mia madre avesse meritato davvero l'amore che mio padre le aveva donato, se avesse meritato davvero di essere amata da me. Mi risposi di no. Mi risposi che lui lo avrebbe meritato di più.

La mattina, quando mi alzai, mi sentivo più stanco di quando mi ero messo a letto. Mentre ero sotto la doccia, dopo il mio consueto *jogging*, cercavo di concentrarmi sul caso ma senza successo: Beatrice continuava a tornarmi in mente. Avrei proprio voluto vederla. Mi ricordai in un lampo delle parole che mi aveva detto la sera prima, che sarebbe voluta venire con me a un eventuale incontro con quel cardinale. Pensai di approfittare di quella coincidenza.

Uscii dalla doccia e, ancora avvolto nell'asciugamano, presi il telefono per chiamare Beatrice, mi rispose al primo squillo: "Pronto, Bea, buongiorno, come stai? Hai dormito bene? Senti ma per oggi hai programmi? Perché, sai, a me farebbe molto piacere se tu potessi darmi una mano a incontrare il cardinale Gialli: mi hai detto che lo hai già contattato, una volta, giusto? – non ricevetti nessuna risposta – Giusto? – ripetei, senza sentire ancora alcun segno di vita dall'altro capo del telefono – Beatrice, ma ci sei? Tutto bene? Pronto?!"

Sentii trafficare con il telefono, come se lo stessero strusciando da qualche parte,
"Tony? – la voce di Beatrice si materializzò all'improvviso nel mio orecchio, ancora un po' impastata dal sonno – Ma... scusa, credevo fosse la sveglia! Credevo di averla chiusa! – rise – E invece avevo risposto a te! Sei mattiniero! – il suo tono era un po' ironico – Devi dirmi qualcosa?"
Ripetei tutta la tiritera della richiesta di incontro con il cardinale Gialli. Non mi fece nemmeno finire di parlare, che già stava progettando di contattare il cardinale, promettendomi di aggiornarmi al più presto e di portarmi buone notizie. Dopo di che attaccò senza neanche salutarmi o dare a me il tempo di salutarla.
Subito dopo, mentre mi vestivo, chiamai l'agenzia: volevo avere notizie di Lucifero, visto che era Chiara a prendersene cura quando io ero via, e poi volevo chiedere ad Adalgisa di fare alcune ricerche nei nostri *database* sulle altre suore uccise.
In tarda mattinata, mentre stavo aiutando Nina a riportare dal mercato delle buste pesantissime ricolme di spesa, ricevetti una telefonata da Beatrice; non appena riuscii a rispondere, fui letteralmente travolto dal suo entusiasmo: "Tony! Non ci crederai! Il cardinale Gialli ha accettato di vederci già nel pomeriggio! Ci aspetta alla Gregoriana per le 15,30. Quando gli ho spiegato il motivo della nostra visita si è dimostrato molto collaborativo e disponibile, mi ha scritto che conosceva la ragazza e che la stimava molto. Vedrai, lui è una persona straordinaria! Ne rimarrai anche tu affascinato! Allora a dopo, eh! – stavo per salutarla, ma mi interruppe prima che riuscissi ad aprire bocca – Ah, Tony, comunque io dall'una e mezza sono nel ristorante dove abbiamo cenato l'altra sera, se arrivi prima a Roma mi trovi lì. Ciao!" e di nuovo attaccò senza salutarmi. Rimasi fermo per un attimo in mezzo al marciapiede a fissare il telefono.
'Tony, aò, ma che te sei 'ncantato? Pija quee buste e annamo a casa, su!"
La voce imperiosa di Nina mi riportò alla realtà, afferrai le buste che avevo lasciato a terra e la raggiunsi.

Il cardinale ci ricevette in una stanza arredata sobriamente, che l'Università gli metteva a disposizione. C'era una grande scrivania di mogano con delle sedie imbottite, un divanetto di pelle rossa in un angolo, una pianta da interni, delle librerie basse. Ci accomodammo alla scrivania, dietro alla quale era appeso un quadro, con un'importante cornice dorata, che raffigurava una fanciulla, in piedi accanto a un altare, che guardava verso il cielo, mentre un uomo alle sue spalle sollevava una spada come se stesse per colpirla a morte. Tutt'intorno a loro, persone in piedi assistevano alla scena.

"Le piace? – mi chiese il cardinale con aria soddisfatta – È il sacrificio di Ifigenia. Pensi che la diocesi lo ha acquistato oltre quarant'anni fa dal negozio di antiquariato di mio padre e, ironia della sorte, è stato dipinto per una delle residenze della famiglia di mia madre, oltre due secoli fa. Quando mi hanno mostrato la stanza che avrei potuto utilizzare e l'ho visto appeso, sono rimasto molto colpito: l'ho letto come un segno."

"Grazie, Eccellenza, per aver accettato di riceverci con così poco preavviso."

"Si figuri, è un piacere per me poterla aiutare a far luce sulla terribile scomparsa di quella povera giovane. Sa, anche lei apprezzava molto il quadro alle mie spalle. Quando veniva a Roma una volta a settimana per le sue ricerche, per cui aveva ottenuto una licenza speciale, ero io a portarle i testi che voleva consultare, direttamente in questa stanza."

"E da questa stanza non usciva mai?"

"Non quando era sotto la mia supervisione."

"E quando non lo era, pensa che uscisse?"

"Nessuno di noi l'ha mai chiusa dentro, abbiamo sempre confidato che chi, come lei, aveva scelto il distacco dal mondo non avesse bisogno di chiavistelli."

"Capisco. E mi può dire qualcosa di suor Maria Valentina? Non so: negli ultimi tempi l'ha vista tesa, agitata, aveva atteggiamenti strani, in particolar modo in quell'ultimo giorno?"

"No, tutt'altro, semmai l'avevo trovata più allegra del solito. – sospirò – Mi dispiace molto per quello che le è accaduto, povera sorella. So che lei sta indagando per conto della diocesi anche su altri omicidi di religiose, ha scoperto qualcosa di interessante?"

Raccontai quello che sapevo degli altri omicidi, dissi che la prima suora morta in cui mi ero imbattuto non era, con tutta probabilità, la prima vittima di quello che ormai mi sembrava evidentemente essere un *serial killer*. Citai l'omicidio avvenuto a Cremona diversi anni prima e riepilogai tutti i tratti comuni che potevano collegare le vittime e gli omicidi tra loro. D'improvviso mi venne un'idea: "Eminenza, posso approfittare per farle una domanda, proprio a proposito del *modus operandi* di questo assassino?"

“Ma certamente, dica pure."

“Secondo lei è credibile pensare che a uccidere queste donne sia stato un individuo legato alla Chiesa? – Gialli aggrottò le sopracciglia – Sa, inizialmente, poiché sui corpi ci sono dei tagli, avevo pensato a un qualche rituale satanico, solo che poi ho avuto l'opportunità di vedere le foto di uno dei cadaveri e i segni che ho visto sono simboli cristiani, delle croci, e non satanici. Mi sono quindi chiesto se non potesse essere piuttosto un cattolico ad aver commesso questi omicidi."

Gialli sembrò irrigidirsi alle mie parole. Rifletté un attimo, appoggiandosi allo schienale della sedia, poi allargò le braccia e disse, con un sorriso enigmatico: “Ma sa, non ha molto senso fare questi distinguo. D'altronde i satanisti non esisterebbero senza di noi: sono solo una costola della grande Chiesa di Roma."

Sospirai: anche lui, come il Vescovo di Firenze, non mi sembrava dell'avviso di continuare ad approfondire questo tema. Cambiai dunque discorso e chiesi quali libri stesse consultando suor Maria Valentina quell'ultimo giorno e se potessi vederli. Il cardinale rimase un po' interdetto, poi ridacchiò e, lanciando un'occhiata che mi parve di intesa a Beatrice, mi rispose: “Be' sa... sono libri un po' di settore, da specialisti, non credo che lei..." e fece un gesto con la mano aperta, a indicarmi. Mi piccai: “Ho bisogno di vederli ai fini dell'indagine, non certo per pubblicare un articolo scientifico sull'argomento."

Gialli alzò le mani: “Ah, quand'è così... vi accompagnerò in sala lettura."

Si alzò dalla scrivania e, uscendo, prese da una delle librerie una scheda compilata a penna e ci fece cenno di seguirlo lungo il corridoio, fino a una grande sala, con un soffitto altissimo sostenuto da colonne color crema, squadrate e spigolose, e, tutt'intorno, libri riposti su più piani con delle passerelle che permettevano l'accesso. In mezzo, tavoli e sedie, illuminati da lampade al neon appese al soffitto.

“Hai visto che bella?" mi sussurrò all'orecchio Beatrice. La guardai e annuii, sorridendo: lo era veramente.

La nostra guida ci indicò un tavolo dove era seduta una sola persona, curva su un pc con intorno una pila di libri, alcuni aperti, altri chiusi. Io e Beatrice ci accomodammo nell'angolo opposto del tavolo, mentre il cardinale andava a prendere tre volumi da un carrello poco distante.

“Ma cosa pensi di trovare in quei libri?" Beatrice mi sussurrò di nuovo all'orecchio, procurandomi un piacevole solletico.

"Non lo so, magari qualche frase sottolineata, magari un biglietto o delle note. Qualunque cosa potrebbe aiutarmi."

"Ma non si può scrivere sui libri della biblioteca." mi disse Beatrice, stizzita, alzando un po' la voce.

L'uomo seduto accanto a noi sollevò lo sguardo e, inarcando le spesse sopracciglia, ci intimò di far silenzio con un secco: "Shh."

In quel mentre tornò Gialli con i tre volumi: "Eccoli, erano rimasti su un carrellino. Spero vi siano d'aiuto, ci sono anche dei segnalibri che aveva lasciato lei all'interno." L'uomo al tavolo, di nuovo, sollevò lo sguardo verso di noi e verso il cardinale, visibilmente infastidito, ma stavolta non disse nulla. Io e Beatrice iniziammo immediatamente a sfogliare i volumi, Beatrice di quando in quando mi fermava mentre scorrevo le pagine e commentava: "Ah, ma dai." oppure "Ah, scusa, pensavo fosse una cosa utile, invece...". Gialli era rimasto con lo sguardo fisso sull'uomo al tavolo, con un sorrisetto beffardo stampato sul viso, come se aspettasse l'alzata del sipario da un momento all'altro. In effetti dopo pochissimi minuti, quello sbottò: "Scusate, ma qui c'è gente che studia! Sto cercando di concentrarmi!"

Il sorriso del cardinale si allargò: "Caro Carmelo, stai cercando versi da espungere? Dimmi, dimmi, posso darti una mano se vuoi."

"Paolo Francesco, smettila! Ti prego di prendere sul serio la mia ricerca, sono quasi due anni che ci sto lavorando e ancora non ne vengo a capo. Ho talmente tante cose da fare e talmente tante interferenze! Non posso mai concentrarmi."

"Ma veramente sei tu che ti alzi ogni due minuti per andare a prendere i testi ai tuoi vicini di tavolo e dai consigli bibliografici a destra e a manca. Dovresti fare domanda come bibliotecario, non come associato."

"Be', mi pare evidente che io non possa spiegarti ora tutto quello che c'è da sapere, avremmo bisogno almeno di quaranta minuti. Comunque, visto che qui non posso studiare in pace, farò diversamente." chiuse di scatto il portatile, lo prese e si alzò, lasciando lì tutti i libri.

Beatrice guardò Gialli con aria stupita: "Il dottor Ignobili. – rispose divertito – Purtroppo lo conosco fin dall'Università. Non mi ha mai perdonato di essere più stimato di lui come studioso, nonostante abbia preferito la carriera ecclesiastica a quella accademica."

Non scoprii nulla sfogliando quei testi, se non che suor Valentina era particolarmente appassionata ai suoi studi. I testi erano pieni di biglietti e segnalibri con appunti e riferimenti che dimostravano la sua competenza in materia, competenza che anche il cardinale Gialli non aveva mancato di rilevare in più occasioni. Mi fermai con Beatrice per un aperitivo: non parlammo di ciò che era successo tra noi, ma nel salutarci, senza quasi che ce ne accorgessimo, le nostre labbra si sfiorarono di nuovo. Lungo il tragitto di ritorno, ripensai a lei, a quanto mi piacesse starle accanto e ascoltarla. Era una persona solare e riusciva a trasmettermi la sua serenità nell'affrontare le cose; quando, dopo poco che ero salito sul treno, ricevetti un suo messaggio con solo l'*emoticon* dell'abbraccio, mi si stampò in faccia un sorriso ebete che mi accompagnò fino al mio arrivo alla stazione di Acilia.

Non appena fui sulla banchina, il mio cellulare iniziò a squillare: era Adalgisa.

"Ada! Che notizie?"

"Capo, non ci crederai, ma ho scoperto un sacco di cose! Sei seduto, spero!"

"In realtà no, mi sto avviando a piedi verso casa dei miei ospiti qui ad Acilia, ma parla pure, ti prometto che sarò forte."

Adalgisa iniziò a raccontarmi, non celando entusiasmo e soddisfazione per la sua scoperta eccezionale, che Concepcion aveva un amante, e non uno qualunque, ma "quel figo del Teatro Miela! Hai capito la suora?!"

Ridacchiai: "Ada, ti devo confessare che io già lo sapevo. Scusami, ma non potevo dirtelo."

"*Ma te son na merda*!"

Continuò poi a raccontarmi che aveva scoperto, tramite i nostri *database*, che la ragazza era stata in comunità: "E sai perché ci era finita? Per qualche anno aveva ballato in un *night club* e a un certo punto ha iniziato anche a fare il servizio nei *privée*... non so se rendo. – le dissi di sì e di continuare – E lì ha cominciato a drogarsi ed è entrata in un circolo vizioso, le servivano soldi, se li procurava in maniera squallida, si deprimeva per questo e via così. Insomma, alla fine è entrata in comunità e dopo un po' ha sostituito la dipendenza dalla droga con quella dalla fede."

Rimasi un attimo in silenzio: "Scusa, ma tu tutte queste informazioni come le hai recuperate?"

"Be', ho visto sul *database*, no?!"

"Di solito sui *database* ci sono notizie molto più scarne. Ada, non avrai di nuovo forzato i sistemi?"

"Io?! – disse alzando il tono di almeno due ottave – Ma quando mai? Figurati! Basta cercare bene. E comunque, anche dopo che aveva preso i voti, manteneva qualche vizietto."

"Cosa intendi?"

"Aveva due amici molto intimi, per così dire. Sto cercando di identificarli."

"Ada, sei grande!"

"Ah, allora fa comodo anche a te quando forzo i sistemi!"

A volte era davvero disarmante, non riuscii a replicare se non con una risata. Adalgisa poi mi raccontò che sulle altre due vittime, quelle di Cremona e Roma, non aveva trovato nulla di particolare. Decisi perciò che era il caso di indagare più a fondo sulla prima vittima, quella di Cremona, visto che a Roma non ero riuscito a scoprire ombre nella vita di suor Valentina. Così, chiusa la telefonata con Adalgisa, inviai immediatamente una mail alla diocesi di Trieste, spiegando loro che avrei avuto necessità di mettermi in contatto con le suore dell'Istituto Beata vergine di Cremona. Poi, senza attendere un loro riscontro, chiamai Chiara chiedendole di aiutarmi a organizzare la trasferta già per il giorno dopo: ero sicuro che mi avrebbero risposto positivamente, infatti mi contattarono la mattina dopo, di buonora, mentre stavo già partendo da Acilia, indicandomi il nome della suora che mi avrebbe accolto.

Una volta a Cremona, mi diressi immediatamente all'istituto Beata Vergine, dove avrei incontrato suor Angela.

L'istituto era un edificio abbastanza antico, squadrato, in mattoncini e si trovava nella zona centrale della città. Non appena fui davanti all'alto portale, vidi sulla soglia una suora con un volto paffuto e sorridente. Le sorrisi e lei, scrutandomi da dietro un paio di occhiali spessi, mi salutò: "Buongiorno, è lei l'investigatore di cui mi ha parlato la diocesi?"

Risposi di sì e lei mi fece strada nell'edificio. Mentre andavamo verso il suo ufficio, mi raccontò brevemente la storia dell'Istituto, indicandomi le parti che lo costituivano. Quando arrivammo, mi fece accomodare davanti a lei e prese a cercare tra i documenti che aveva in uno schedario e sulla sua scrivania.

"Guardi, signore, io purtroppo non posso aiutarla a proposito della consorella... – trovò un foglio – ecco! Suor Maria Immacolata. Sono in questo istituto solo da due anni, ma suor Ermengarda sicuramente saprà aiutarla. L'ho già fatta chiamare. – in quel mentre aprì la porta una donna alta, abbastanza giovane, che indossava maglioncino, gonna e scarpe tipiche delle suore. – Eccola! Lei era qui al tempo dei fatti, adesso insegna da noi nell'istituto, alla scuola media. Vi lascio da soli. Che Dio vi benedica."

Suor Ermengarda, non appena iniziai a domandarle di suor Maria Immacolata, scoppiò in un pianto a dirotto. Cercai di consolarla, le chiesi scusa temendo, in qualche modo, di aver urtato la sua sensibilità, lei mi raccontò che non era mia, la colpa: quelle vicende le ricordavano una parte della sua vita, bella, ma definitivamente conclusa. Lei e suor Maria Immacolata erano molto amiche, avevano iniziato insieme il noviziato in Istituto, ma mentre l'amica era fermamente convinta della sua scelta, Ermengarda, Emma al secolo, era stata spinta a iniziare quel cammino dalla sua famiglia e mal sopportava alcune privazioni. Fra le lacrime, mi spiegò che, all'epoca, lei aveva una relazione con un ragazzo e che, quando Immacolata le aveva confessato che una sua amicizia stava assumendo dei risvolti romantici, le aveva consigliato di cedere alla passione.

"Per tutti questi anni mi sono chiesta se lei sarebbe ancora viva se non mi avesse dato ascolto!"

"Perché dice così?"

"Perché Dio l'ha punita per il suo peccato! E anch'io, allora, da quel giorno ho smesso di vedere Giulio. Anche se, devo confessare, ancora gli voglio bene."

"E non sa nulla di questo ragazzo che frequentava suor Maria Immacolata?"

"Sinceramente no. Non mi ricordo nemmeno il nome. Però so che aveva frequentato proprio questo istituto."

Le chiesi allora se ci fosse una biblioteca e se potesse accompagnarmi.

La suora mi guardò stupita: "Scusi, ma perché vuole andare in biblioteca?"

"Ho pensato che guardando negli annuari potrei trovare la possibile identità dell'innamorato di lei."

La suora scoppiò in una risata fragorosa: "Ma non siamo in America, qui! Se vuole, posso mostrarle dei registri."

Mi sentii uno stupido, ma almeno era riuscito a farla smettere di piangere.

Spulciai tutti i nomi, presi nota, feci foto, cercai delle connessioni, poi mi arresi: era davvero difficile, se non impossibile, venirne a capo. Mi venne allora un'idea, richiamai suor Ermengarda e le chiesi se gli effetti personali di suor Immacolata fossero ancora in convento. Lei mi rispose che erano stati riconsegnati alla famiglia subito dopo l'omicidio. Le chiesi perciò l'indirizzo e andai immediatamente a far loro visita.

La casa si trovava nella prima periferia della città, in una sorta di casermone di cemento. Suonai al citofono e mi presentai, spiegando chi fossi e perché fossi lì. Dopo un primo momento di esitazione, la voce femminile che mi stava rispondendo mi aprì e mi disse di salire al quinto piano. Entrai e mi diressi subito all'ascensore: stavo quasi per chiamarlo quando mi accorsi di un cartello scritto a mano e un po' sbiadito che recitava: FUORI SERVIZIO. Sospirai e mi avviai alle scale, che erano poco luminose, consumate, con il corrimano un po' scrostato e gli infissi delle finestre arrugginiti. Chissà da quanto tempo aspettavano una ristrutturazione.

Mi aprì la porta una signora di mezza età, con i capelli corti e bianchi, dal taglio sbarazzino: inforcava un paio di occhiali da vista con una spessa montatura di plastica viola, dietro ai quali i suoi occhi sembravano minuscoli ma molto vivaci. Mi accolse con molta cordialità, dicendomi che il marito era al lavoro ma sarebbe tornato a breve, e mi fece accomodare in salotto, mentre lei andava a preparare un caffè.

Mi guardai intorno: la casa era arredata con mobili antichi e di buona fattura, che davano l'impressione di essere stati pensati per tutt'altro ambiente, più luminoso, più raffinato, e spostati lì in un secondo momento. Il divano era di velluto a costine, leggermente impolverato come anche il tavolino di vetro davanti a esso e la televisione, che chiaramente veniva accesa molto di rado. Alla mia destra, una poltrona di pelle dal fondo consunto, con un cuscino sgualcito e un giornale spaginato abbandonato su un bracciolo. La signora tornò nel salone con un vassoio, su cui aveva messo una caffettiera con due tazzine e una zuccheriera di porcellana con il bordo dorato, e mi fece cenno di sedermi al tavolo davanti a lei. Mi offrì anche degli amaretti fatti in casa e mi chiese perché, dopo tutti quegli anni, fossi venuto lì a chiedere notizie della figlia. Le raccontai che stavo indagando su dei casi recenti di omicidi di suore che sembravano molto simili, nelle modalità, a quello della figlia e che per questo volevo capire se potesse esserci un nesso.

La madre mi guardò con gli occhi umidi: "Non immagina cosa questo significhi per me. Da anni non riusciamo a darci pace, la polizia ha abbandonato le ricerche classificando il delitto come caso irrisolto. Noi abbiamo provato ogni strada, anche quelle più assurde, ci siamo rivolti persino a una sensitiva – abbassò lo sguardo – non mi giudichi, avrei fatto qualunque cosa per conoscere l'identità del suo assassino. Mi dica solo come posso aiutarla."

Le chiesi allora di vedere le cose che le avevano restituito dal convento, la madre mi condusse nella stanza della ragazza dove tutto era rimasto come prima che lei prendesse i voti. L'unica cosa in più era proprio una scatola con gli effetti personali restituiti dal convento che la signora estrasse da sotto il letto. Mi disse che potevo prendermi tutto il tempo necessario e che lei sarebbe rimasta con me nel caso in cui avessi avuto delle domande. Mi guardai intorno: c'erano mensole con i libri scolastici, bambole, *peluche* e vari ammennicoli, anche dei trofei di pattinaggio.

"La mia Giuditta fino ai quindici anni viveva per pattinare! Poi, dal giorno alla notte, mentre si preparava per la cresima, ha iniziato a dirci che aveva avuto la chiamata. Io e mio marito eravamo perplessi, noi siamo cattolici ma, insomma, nemmeno troppo praticanti. Eppure lei era come invasata: ha iniziato ad andare a messa ogni mattina, prima della scuola, noi se ci andavamo una volta ogni due mesi era grasso che colava. E poi, ha iniziato a cambiare l'abbigliamento e a piantare tutti quegli altarini là. – Mi girai verso il comodino che stava indicando e ne vidi uno, con statuine sacre, santini e rosari – L'abbiamo sempre lasciata libera di fare ciò che voleva, ma questa scelta non l'abbiamo mai capita del tutto."

Le chiesi se potessi aprire la scatola, lei mi fece un cenno di assenso. Dentro c'erano dei vestiti, dei rosari e un'agenda di pelle nera che iniziai a sfogliare. All'interno c'erano appunti sparsi, riflessioni, preghiere, ma anche foto e dei biglietti scritti con una grafia differente. Iniziai a leggerli, alcuni erano evidentemente delle sue consorelle, uno era particolare. *Da quando ti ho conosciuto tutto ha preso un senso nuovo, la vita adesso ha finalmente un significato, P.* Guardai la madre: "Chissà quante volte avrà letto quest'agenda e questi biglietti."

'Tantissime. Come vede, era amata da tutti. Non riusciamo ancora oggi a darci pace."

Le sorrisi e continuai a sfogliare l'agenda, ne uscì una polaroid quadrata: un ragazzo con dei capelli castani, scompigliati, e un maglione color salmone sorrideva alla telecamera. Sullo sfondo riconobbi il corridoio dell'istituto Beata Vergine. Chiesi alla madre se lo conoscesse e lei mi rispose di no, che aveva sempre pensato che fosse uno degli allievi della figlia. Le feci notare che quella foto non poteva essere dei primi anni 2000, così la fotografai, come anche alcune pagine dell'agenda e i biglietti.

Quel ragazzino mi aveva colpito: aveva un'espressione particolare, una sorta di ghigno. Mi diressi perciò in Istituto sperando che qualcuno si ricordasse di lui. La badessa ci pensò un attimo, poi si ricordò che suor Tommasina, che era ormai in pensione, avrebbe potuto ricordarselo e mi accompagnò da lei.

Non appena mostrai all'anziana suora la foto: "Oddio, ancora questa foto!" urlò e si fece il segno della croce.

"Mi scusi?!"

"Il censore! Lui è il censore! Un ragazzino terribile che viveva da noi. Veniva qui alle elementari, poi il padre è morto, e non lo voleva nessuno, comprensibilmente visto che era indemoniato, e quindi lo hanno lasciato qui da noi. Ma lei come fa ad avere questa foto? Ce l'avevano mostrata i Carabinieri quando morì Immacolata, povera figlia."

"L'ho trovata proprio tra i suoi effetti personali."

"*Uh siùr benedetto*! Ora capisco perché ce l'avevano mostrata! – si fece il segno della croce – Per un momento sembrava che lo sospettassero, anche se non riuscivo a capire perché, poi hanno ripiegato sui satanisti. Non che lui non potesse esserlo, anzi! Spiegherebbe molte cose. Ma quindi i due si conoscevano?"

"Speravo che me lo sapesse dire lei."

"Ma non credo! Lui è stato qui dagli otto ai diciotto anni, poi è andato a studiare al Politecnico. Gli eravamo tutte affezionate, sa, poverino... poi aveva iniziato ad avere un atteggiamento strano: ci riprendeva, si infliggeva delle punizioni dure quando sbagliava, parlava da solo, redarguiva i compagni con foga, per questo iniziarono a chiamarlo il censore. Crescendo era peggiorato, è capitato che picchiasse un compagno e più di una volta lo abbiamo trovato che prendeva a calci il gatto del cortile o che cercava di impalare le lucertole. Però era intelligente, studioso, una volta abbiamo provato a farlo vedere da un esorcista, ma niente."

Mi sedetti accanto a lei: "E si ricorda come si chiamava questo ragazzo?"

"Ma certo! Pietro Simonelli. Non so cosa possa entrarci nella morte di Immacolata, non credo che si conoscessero."

"E allora come si spiega la foto?"

"Ma non lo so! Comunque lui non è mai tornato qui."

Ero di tutt'altro avviso rispetto alla suora, doveva per forza esserci un legame fra suor Maria Immacolata e quel Simonelli, ma non sapevo davvero da che parte iniziare per trovarlo. Mi decisi a fare quello che andava fatto: "Ada, ti prego, puoi aiutarmi solo tu!"

"*E te pareva! Co xè longhi sempre a mi te me ciami!*"

Le dissi che doveva, in qualsiasi modo possibile, trovare tutte le informazioni riscontrabili in rete su un tale Pietro Simonelli: che lavoro facesse, dove vivesse, i suoi interessi, le persone che frequentava, tutto quello che lo riguardava.

"Scusa, non ho capito. Mi stai chiedendo di forzare i sistemi?"

"Hackera tutto quello che puoi!"

All'altro capo del telefono, Adalgisa rimase in silenzio per un istante: "Sicuro?"

"Ci sono dei momenti in cui va fatto quello che va fatto."

"Mi piaci quando sei machiavellico, capo!" e attaccò prima ancora che riuscissi a salutarla. La richiamai immediatamente: "Ada, scusa, a parte il fatto che potresti anche salutarmi prima di chiudere la chiamata, – la sentii mugugnare dall'altro capo del telefono – ma poi non ti avevo chiesto di controllare suor Maria Gertrude?"

"Chi?!"

Alzai gli occhi al cielo: "Carmela Morelli, la morta di Firenze."

"Ah sì certo, giusto! Ho trovato, ho trovato! Non hai idea di chi sono le persone che sentiva più spesso! Dai, indovina, indovina!"

"Ada, questa è un'indagine seria!"

"No, guarda, non appena saprai di chi si tratta capirai che di serio c'è ben poco! Ti mando tutto per *email*."

Ero appena arrivato in stazione e stavo cercando di capire come fare a comprare il biglietto di ritorno a Trieste da un distributore automatico, quando ricevetti la mail di Adalgisa. La lessi e cambiai immediatamente i miei programmi.

δ

Spostai la tenda di perline e mi ritrovai in una piccola sala dalle luci soffuse, con le pareti ricoperte di stoffa damascata color rosa intenso. Nell'angolo sinistro un divanetto in stile Luigi XVI ma con imbottitura zebrata e legno argentato, su cui giaceva, abbandonato, un ventaglio di piume rosa cipria, nell'angolo destro un bancone da bar, dietro cui vidi una ragazza con i capelli neri a caschetto che sembrava appena uscita dal *Great Gatsby party*. Mi avvicinai e le chiesi dove potessi trovare Anisio Pecego. La ragazza mi guardò sbattendo le ciglia.

"Mi scusi ma Lily Tilù non riceve mai prima degli spettacoli, è molto impegnata! E poi è un'artista, si deve concentrare!"

Rimasi un attimo titubante: "Capisco... ma io dovrei parlarle di una cosa davvero importante, non potrebbe provare a fare un'eccezione? Magari ad avvisarla...?"

La ragazza sbuffò spazientita: "Mi dica di cosa si tratta e valuterò io se è il caso di disturbarla."

"Sono un investigatore privato, sto indagando sull'omicidio di suor Maria Gertrude."

La ragazza sussultò: "Oddio, ma me lo doveva dire subito che era per Carmelina! Venga, mi segua!"

La ragazza uscì da dietro al bancone: aveva dei tacchi vertiginosi e un vestito tutto frange. Mi fece cenno di avvicinarmi e bussò a una porta, da cui si affacciò dopo un istante un negrone, palestrato quanto me ma più imponente e più grosso, che si rivolse alla ragazza: "Tatiana, non posso far entrare nessuno, lo sai!"

Lei si avvicinò al suo orecchio e mormorò: "È per Carmelina!"

Quello mi squadrò dalla testa ai piedi per diversi secondi, poi fece un cenno con la testa per invitarci a entrare e richiuse la porta alle nostre spalle. La sala era non molto grande, piuttosto buia se non per una luce azzurrognola che proveniva dal fondo a illuminare una sorta di palco, all'angolo del quale campeggiava un pianoforte a coda. Tutt'intorno, tavolini rotondi con sopra un centrotavola e un vaso con dei fiori. La attraversammo fino a raggiungere una stretta scala ricoperta di moquette *beige*, che ci condusse a un piano rialzato, molto più illuminato e su cui si affacciavano diverse porte. La ragazza *Charleston,* con i suoi tacchetti a spillo, mi precedette e percorse il corridoio fino a fermarsi davanti a una porta con una stella dorata e un nome: Lily Tilù. Bussò. Una voce ci raggiunse dall'interno: "Chi è? – si girò – Ah Taty sei tu, dime dime tessoro!"

"Lily, scusa se ti disturbo prima dello spettacolo, ma questo ragazzo voleva parlare di Carmelina…"

"Uh Carmelina mia, che dolor! – si girò verso di me con un gesto plateale, mentre la vestaglia di tulle orlata di pelliccia scopriva il reggicalze – Oh ma che bel ragasso… chiedeme pure tutto quelo che te sserve!" e, facendomi l'occhiolino, mi fece cenno di sedermi accanto e lei. Iniziai a farle delle domande sul suo rapporto con la suora morta a fronte dei tabulati: da quanto mostravano i documenti inviatimi da Adalgisa, le due si sentivano spesso e avevano anche una *chat* con una terza persona. Lily mi rispose con grande sincerità, versando anche qualche lacrima di commozione: suor Maria Gertrude era una ragazza estremamente problematica, che continuava a cercare sé stessa e la sua strada, aveva abbracciato la fede solo perché necessitava costantemente di qualcosa a cui aggrapparsi. "Secondo me ha solo scambiato dipendenza co' altra. Disceva che tuto era cambiato da quando aveva incontrato me e Enrico."

"Dove vi siete conosciuti?"

"Qui. Era venuta a trova' un suo amico de comunità de recupero, Red Sugar. Anzi, tu deve rimane', si esibisce co' me stasera. Bravissimo. Te famo sogna', amore! – poi mi posò una mano sulla spalla – Se non era pe le spalle così forti, potevi fa' pure te balletto co' noi!"

Sorrisi: "Ed eravate molto amiche?"

"Amiche? Ma che amiche! – prese un fazzoletto dalla scatolina alle sue spalle e si asciugò le lacrime – Ci amavamo! Io, lei ed Enrico! Lei voleva smette de fa' suora, ma non ha fatto in tempo."

"E questo Enrico cosa fa nella vita? Potrei incontrarlo?"

Sapevo perfettamente chi fosse e dove poterlo trovare dalla *mail* di Adalgisa, ma volevo sapere fino a che punto Lily Tilù fosse sincera con me.

"Da quando so' arivvata in Italia Enrico m'ha tanto aiutato, co lavoro, co permesso di sogiorno… è persona spesciale! Ma è tanto impegnato, fa lavoro importante, è difficile che cià tempo."

"E per voi due trovava tempo?"

"Sempre! Lui ce vole bene, sa?! Mica era uno de quei che vengono qui solo pe' fa' i simpatici e magari a casa cianno pure la molie che li aspetta. Noi sce amiamo, sciavevamo pure appartamentino tutto pe' noi tre. Sceravamo visti pure giorno che poi lei è morta."

"E hai detto questa cosa alla polizia?"

"No, per carità! Polizia no ce deve entra', io t'ho detto tutte 'ste cose perché sei detective privato, polizia co' permesso de sogiorno me mette nei guai."

"Non capisco: il permesso di soggiorno è un documento regolare, hai un lavoro... che problema dovrebbe farti la polizia?"

Rimase per un attimo in silenzio, poi iniziò a balbettare qualcosa, che non sapeva, che Enrico aveva detto, che Enrico aveva fatto. Decisi che Enrico sarebbe stata la prossima persona che avrei contattato, difficile o no da trovare. Mi congedai e uscii, a malincuore non rimasi a vedere lo spettacolo, peccato!

Tornai nell'albergo dove ero stato la volta precedente. Era quasi l'ora di cena e pensai di telefonare subito a Enrico, prendendo il numero direttamente dall'*email* di Adalgisa. Mi rispose con freddezza, chiedendomi dove avessi trovato il suo numero e minacciando di denunciarmi. Tuttavia, ascoltò le mie domande e rispose seccamente che conosceva suor Maria Gertrude e che i suoi rapporti con lei rientravano nella sua sfera privata e, pertanto, non doveva darne conto a me.

Il giorno dopo, di buon'ora, ricevetti una telefonata dalla diocesi di Firenze che mi chiedeva di avvisarli sempre prima di contattare le persone che ritenevo potessero essere coinvolte nel caso, soprattutto quando erano in vista come il professor Enrico Bandelli, ordinario di Economia dell'Università di Firenze. Non mi diedero il tempo di spiegare né di controbattere. Evidentemente il professore non voleva in alcun modo che si scoprissero quei suoi legami così profondi e aveva evitato che il suo nome fosse messo in relazione a un'indagine di polizia. Certo, era proprio una persona speciale! Mi dispiacque profondamente per suor Maria Gertrude e per Lily Tilù. E, ancor più, per me: la mia fiducia nella Chiesa si stava sgretolando ogni giorno di più. Avevo bisogno di sfogarmi: mentre andavo in stazione chiamai Adalgisa, che sicuramente era la persona più adatta a comprendere e sostenere le mie perplessità. Lei invece non mi lasciò neanche il tempo di parlare e iniziò a inondarmi letteralmente di informazioni su Pietro Simonelli, il censore delle suore forse amico di suor Maria Immacolata. Dovetti fare un attimo mente locale per rimettermi su quel binario e ricordarmi che le avevo chiesto di hackerare qualsiasi cosa fosse possibile per avere informazioni su di lui.

"Senti, *sto mato* vive a Trieste quindi magari ci possiamo anche andare a parlare una volta, comunque intanto ti dico che è un ingegnere delle ferrovie e fino a due anni fa lavorava all'ufficio reclami. Poi deve essere successo qualcosa, perché nel suo fascicolo c'è scritto che l'anno scorso gli hanno fatto fare un corso sulla gestione della rabbia e c'era pure il suo punteggio di uscita che era altissimo. Però comunque l'hanno spostato a fare i controlli sulle tratte ferroviarie. In ogni caso lo capisco, che abbia un problema con la gestione della rabbia, poveraccio! Risulta che la madre ha abbandonato il tetto coniugale nell'84 e che il marito ha ottenuto l'affidamento del figlio e la separazione con addebito a carico di lei. Poi il padre si è suicidato ed è stato proprio Pietro a ritrovare il cadavere in casa un paio d'anni dopo. A questo punto è stato messo al collegio Beata Vergine di Cremona, dove è rimasto fino al diploma."
"Ma quindi dopo il suicidio del padre non è stato affidato alla madre?"
"Sì, così dicono le carte. Evidentemente non aveva tanta voglia di occuparsene, perché l'ha sbattuto in collegio..."
Rimasi in silenzio per un attimo. Qualcosa in quella storia mi risuonava dentro, anche se non riuscivo ancora a capire bene cosa fosse.
"Scusa, in che anno hai detto che se n'era andata, lei?"
"Nell'84."
"Ah, lo stesso anno in cui mia madre mi ha portato in America."
Adalgisa rimase un attimo in silenzio.
"Coincidenze? – disse poi, a mo' di sfottò – Io non credo! – e si mise a ridere – Comunque, dopo il diploma ha studiato al Politecnico di Milano, poi è stato assunto all'RFI e da lì ha iniziato a fare carriera, l'hanno mandato pure all'estero a fare dei *master*, poi l'hanno trasferito prima a Cremona, nel 2008, – sussaltai – e poi, dopo due anni, a Trieste dove si è sposato con una croata con cui ha avuto due figli."
"Ah quindi ha una famiglia!"
"No. Lei è tornata in Croazia portandosi via i figli, nel 2015."
"Quindi il corso per la gestione della rabbia l'ha fatto dopo che la moglie l'ha lasciato."
"Eh sì, qui risulta che lo hanno prima demansionato, spostandolo a coordinare l'ufficio reclami, e poi il corso. Però, insomma, tutto considerato mi sembra comprensibile!"

Ero assolutamente d'accordo con Adalgisa, anche se non lo ammisi: io stesso a volte cedevo a degli eccessi di rabbia, anche pochi mesi prima, mentre indagavo sulla morte della moglie di Zeno, avevo aggredito verbalmente, e solo perché ero stato trattenuto, il dottor Corderi. Salutai Adalgisa: ero arrivato in stazione e dovevo fare il biglietto. Mentre ero in fila alla cassa mi squillò di nuovo il telefono. Guardai il *display*: era la diocesi di Trieste. Non potevo crederci! Anche loro volevano farmi una reprimenda riguardo a Enrico Bandelli? Ma questo chi era, Dio?! Risposi un po' seccato, ma all'altro capo dell'apparecchio non c'era nessuno che voleva riprendermi, solo la voce sconfortata di padre Angelo, che mi informava che era stato rinvenuto il cadavere di un'altra suora, con le stesse modalità dei precedenti omicidi, in un cantiere di Napoli, e mi incaricava di occuparmi anche di quel caso. Era il mio turno: attaccai e mi rivolsi al bigliettaio.
"Un biglietto per Napoli, per favore."
Il Frecciarossa partì dopo poco. Sprofondai nel sedile e iniziai a giocherellare con lo *smartphone*: su *Facebook* non c'erano notifiche, su *WhatsApp* nessun messaggio nuovo, aprii l'*email* personale, che era piena di *spam*. Mi dedicai allora a un gioco di *escape*, poi, al secondo riquadro, mi ricordai d'improvviso che avevo letto "Napoli" in una delle *mail* che avevo appena cancellato. Riaprii immediatamente la posta e cercai nel cestino: bingo! Lavandino organizzava un *tour* a Napoli proprio nel *weekend* successivo. Decisi di chiamarlo.
"Ciao Johnny! Che sorpresa! Come ti posso aiutare?"
"Tony... Ciao Alessandro, tutto bene. Senti, se non ricordo male, questo fine settimana sei a Napoli..."
Non appena pronunciai Napoli, subito Alessandro si agitò e iniziò a parlare affannosamente: "No, no, no, fermo, ti blocco subito! Per Napoli dovevi fare pre–prenotazione e poi, solo dopo conferma, fare bonifico. Ormai è tardi, Johnny! Mi dispiace, ma proprio non posso fare eccezione."
Non riuscii a trattenere una risata: "Tranquillo, non voglio partecipare al *tour*. Semplicemente, sto andando a Napoli per lavoro, sono in treno ora, e mi chiedevo se potessi darmi qualche dritta, visto che non conosco la città."
"Ah, ma allora stai chiamando la persona giusta! Io arrivo stasera e Raffaele, ti ricordi mio amico carissimo, bravissimo archeologo, è lì da ieri. Io Napoli la amo, come regista ed esperto di arte, perché Napoli è proprio la rappresentazione del doppio shakespeariano, divisa tra luci

e ombre, per questo Caravaggio ci è stato. Poi io sono pure mezzo napoletano, mamma è di Ischia, è una città aperta sul mondo, capisci?! E poi è proprio uno scenario teatrale perfetto... si dice, no?! Vedi Napoli e poi muori! Dai, mo ti racconto due chicche, poi stasera ci vediamo."
Fortunatamente sul treno la linea andava e veniva e dopo poco, il tempo di metterci d'accordo per la serata, cadde la conversazione: Alessandro era un entusiasta, ma avevo difficoltà a seguire i suoi discorsi, il suo italiano era un po' contorto. Quando arrivai, mi diressi subito alla diocesi, dove raccolsi gli elementi essenziali del caso. La morta, al secolo, si chiamava Elisabetta D'Esposito, suor Virginia, del convento delle Suore Figlie della Carità. Dopo essere passato a lasciare il bagaglio nella stanza che la diocesi mi aveva riservato poco distante, mi diressi direttamente a questo convento per avere notizie più approfondite. Quel convento sembrava più accogliente e più vivace degli altri in cui ero stato, le suore erano più giovani, più sorridenti e meno impettite, soprattutto di quelle di Firenze. Mi dissero anche di avere un profilo *Facebook* del convento, a cui mi chiesero di mettere *like*: accettai di buon grado, quell'atteggiamento mi ricordava il cattolicesimo che avevo conosciuto da bambino e da ragazzo, il sentirsi in una famiglia, che si curava di te e che ti rendeva parte di qualcosa di più grande, coinvolgendoti nelle sue attività. Per suor Virginia ebbero solo belle parole: erano commosse, sinceramente addolorate dalla sua morte, che nessuno sapeva spiegarsi. La descrissero come la migliore delle suore, irreprensibile, altruista. Collaborava con padre Lorenzo, un prete dei quartieri spagnoli che si occupava di portare coperte, cibo e bevande ai senzatetto. Mi diedero poi dei riferimenti anche di alcuni suoi amici laici, soprattutto della sua migliore amica, Denise Viola. Quando uscii dal convento mi avviai subito verso i quartieri spagnoli, che non erano poi così distanti da dove mi trovavo. Nel tragitto mi resi conto che Lavandino in fondo non aveva tutti i torti, quella città era fatta di contrasti. Poco prima di raggiungere la mia meta, adocchiai, a un angolo, un chiosco con l'insegna "Cuoppi e pizza fritta". Il mio stomaco, con un rombo improvviso, mi invitò ad avvicinarmi. Scelsi una pizza ripiena di salsiccia e friarielli: una vera delizia, anche se decisamente pesante! Con la birra però scendeva bene... Pensai che, appena tornato a Trieste, avrei dovuto subito mettermi a dieta! In quel momento sentii alle mie spalle il pizzaiolo che urlava: *"Ue' 'o prevet'! Vuoi 'e pizze fritte pei barbon'?"*

Mi voltai: un uomo dagli occhi azzurri e i capelli biondi, scapigliati e mossi dal vento, veniva nella nostra direzione, con una busta in mano, sorridendo allegramente: *"No, Pasqua, l agg' pigliat! Il turno tuo è domani, non ce prova'! Io, qua, agg' 'a aiuta' tutti!"*

Doveva essere lui! Deglutii in un lampo l'ultimo boccone insieme a un abbondante sorso di birra e, mentre ancora mi stavo alzando e arraffavo le mie cose, richiamai la sua attenzione: "Mi scusi, lei è padre Lorenzo della Chiesa Santa Maria alla Parrocchiella?"

Quello si girò verso di me con un sorriso angelico: "Sì, dite."

Mi presentai e dissi che volevo informazioni su suor Virginia. Lui si incupì, disse parole meravigliose su di lei, sulla sua devozione, sulla sua fede, sulla sua capacità di aiutare il prossimo. Mi invitò a seguirlo nel giro di distribuzione del cibo ai senzatetto, che stava ultimando, per continuare a parlare di lei.

Padre Lorenzo aveva un carisma particolare, sembrava emanare una luce quando parlava delle attività benefiche che sosteneva assieme a suor Virginia. Senza rendermene conto, mi trovai a prendere dalla sua busta il sacchetto con uno dei pasti e a porgerlo a un senzatetto. Padre Lorenzo sorrise soddisfatto.

"Grazie, signo! – mi disse un vecchio con i guanti di lana tagliati sulle dita, facendomi un sorriso sdentato – Ma parlavate di suor Virginia, *maro' che tragedia!* Abbiamo saputo! Qui al rione tutti urlavano stamattina quando si è saputa la notizia. Una gran bella persona, che perdita!"

"Davvero una grave perdita per tutti noi. Hai ragione, Tommaso! – disse padre Lorenzo – Oggi pomeriggio venite a messa, così tutti insieme diremo una preghiera per lei. – poi si girò verso di me – Ovviamente siete invitato anche voi."

Sorrisi e continuai a seguirlo nel suo giro. Ero incantato dalla sua empatia nei confronti dei bisognosi. Mi chiesi se avesse avuto lo stesso effetto su suor Virginia.

"Mi sono trovato a commuovermi anche se non la conoscevo. – Alessandro mi guardava, annuendo grave, mentre Raffaele continuava a rimestare la sua zuppa fissando il piatto o, almeno, così sembrava, visto che indossava rigorosamente anche al chiuso i suoi occhiali da sole – C'era un tale calore, un tale affetto, una tale partecipazione da essere palpabile."

"Mamma mia che empatia... – commentò Lavandino con gli occhi umidi, poi tirò su una manica fino al gomito e si indicò l'avambraccio – Guarda i peli! Io quando entro in un luogo sacro sento sempre quest'aria mistica che mi pervade... – poi si rivolse a Felce – A te non capita?"

Raffaele si voltò lentamente verso di lui, sollevando gli occhiali per un attimo e mostrando delle profonde occhiaie: "No, io piglio fuoco."

Quel ragazzo mi spiazzava, non riuscivo a inquadrarlo, anche se in quel momento mi ricordò distintamente qualcuno con cui avevo avuto a che fare, ma che non riuscivo a individuare. Decisi di parlare con lui: "Ma tu vivi proprio qui a Napoli?"

"No, mi sono trasferito quando facevo l'università, – rispose lui controvoglia, fissandosi gli occhiali a reggere i folti ricci scuri – sono venuto un paio di giorni fa, per la visita."

Alessandro intervenne: "Eh, io invece sono arrivato solo oggi perché avevo un'intervista importantissima stamattina, in televisione eh! Non so se mi hai visto! – lo guardai confuso, non sapendo cosa dire per non offenderlo, e notai Felce che mi faceva un cenno con la mano, come a dire di lasciar correre – Ho parlato di Raffaello, sai, del quadro di Grifonetto! Conosci la storia? – scossi la testa, mentre Raffaele si abbandonava sul tavolo coprendosi gli occhi con la mano – Praticamente quest'opera meravigliosa è proprio frutto di una tragedia. È stata commissionata per la famosa strage delle nozze, cioè questo Grifonetto, che fa strage dei parenti in questo matrimonio... e l'unico che si salva è un cugino di Perugia, che comincia a chiedere perdono alla madre e alla moglie, e la madre, distrutta da questa storia, chiede questa committenza, e la madre e la moglie dell'assassino, qui rappresentate, stanno a significare proprio il contrasto, capito?"

Non feci in tempo a chiedere a quale opera si riferisse, che Felce iniziò quasi a inveirgli contro: "*Intanto l'italiano arostà 'e casa? Ma poi, pure volendo passa' sopra 'sta parte, le notizie so' tutte sbagliate!* Tutta la storia di Grifonetto è sbagliata! Punto uno: non hai detto quale opera è. *'Sto pover omm ch'ha da fa', t'ha da legg' 'nto pænzier ?!* Punto due: la donna rappresentata nel quadro non è la mamma di Grifonetto, *chill'è 'na teoria degli anni Ottanta, mo' stiamo nel 2016!*"

Mi sembrò di notare un'acredine eccessiva, ma poi, visto che Alessandro rispondeva a tono e i due continuarono così per tutta la sera, parlando di questo o quel quadro, questo o quel monumento, capii che era il loro modo di comunicare. La serata, comunque, passò piacevolmente e, quando tornai in albergo, realizzai all'improvviso chi mi ricordava quel Raffaele Felce: fra Bernardo. Realizzai anche che lo avevo incontrato sui luoghi degli ultimi due delitti proprio nei giorni in cui i due delitti si erano consumati. Era una coincidenza? Senza pensarci due volte, decisi di mandare un messaggio ad Adalgisa per chiederle di controllare anche lui: non volevo escludere nessuna pista.

La mattina dopo, la mia corsa consueta risultò più faticosa del solito: mi piacque molto correre sul lungomare, mi faceva sentire a casa, ma i miei muscoli risentivano di tutti quei carboidrati che avevo mangiato in quei giorni e anche dello stress a cui ero sottoposto per quella indagine. Dopo essermi rinfrescato, uscii per andare all'appuntamento che avevo fissato con Denise Viola, la migliore amica di suor Virginia, che era direttrice di sala al Gambrinus, bar storico di Napoli, vicino a piazza del Plebiscito. Mi accolse, tanto per cambiare, con un enorme babà accompagnato da un cappuccino schiumosissimo e molto abbondante.

"So che siete del nord, vi ho fatto preparare un bel cappuccino! So che voi lo preferite al caffè, no? Ho fatto bene? – annuii sospirando, con un sorriso – E poi dovete assaggiare il nostro babà, una specialità, è il migliore di Napoli! Mi offendo se non lo finite, eh! – presi posto e le feci cenno di accomodarsi accanto a me – Allora mi volevate chiedere qualche cosa in particolare su Betty? Avete già idea di chi è stato? Siete vicini a prenderlo? Ditemi di sì, per favore!"

Non riuscivo a parlare, quella ragazza aveva un'evidente incontinenza verbale, era talmente esuberante che non sapevo come fermarla o infilarmi in quel fuoco di fila di affermazioni, domande e inviti a mangiare, quindi tra l'altro avevo anche la bocca piena di babà. Quello che volevo sapere era in effetti una cosa sola: anche suor Virginia aveva un amante? Di fatto la mia teoria al momento si basava solo su quello, che tutte le suore uccise avessero un amante o più d'uno, e che l'assassino le avesse scelte per questo motivo, anche se per quella di Cremona non ero ancora certo e per quella di Roma men che meno. Il racconto di Denise, quindi, quando riuscii finalmente a farle una domanda, mi gettò di nuovo nello sconforto: suor Virginia sembrava la Madonna rediviva.

"*Uh maro'!* Betty avere un uomo?! *Ma pe' carità!* Pure quando andavamo a scuola, non guardava mai un ragazzo, teneva pure uno bello, ma bello assai eh! Uno che tutta la scuola era innamorata di lui e lei... niente! Tutti i pomeriggi in chiesa co' quel rosario in mano! E lui andava in chiesa a sentire la messa solo per lei, capite?"

"Ma nemmeno crescendo? Magari un cedimento o un'amicizia particolare? Per esempio con quel padre Lorenzo con cui collaborava..." non feci in tempo a finire che lei sgranò gli occhi e iniziò a parlare tutta infervorata, facendosi paonazza: "*Uh maro'* padre Lorenzo! Che spreco! Uno così, fare il prete?! Quando poteva fare felici decine di donne! E sì perché uno così che viene e ti dice che ce n'ha già otto, tu che gli dici? *Ma va buono*, non sono gelosa, basta che ci sto pure io! – risi – E invece no, lui san Francesco, lei santa Maria Goretti! Capito?! L'amica mia è morta senza aver mai conosciuto i piaceri del sesso! – un pezzo di babà mi andò di traverso e iniziai a tossicchiare – Ma lei aveva scelto così, almeno sicuro è andata diretta in Paradiso!"

Ebbi voglia di andare sul lungomare e urlare all'infinito tutta la mia frustrazione. Quando fui davanti a Castel Dell'Ovo, decisi piuttosto di chiamare Adalgisa, per sfogarmi.

"Oh Ada, non so che pesci pigliare! – mi accasciai su una panchina e mi presi la testa tra le mani – Questa ultima suora sembra essere una santa, quindi il fatto che le altre due avessero un amante forse era del tutto casuale! E allora è pure inutile che io indaghi su quella di Roma, che d'altra parte è anche una suora di clausura, che amante vuoi che abbia?! Forse veramente è una setta satanica o qualche satanista isolato che le sta colpendo solo in quanto religiose... la diocesi mi chiama tutti i giorni, io non so più cosa rispondere! Hai trovato qualcosa su questo Raffaele Felce?"

"Ah ecco! – Adalgisa sembrò rianimarsi – Ti volevo chiamare, poi mi sono dimenticata: sì, ho cercato questo Felce, ma coi satanisti c'entra quanto te! – sospirai, non me ne andava bene una – Sì, da ragazzino ha girato un video per un gruppo *metal* vestito da diavolo, ma ti posso assicurare, e tu sai che me ne intendo, che col satanismo non c'entrava niente. E poi non risulta che sia mai stato, in concomitanza con gli omicidi, né a Trieste, né a Firenze, né tantomeno a Cremona, perché nel 2008 era a Roma a fare l'università."

"Ma magari in quelle città ha agito un altro satanista della stessa setta!" Adalgisa perse la pazienza: "*Ma se te go apena dito che no' l xè satanista! Ma te son duro*?!"

"Va bene, va bene, allora chi ci rimane? – ripassai mentalmente tutte le informazioni che avevo sulle morte – Simonelli, quello di Cremona, no? Abbiamo capito poi bene il suo legame con suor Maria Immacolata?"

"No, ma ho delle cose in sospeso, ti faccio sapere appena riesco a sbloccare il sistema."

"Ok, sai che sono un fan della legalità, ma in questo caso hai carta bianca. Tra l'altro, mentre venivo qui ho avuto un'illuminazione su di lui!"

Ci salutammo. Parlare con Adalgisa mi aveva comunque confortato, sapere di averla al mio fianco mi faceva sentire tranquillo, era stato così fin dal nostro primo colloquio ed era stato così anche con Zeno, per questo lo avevo assunto. Tornai nella mia stanza per preparare i bagagli e tornare a Trieste. Mentre chiudevo l'ultima zip, squillò il telefono: "Ada, come mai mi chiami di nuovo?"

"Grandi notizie sul nostro amico Simonelli!"

3

Dopo la telefonata di Adalgisa, non potevo far altro che cambiare il mio biglietto e prenderne uno per Cremona. Appena scesi dal treno, mi diressi immediatamente all'Istituto Beata Vergine. Quando arrivai nel cortile del convento, mi guardai intorno, poi scorsi la sua sagoma esile dietro a un banano: "Buongiorno, sorella!"
Suor Ermengarda si voltò di scatto: "Salve, come mai è tornato?"
"Ho bisogno di qualche informazione in più su suor Maria Immacolata. Ha qualche minuto da dedicarmi?"
"Sì, certamente, è successo qualcosa? Ha delle novità?"
Le dissi che avevo solo un sospetto e le chiesi di raccontarmi tutto quello che sapeva sull'uomo con cui suor Maria Immacolata aveva intessuto una relazione prima di morire.
"In realtà non mi ha mai raccontato molto: una sera arrivò a cena in ritardo, tutta trafelata e rossa in volto. Le chiesi cosa fosse successo e mi fece dei cenni per farmi capire di lasciar perdere, poi mi prese da parte e mi confessò che aveva baciato il ragazzo che spesso veniva al convento per parlare con lei, confidarsi e chiedere consiglio."
"Un bacio? Ma non mi aveva detto che aveva una relazione?"
"Sì, sì, quello è stato l'inizio. Poi, come le avevo detto l'altra volta, io, e me ne pento ogni giorno, le ho detto di lasciarsi andare a questa passione. Che in fondo era un suo diritto provare. Dopo si sono frequentati per alcuni mesi, ma lei ha capito che Dio era il suo unico amore e aveva deciso di chiudere. Per quanto ne so, lui ha compreso la sua scelta e si è allontanato."
"E sa chi era questo ragazzo? Come si erano conosciuti? Qualche dettaglio..."
"Mi aveva raccontato qualche mese prima che si erano conosciuti casualmente una sera, fuori dal convento. Mi aveva detto di averlo visto fissare le mura come in *trance* e che si era sentita di offrirgli aiuto, così avevano iniziato a parlare e lui le aveva spiegato che aveva passato qui degli anni difficili della sua vita. Poi era tornato spesso a trovarla. Lei rivedeva in lui i ragazzi che seguiva a scuola, lo vedeva fragile, bisognoso. Non mi ha mai raccontato nel dettaglio, però mi aveva detto che aveva avuto dei traumi importanti da bambino."
"Il nome Pietro Simonelli le dice nulla?"
Ci pensò su, poi scosse la testa: "No, mi dispiace. Dovrebbe?"
"Io credo che fosse quello il nome della persona che frequentava."

"E crede che sia coinvolto nella sua morte?"
"Non mi sento di escluderlo. Lei crede che potrei vedere suor Tommasina?"

La trovai nella sua stanza, appisolata su una sedia nell'angolo, con un breviario aperto abbandonato sulle ginocchia e la bocca semiaperta, che russava sommessamente. Bussai più forte alla porta che avevo trovato socchiusa, lei sobbalzò e, inforcando rapidamente gli occhiali appesi alla catenella, mi mise a fuoco: "Oddio, lei è quello del censore?!"
"Esatto, volevo chiederle proprio qualcosa di lui!"
La suora si fece il segno della croce alzando gli occhi al cielo, poi mi fece accomodare accanto a lei e iniziammo a parlare. Mi raccontò che era un ragazzino taciturno, evidentemente traumatizzato. Ogni volta che si nominava la parola "mamma" iniziava a inveire contro la stirpe malata delle donne, che usano gli uomini, che li fanno soffrire, li abbandonano e li portano al suicidio senza guardarsi indietro nemmeno una volta.
"Certo, con quell'esempio di madre che aveva avuto non avrebbe potuto pensare diversamente!" esclamò per concludere il discorso,
"Perché dice così?" chiesi, incuriosito,
Lei, con riluttanza, mi spiegò che la madre del ragazzo, di cui non ricordava nemmeno il nome, pur dichiarandosi una fervente cattolica praticante, lavorava in un negozio di *lingérie* e poi aveva abbandonato il tetto coniugale per andarsene con il suo amante; per di più, quando era venuto il suo turno di prendersi cura del bambino, a seguito del suicidio del marito, a causa proprio dell'abbandono di lei, se ne era lavata le mani come Ponzio Pilato e l'aveva lasciato da loro in convento, neanche fosse un pacco postale. Quindi era normale che il bambino fosse arrabbiato con lei, che non veniva neanche mai a trovarlo.
"E di suo padre, invece, cosa diceva? Si era sentito abbandonato anche da lui, sa, per via del suicidio..."
Suor Tommasina fece un gesto deciso per allontanare quell'idea: "Assolutamente no! Non ne parlava quasi mai, ma quando lo faceva, per esempio una volta in un tema, lo descriveva come un santo, anzi, come un martire! Credo che gli mancasse davvero molto."
Rimasi interdetto, sembrava una descrizione diversa da quella che mi aveva fatto la volta precedente. Glielo dissi.

"Sì, io comprendo quali fossero le sue motivazioni e il suo dolore, sono una suora, ci mancherebbe! Però gliel'ho detto quello che faceva! Dio ci ha dato il libero arbitrio, poi sta a noi usarlo nel modo giusto!"
Rimasi per un attimo in silenzio, a riflettere. Simonelli, se davvero era lui il ragazzo che frequentava suor Maria Immacolata, era tornato eccome al convento: possibile che suor Tommasina, che lo ricordava così bene, non lo avesse riconosciuto?
"Assolutamente no! Ringraziando Dio non è mai più venuto a cercarmi e io mi sono ben guardata dal cercare lui! Non l'ho più visto e non lo voglio rivedere! – guardò il pendolo – Ora mi scusi, sa, ma è l'ora dei misteri dolorosi."

Appena uscito dal convento, chiamai Adalgisa e le chiesi di cercare notizie sulla madre di Simonelli, una donna misteriosa e crudele che, forse, avrebbe potuto rappresentare una svolta. In realtà volevo solo il suo indirizzo per andare a farci due chiacchiere sul figlio, ma non fu possibile visto quello che aveva scoperto Adalgisa: la donna, Agostina Cipolla, era stata uccisa con un colpo di ferro da stiro dal suo compagno, Jorge Martinez, un cubano con dei precedenti. Era stato proprio il figlio di lei, Simonelli, a ritrovarli sulla scena del delitto e a chiamare la polizia, che aveva subito arrestato il cubano. Jorge, però, aveva sempre negato di essere stato lui: continuava a sostenere imperterrito di essere tornato a casa e di aver trovato la donna morta in cucina. Mi feci mandare da Adalgisa tutto quello che aveva trovato: articoli di giornale, verbali della polizia e atti del tribunale ottenuti più o meno legittimamente. Tra le carte, rinvenni anche il nome dell'avvocato del compagno della donna e mi diressi immediatamente nel suo studio, che era poco lontano dal mio albergo.

Non appena citofonai, mi fecero salire al terzo piano di un edificio moderno. La segretaria mi accolse sulla porta, chiedendomi come potesse aiutarmi; io le risposi che volevo incontrare l'avvocato Rivetto, ma che non avevo un appuntamento. Fortunatamente mi disse che non era un problema, anche se avrei dovuto aspettare che l'avvocato concludesse con il cliente con cui era in quel momento. La ringraziai sorridendo e la seguii nella sala d'attesa: mi sedetti su uno dei divani di stoffa grigia addossati a tre delle quattro pareti, che erano bianche e spoglie. Presi un giornale dal tavolino di vetro di fronte a me e iniziai a sfogliarlo, quando la mia coda dell'occhio venne catturata da un riflesso verde: mi girai e vidi nell'angolo alla mia sinistra un *ficus benjamina*. Scossi la testa, divertito, doveva essere proprio la pianta preferita dai giuristi di tutta Italia. In quel momento, sentii una porta alle mie spalle aprirsi e due uomini salutarsi, dopo pochi istanti transitò nella sala d'attesa un ciccione, con i capelli rossi, che si tamponava con un fazzoletto di stoffa il collo grassoccio, sudato nonostante la stagione. Mentre lo guardavo con le sopracciglia inarcate, sentii battermi sulla spalla. Mi girai e vidi un uomo alto, con le spalle larghe, i capelli scuri e mossi e il naso aquilino che mi apostrofò sbrigativo: "Di cosa ha bisogno?"

Mi alzai e gli porsi la mano, che lui non strinse: "Oh, salve! Sono Tony Della Rocca, un investigatore privat..." Non mi fece nemmeno finire: "Sì, sì, questo la mia segretaria me l'ha spiegato – disse, facendomi cenno di andare oltre, con la mano – quindi?"

Deglutii: "Volevo parlare con lei della morte di Agostina Cipolla."

"Certo per motivi di rispetto della *privacy* non potrei. – guardò l'orologio – Per di più ho pochi minuti, devo scappare in Tribunale."

"Oh, le ruberò poco tempo, non sono di qui e non posso tornare un altro giorno. Le chiederò solo conferma di alcune informazioni che ho reperito tramite la stampa, dovrà solo dire sì o no."

Lui alzò gli occhi al cielo e mi fece cenno di seguirlo nel suo studio, che era molto più accogliente della sala d'attesa e della segreteria. Peraltro la temperatura era tropicale, il che spiegava perché il cliente che era appena uscito sudasse così copiosamente. Mi sedetti davanti alla sua scrivania e attesi che recuperasse le carte da un faldone impolverato che si trovava sull'ultimo ripiano della sua libreria. Mentre si arrampicava sulla scala per prenderlo, iniziai a dire che non mi era chiaro quando e come il figlio della vittima fosse arrivato in casa della madre. Avevo letto sui giornali che il ragazzo diceva di averla trovata in cucina, con il compagno di lei ancora con l'arma del delitto in mano, mentre Jorge diceva di aver ritrovato la vittima stesa nel suo sangue e non aveva detto nulla di quando fosse arrivato il figlio di lei e da dove. Confessai all'avvocato di essermi chiesto se non fosse invece possibile che fosse stato il figlio a ucciderla e che poi, sentendo qualcuno entrare, si fosse nascosto, per poi uscire al momento opportuno vedendo che Jorge aveva preso in mano il ferro da stiro, offrendogli così un gancio perfetto per accusarlo.

"Senta, – mi disse Rivetto mentre cercava qualcosa fra le carte del processo – lei può avere anche ragione forse, però le carte parlavano e parlano chiaro: questo Jorge Martinez, per cui la Cipolla aveva lasciato il marito e il figlio, era un violento. A Cuba era stato accusato di violenza domestica. Il figlio della signora è andato a trovarla e, dal messaggio che la madre gli aveva mandato, era evidente che fosse spaventata dal suo compagno. Aveva scritto al figlio, leggo dalle carte, *Non venire prima di venti minuti, perché lui è ancora qui.'*

"Ma magari la madre semplicemente non voleva far incontrare il figlio e il nuovo compagno, non ci aveva pensato?"

"Certo, ma era improbabile! Un figlio perché dovrebbe uccidere la madre? Poi con un ferro da stiro in testa? Evidentemente quella è stata una lite di coppia finita male. Non capisco perché dopo otto anni dal fatto, lei venga qui a farmi domande su un caso assolutamente lineare. Tra i più cristallini di cui mi sia occupato. Per carità, io ho puntato sulle attenuanti: un'infanzia difficile, il disagio sociale, ma era così evidente!"

"Lui ha mai confessato?"

Ridacchiò: "Secondo lei, in vent'anni che faccio il penalista, quanti assistiti mi hanno confessato la loro colpevolezza?"

Mi alzai sconsolato, era evidente che non avrei ottenuto nulla dall'avvocato Rivetto che, peraltro, non aspettava altro che io me ne andassi. Lo ringraziai per il tempo che mi aveva dedicato e mi allontanaii.

Uscito dallo studio dell'avvocato, mi diressi immediatamente nella casa in cui Simonelli aveva vissuto fino alla morte del padre. L'edificio era in una zona semicentrale, non particolarmente elegante, ma ben manutenuto. Avvicinandomi, vidi un uomo di mezza età appoggiato al portone: tarchiato, non troppo alto, con una pancia prominente tanto da far sì che i bottoni della camicia sembrassero sul punto di saltare.

"Salve, lei è il portiere?"

Mi osservò incuriosito, sembrava chiedersi chi altro potesse mai essere; mi rispose invece con un cortese: "Sì, posso aiutarla?"

"Sto cercando una famiglia che viveva qui qualche decennio fa, i Simonelli."

"Ah, brutta storia quella! Pensi che era il mio primo anno qui quando il ragazzino, tornando da scuola, non riusciva ad aprire la porta. Venne a chiamarmi, io presi la chiave di riserva e aprii. Non avevo visto il padre uscire di casa, ma pensai che lo avesse fatto mentre mi ero distratto e invece... ho accompagnato in casa il ragazzo, Pietro, e lo abbiamo trovato."

Parlava con un tono solenne, pensai che avesse raccontato molto spesso quell'episodio doloroso che aveva fatto di lui il protagonista di una serie poliziesca. Lo accompagnai nella messinscena: "Chi avete trovato?"

"Ma il signor Simonelli! La porta del bagno era socchiusa, ne usciva ancora del vapore, assieme alla musica della Butterfly. È una delle mie opere preferite, sa?! Il pezzo in cui lei saluta il figlio e canta "Piccolo Iddio, amore, amore mio" mi lascia un senso di languore che mi accompagna per giorni. Soprattutto dopo quel giorno... insomma, siamo entrati in bagno e lo abbiamo trovato nella vasca, immerso nel suo stesso sangue. Si era tagliato le vene proprio come Seneca!"

Sapevo che il padre di Simonelli si era suicidato e che il figlio avesse ritrovato il cadavere, ma non immaginavo certo che lo avesse trovato in quelle condizioni: "Il ragazzo sarà rimasto sconvolto."

"Assolutamente sì. Non riusciva più a parlare, fui io a chiamare i Carabinieri e sua madre. Anche se lei mi rispose con una frase assurda che ricordo ancora."

"Cioè?"

"Non posso venire prima di mezz'ora perché prima devo finire delle commissioni. Rimasi molto perplesso. Arrivò dopo ore, il ragazzino era con me in guardiola mentre i Carabinieri finivano i rilievi."

"E dopo non ha più visto il ragazzo?"

"Come no! Otto anni fa è tornato qui a vivere! Ormai era un ingegnere, un uomo intelligente, molto colto. Si fermava spesso qui a parlare con me, parlavamo di tante cose. Mi ricordo una volta una chiacchierata interessantissima sulle torture. – lo guardai sgranando gli occhi – Sa, io mi interesso anche di storia..."

"Ed è rimasto qui molto tempo?"

"Ma no, nemmeno due anni. Sa, era tornato a Cremona per lavoro e si era trasferito da una zia, quando è morta è venuto qui. Immagino che per lui però questa casa avesse un significato particolare, era molto legato a suo padre e credo che cercasse di ricordare i momenti belli e non quel giorno terribile. Anzi, una volta mi chiese anche di raccontargli bene come fosse andata perché lui lo aveva rimosso."

Quando quella sera salii sul treno per Trieste, continuavo a pensare a questo Pietro Simonelli: un'infanzia normale, forse felice,

improvvisamente spezzata dall'abbandono, peraltro da parte di colei che lo aveva messo al mondo. Poi qualche anno trascorso con un padre che non aveva saputo reagire a quell'evento doloroso. Proprio come mio padre. E poi la madre era tornata, quando il figlio aveva più bisogno di lei, ed era stata capace solo di lasciarlo in custodia a un convento. Era comprensibile tutta quella rabbia che provava verso sua madre. Chissà come sarebbe andata la mia vita, se mia madre avesse confessato la verità oppure se mi avesse lasciato con mio padre e con i suoi tormenti. La mia propensione a comprenderlo era tuttavia sconvolgente, visto che mi stavo convincendo che avesse ucciso lui non solo quelle suore innocenti, ma anche sua madre.
Il borino che mi sferzò il viso non appena scesi dal treno mi rinfrancò e mi fece sentire a casa.

La mattina dopo io e Adalgisa arrivammo in agenzia prima del solito e iniziammo a ragionare su Simonelli: per capire se era veramente lui il colpevole, dovevamo trovare un movente. L'uccisione della madre, per quanto apparentemente contro natura, era spiegabile visti i suoi rapporti con lei. L'uccisione di suor Maria Immacolata poteva essere forse spiegata con l'incapacità da parte di lui di accettare un rifiuto che, probabilmente, aveva visto come un nuovo abbandono. Ma da lì ad arrivare a uccidere altre suore che, apparentemente, non aveva mai conosciuto... doveva per forza essere successo qualcosa! E noi lo avremmo capito.

"Tony, Tony, guarda qua! – Adalgisa mi guardava tutta fiera battendo il dito su uno degli schemi che avevamo buttato giù – Nel 2008, quando è morta la suora di Cremona, lui è tornato a Trieste e dopo poco si è sposato. Si sa, no, che i *serial killer* se trovano una loro dimensione si calmano."
"Be', ma che fosse stato sposato già lo sapevamo!"
"Sì, sì, va bene, però poi nel 2015 la moglie lo ha lasciato portandosi dietro i figli! Cioè, è stato non solo abbandonato, ma anche privato del suo ruolo di padre. Non a caso in quei mesi ha fatto il corso di gestione della rabbia! – annuii – Si vede che il suo precario equilibrio è stato scosso dalla cosa."
"Sì, sì, ha un senso. Ma perché scagliarsi sulle suore? Per quale motivo? E come le sceglieva?"

Adalgisa rimase a pensare, tamburellando con la penna sul tavolo, poi mi piantò gli occhi in faccia e, puntandomi contro la penna, mi chiese: "La madre era molto cattolica, no?!"

"Sì, così mi hanno detto, anche se lo era per modo di dire: lavorava in una specie di *sexy shop* e ha lasciato il marito per un altro, non mi sembra questo campione di ortodossia."

Adalgisa si drizzò sulla sedia: "Magari anche le suore che lui ha scelto erano cattoliche mela!"

"Cattoliche mela?"

"Ma sì! Come gli indiani d'America, no?! Quelli rossi fuori e bianchi dentro!"

"Non ti seguo."

Sbuffò: "Va be', adesso non ci fossilizziamo. Il concetto è che magari erano solo formalmente ed esteriormente ortodosse e poi facevano i comodi loro, come anche la suora che lui aveva frequentato."

"Ma quella suora non era assolutamente una mela! Si era pentita immediatamente dopo."

Adalgisa alzò gli occhi al cielo: "Ma lì il punto era che lei lo aveva abbandonato! Dopo l'ennesimo abbandono, non ci ha capito più niente e ha iniziato a punire chicchessia."

"Come un censore! Potrebbe funzionare... se solo le nostre vittime fossero tutte mele."

Adalgisa ridacchiò: "Ci sono tanti tipi di mele." e mi fece l'occhiolino.

La pista di Simonelli mi sembrava ormai abbastanza concreta da poter chiamare la Curia, lo feci immediatamente. Raccontai a Padre Angelo quello che avevo scoperto su di lui, che i suoi turni di lavoro lo collocavano nelle città in cui erano accaduti i delitti, esattamente nel giorno in cui erano accaduti. Che aveva una serie di caratteristiche che potevano ricondursi, più o meno direttamente, a un *serial killer*: un trauma infantile; la riproposizione nella sua vita di quel trauma, peraltro in coincidenza con i delitti; la violenza sugli animali; la tendenza a giudicare gli altri; tratti di asocialità; difficoltà a gestire la rabbia e, dall'altra parte, un grande autocontrollo; l'interesse per le torture. Non da ultimo, il fatto che, probabilmente, aveva avuto un rapporto molto stretto con la prima delle suore morte.

Mentre stavo dicendo queste cose, sentii dall'altro capo della cornetta un trambusto e la voce di quello che era probabilmente un giovane seminarista che, tutto trafelato, diceva: "Padre Angelo, corra! La diocesi di Napoli ha appena chiamato! Sono in linea. Credo che abbiano arrestato qualcuno per il delitto della consorella dei quartieri spagnoli!". Padre Angelo interruppe la telefonata, chiedendomi di raggiungerlo.

Corsi immediatamente fuori dall'agenzia, lasciando Adalgisa a indagare ancora sulle vittime, e letteralmente mi trafelai verso il palazzo del Vescovo. Mi fecero accomodare immediatamente nello studio del Vescovo, dov'era anche padre Angelo. Mi accolsero entrambi con aria grave, ma fu il Vescovo a parlare: "Figliuolo, si accomodi. – mi fece segno di sedermi davanti a lui – Padre Angelo mi ha detto che lei ha individuato una persona, ebbene, debbo dirle che questo stesso uomo è appena stato arrestato per l'omicidio di suor Virginia. – sobbalzai sulla sedia, sgranando gli occhi – Hanno ritrovato nel luogo del delitto, tra la terra smossa del cantiere, un oggetto personale di quest'uomo... – si girò verso Padre Angelo, alla sua sinistra – Un tesserino... qualcosa, giusto?".

Quello annuì: "Il tesserino delle ferrovie, dove lavorava."

"Ma è una prova circostanziale."

"Ma lei era già arrivato a questo signore, dunque potrà aiutare la Polizia a circostanziare il tutto meglio."

"Sì, certo, anche se non posso dimostrare come lui scegliesse le suore, benché stia elaborando una mia teoria al riguardo."

Il Vescovo mi interruppe: "Questa è una questione secondaria, non si preoccupi. Piuttosto, le abbiamo fissato un appuntamento con il commissario Di Firenze fra mezz'ora, non lo faccia attendere. – si alzò – E mi tenga aggiornato."

Mi porse la mano e io la sorressi mentre simulavo un inchino e un baciamano. Dopo un attimo mi ritrovai solo nella stanza, a chiedermi come mai avrei potuto circostanziare qualcosa di cui non conoscessi precisamente le circostanze.

Il commissario Di Firenze mi ringraziò della dritta relativa alla setta *Introivit in illum Satanas*, grazie a cui già da un po' avevano capito che né Emmanuel Levi né i satanisti in genere entravano in alcun modo in quella vicenda e in quella serie di omicidi. Mi chiese come fossi riuscito a scoprire il nome di Simonelli, a cui loro non erano riusciti ad arrivare. Gli raccontai così delle mie peripezie in giro per l'Italia e, in particolare, a Cremona.

"Bravo! La chiave, giustamente, era nel primo omicidio. Noi ci siamo limitati a ricontrollare tutti i verbali, dove il nome di Simonelli non compariva."

Rimasi un attimo in silenzio, indeciso se dirgli o no che suor Tommasina mi aveva detto che, a suo tempo, le era stata mostrata dai Carabinieri la stessa foto di Simonelli che avevo trovato io. Alla fine decisi di dirglielo. In tutta risposta, lui prima cambiò espressione, colore e si irrigidì sulla sedia, come accadeva ogni volta che il suo senso della giustizia e del dovere si scontrava con le negligenze di altri rappresentanti della sua categoria, poi proferì solo un laconico: "Evidentemente i colleghi non hanno ritenuto utile scriverlo. Non voglio esprimere altri pareri sull'operato dei Carabinieri."

Gli riassunsi le mie conclusioni a fronte delle informazioni che ero riuscito a reperire. Mentre ero impegnato a raccontare le vicende relative al divorzio di Simonelli, a cui era seguito il demansionamento e il corso sulla gestione della rabbia mi interruppe: "Mi scusi, Tony: le sue conclusioni sono molto acute, ma come ha fatto a reperire tutte queste informazioni?"

Tossicchiai: "Ho dei collaboratori molto validi..."

"Mm. – annuì, tra il divertito e il sornione – Lo sto notando... vada avanti, sono molto interessato!"

Quando ebbi finito di raccontare e dopo che ebbi espresso i miei dubbi sulla condotta di vita delle suore morte a Roma e a Napoli, spiegando che non riuscivo a trovare qualcosa che le rendesse appetibili alla furia censoria di Simonelli, Di Firenze mi fece scivolare davanti i loro *dossier*. Per prima cosa presi il referto delle autopsie e, su quella di suor Valentina, notai una cosa che mi colpì: diverse righe erano cancellate e in alcuni punti compariva la scritta "omissis".

"E questo perché?" chiesi indicando il foglio. Di Firenze fece spallucce: "Non glielo so dire, sono arrivati così. Ho provato a chiedere ma senza successo."

"Strano, non trova?"

"Decisamente. Forse dovremmo chiedere ai suoi amici della Curia..."

Aggrottai le sopracciglia: "In che senso, scusi?"

Sorrise: "Niente, lasci stare. Comunque, a questo proposito, dia un'occhiata alle foto del cadavere: i segni sono leggermente diversi."

Osservai con attenzione le immagini per qualche istante, poi mi rivolsi di nuovo al commissario: "Mi scusi, ma non mi sembra di notare differenze rilevanti."

"Ha ragione, ma in questo caso mancano i tagli sul cavo popliteo. – mi
indicò la foto del retro della gamba – Forse l'assassino è stato
disturbato, magari la fretta potrebbe averlo spinto a commettere altri
errori, potrebbe aver lasciato qualche traccia."
"Certo che è strano! Che senso ha tagliare le vene del cavo popliteo?"
Di Firenze mi guardò stupito: "Ma come che senso ha, l'ha detto lei che
il padre si è suicidato come Seneca! Non sa come si è ucciso Seneca?! –
scossi la testa – Poteva chiedere a Franco! Si tagliò le vene dei polsi e
del cavo popliteo mentre era disteso in una vasca piena di acqua calda.
Evidentemente, il Simonelli riproduce in parte la dinamica di quella
morte. È come se punisse le sue vittime, come avrebbe voluto punire la
madre, per aver indotto il padre al suicidio. Anche i segni religiosi sono
una punizione per il loro non essere cattoliche nel modo che lui
riteneva giusto, ancora una volta esattamente come sua madre."
"Be'... a dirla tutta, io sono convinto che la sua prima vittima sia stata
proprio sua madre."
Di Firenze strabuzzò gli occhi: "Mi scusi?"

ζ

Ero molto soddisfatto del lavoro fatto insieme a Di Firenze. Eravamo riusciti, grazie a videocamere di sorveglianza, pagamenti registrati, testimonianze varie, a collegare Simonelli a tutti gli omicidi. Al resto avrebbe pensato il Pubblico Ministero. Per l'omicidio di Roma, tuttavia, continuavano a non esserci prove materiali: nessuno aveva visto Simonelli nei dintorni, nessuna telecamera lo aveva ripreso, nessun oggetto rinvenuto, nessuna impronta digitale, niente. L'unica prova della sua presenza vicino alla scena del delitto in quel giorno era un'operazione al bancomat poco distante dal cantiere in cui il corpo era stato ritrovato. Avevo quindi deciso di tornare a Roma, magari sarei stato fortunato e avrei trovato qualcosa di più concreto. Mentre ero in treno ricevetti una telefonata: "Tony! Quanto tempo! Non mi aggiorni sul delitto?!"

Sorrisi immaginando mia cugina Martina guardarmi con occhi ammiccanti, "Sì, – ridacchiai – ma non hai già sentito al TG che hanno arrestato un uomo?"

"Certo che l'ho sentito, per questo ti chiamo! Tu potrai sicuramente darmi qualche particolare in più! Era un *serial killer* allora!"

"Eh già! Anche se..." non riuscii a dire nient'altro perché dovetti staccare il telefono dall'orecchio: mia cugina aveva iniziato a esultare sfiorando la soglia sopportabile dei decibel.

"Io l'avevo detto, lo sapevo, lo sapevo, sono stata utile!" ripeteva,

"Martina! Martina, ti preg... – non c'era modo di bloccarla – MARTINA! – urlai. Tutto il vagone si girò verso di me – Scusate. – sorrisi agli estranei e tornai a rivolgermi a mia cugina, sempre con tono perentorio – Hai finito di esaltarti?"

"Sì, ma stai calmo! Che altro c'è di importante da dire oltre a ringraziarmi?"

Sbuffai spazientito: "C'è che prima di cantare vittoria lo dobbiamo accusare per tutti gli omicidi e per quello di Roma non abbiamo prove e finora lui ha fatto qualche ammissione solo laddove gli sono state presentate delle prove incontrovertibili, quindi è fondamentale averne una anche in questo caso. Per questo sto tornando a indagare lì. Il *serial killer* sceglieva le vittime sulla base delle loro frequentazioni..."

Mi interruppe: "Frequentazioni?!"

"Sì, degli amanti..."

"Cioè, mi stai dicendo che TUTTE queste suore avevano un amante?! – sospirò – Si divertono più di me!"

Alzai gli occhi al cielo e glissai: "No, non tutte, se mi fai finire! Quelle di Napoli e di Roma no, anche se la suora di Napoli andava in giro ogni giorno con un prete dei quartieri spagnoli: l'ho incontrato, sembra essere molto empatico, è anche molto affascinante... il loro rapporto può essere stato frainteso dal *serial killer*. Anche suor Maria Valentina veniva a Roma accompagnata da un frate e alla Gregoriana veniva ricevuta da un cardinale: anche questi rapporti possono essere fraintesi, pur essendo molto asettici e, inoltre, era una suora di clausura quindi, se mai, vedeva queste persone in contesti protetti, non alla luce del sole."

Martina rimase per un istante a pensare, un istante che mi sembrò un po' troppo lungo: era caduta la linea. Mi guardai intorno e mi accorsi che il treno era entrato in una galleria. Provai più volte a richiamare senza successo, infine mi risolsi ad aspettare un momento migliore. Avevamo da poco superato Firenze, io ero intento a leggere una conversazione *WhatsApp* con Adalgisa, quando il mio telefono squillò: "Ma sai che pensavo, Tony? – disse Martina senza neanche salutarmi – Che forse il *serial killer* ha perso la lucidità e ha iniziato ad agire in maniera scriteriata, pescando a caso laddove gli sembrava di vedere una suora con un uomo, senza bisogno di altre evidenze. In fondo, se ci pensi, Roma e Napoli sono gli ultimi due omicidi."

"Sì e infatti questo mi sembra chiaro. Solo che per la vittima di Roma bisogna ancora ricostruire dove il *serial killer* l'abbia abbordata e come l'abbia scelta, visto quello che ti dicevo prima. Forse lei nascondeva qualcosa che io non ho ancora scoperto."

Una volta chiusa la chiamata, il mio telefono mi ripresentò la schermata di *WhatsApp* con la conversazione con Adalgisa: la chiusi e mi accorsi che la memoria stava per esaurirsi, così mi misi a scorrere le varie chat per trovarne qualcuna da eliminare. A un certo punto l'occhio mi cadde su un nome e bloccai all'istante quello *scroll* compulsivo: Beatrice Danti Castello Estense Ferrara. Mi resi conto che negli ultimi giorni non avevo affatto pensato a lei. Dopo quel bacio, il nostro ultimo incontro a Roma e la mia successiva partenza, avevo provato a mandarle dei messaggi per il buongiorno e la buonanotte, ma lei non mi era sembrata così entusiasta di riceverli e così avevo deciso di fare un passo indietro. Tuttavia, mi avrebbe fatto piacere rivederla per fare due chiacchiere, quindi la chiamai, sperando che fosse ancora nella capitale.

"Ciao Tony! Che piacere, che mi racconti?"

La sua voce era allegra e squillante, mi chiesi se non avessi male interpretato i suoi messaggi leggendoci una freddezza che in realtà non c'era. Le dissi che stavo andando a Roma e fu lei a proporre di vederci. Accettai di buon grado, dicendole che non vedevo l'ora di raccontarle dell'evoluzione delle indagini, lei mi rispose che aveva sentito la notizia dell'arresto di un presunto *serial killer* e si era domandata se io avessi partecipato alla cattura. Ci demmo appuntamento per cena. Quando attaccai lessi sullo schermo del mio *smartphone* che giorno fosse: il 14 febbraio, San Valentino. Sgranai gli occhi: quell'incontro avrebbe potuto avere un significato differente? Il telefono squillò, era di nuovo lei: "Pronto? C'è qualche problema, ci hai ripensato?" chiesi, alla luce della mia riflessione, ma lei mi tranquillizzò subito,

"No, no, assolutamente. Solo che mi sono ricordata che oggi è San Valentino e quindi non si trova un ristorante da nessuna parte di sicuro. Ho anche provato a chiamarne un paio che conosco, qui vicino a dove abito, ma niente... se vuoi possiamo vederci da me. Non sono una cuoca provetta e la casa è piccola e temporanea, però qualcosa riesco a metterlo insieme, se ti va!"

"Oh ma certo, con piacere! Anzi, per la cena non ti preoccupare, magari prendo io qualcosa venendo."

"No, ci penso io! Tu porta vino e dolce!"

Non appena scesi dal treno mi infilai subito in una pasticceria e chiesi una torta per due persone. Il pasticciere mi mostrò quelle più piccole che aveva: una mimosa, una torta *charlotte*, una crostata di frutta, un *profiterole* e, infine, una torta a forma di cuore ricoperta di glassa rossa lucida, che, visto il giorno, mi sembrò la più adeguata. Peraltro era una *red velvet*, la mia preferita sin da bambino. Con la torta in una mano e il borsone nell'altra, mi misi a cercare un albergo. Stavolta, infatti, stavo indagando per conto mio e non della diocesi, anzi, quando avevo parlato a padre Angelo della mia intenzione, condivisa con il commissario Di Firenze, di recarmi nuovamente a Roma per cercare prove materiali per collegare con certezza Simonelli anche a quell'omicidio e capire meglio perché e come avesse scelto proprio suor Maria Valentina, lui mi aveva risposto con freddezza che, per quanto li riguardava, il mio intervento non era più richiesto. Mi aveva detto poi, prima di salutarmi, che avevano già provveduto a erogare il mio compenso sul conto corrente dell'agenzia. La cosa mi aveva contrariato oltremodo, anzi, ero veramente sdegnato. Io ero cattolico ed ero cresciuto in un ambiente cattolico, non riuscivo a comprendere come gli alfieri della Verità non volessero fare tutto il possibile per conoscerla fino in fondo, per illuminare ogni cono d'ombra rimasto.

Trovai un alberghetto gestito da cinesi vicino a Piazza Vittorio Emanuele II. Tra lo stop in pasticceria e il girare senza conoscere bene le strade e senza sapere con esattezza dove andare, mi resi conto che avevo impiegato molto più del necessario per farlo. Praticamente mi era rimasto appena il tempo di prepararmi e uscire. Non avevo portato che un unico cambio: un maglione di lana a costine con il collo alto color verde bottiglia e un pantalone marrone con dei tasconi. Lasciai gli altri vestiti alla lavanderia appena sotto l'albergo, anch'essa gestita da cinesi e che era aperta H24, con la preghiera di farmeli trovare pronti la mattina dopo di buon'ora. Mi avviai poi alla fermata della metropolitana, recando in mano la torta *red velvet* e la bottiglia di vino che avevo comprato poco prima. Quando scesi dalla scala mobile e mi infilai sotto l'arco che conduceva alla banchina vidi solo un indiano con una giacca blu, da cui fuoriusciva la veste bianca tradizionale del suo paese, e una enorme busta di plastica celeste completamente ricolma di chissà cosa. Dopo di me arrivarono due donne cinesi o di un'altra nazionalità asiatica che si sedettero su due posti a distanza di quasi due metri e iniziarono a parlare tra loro a voce altissima. Mi domandai perché non si fossero piuttosto sedute vicine. Una folata di vento ghiacciato annunciò l'arrivo della metro: mi infilai nel vagone che mi si fermò davanti e presi posto. Mentre le porte si stavano chiudendo, si insinuarono tra le due ante tre bambinetti seguiti da una ragazzina con un neonato in braccio ricoperto di stracci. Il tempo di partire e la ragazzina iniziò con voce lamentosa: "Sono ragazza madre, vengo di Bosnia, io no lavoro, no casa, mantengo miei fratelli, mamma morta, papà morto, noi scappati di guerra..."

Una signora seduta vicino a me si sporse e mi disse: *"Ma n'è stata ner 91 a guera?"*

Ridacchiai, trovavo l'accento romano molto divertente, e risposi: "Sì, ma è durata dieci anni..."

"Ho capito, fijo mio, – mi interruppe, alzando notevolmente il tono di voce *– dar dumilauno ne so' passati artri quindici, –* indicò, con il

braccio teso e la mano a paletta, la ragazza che continuava la sua nenia – *questa manco era nata!*"

Scesi alla fermata Ottaviano e mi incamminai verso casa di Beatrice seguendo le indicazioni del mio *smartphone*.

Quando Beatrice comparve sulla porta, con uno sguardo intenso e luminoso e il sorriso sulle labbra, ebbi un piccolo sussulto: mi ero dimenticato di quanto mi piacesse. Lei mi stampò due baci sulle guance e mi fece accomodare: la casa era davvero piccola, ma aveva tutti i *comfort*. Dalla porta si accedeva direttamente a un piccolo salotto con angolo cottura, Beatrice posò in frigo la torta e sul tavolo il vino. Poi mi condusse nella camera da letto adiacente, dove lasciai il mio giaccone, e mi indicò il bagno, se avessi avuto bisogno di rinfrescarmi.

"Ho preparato una pasta al ragù. Ti piace?"

"Oh, certo! La adoro!"

"Mentre l'acqua bolle, iniziamo con gli antipasti! Tu apri il vino!"

La cena fu molto gradevole: i piatti erano deliziosi, la sua compagnia era deliziosa, lei era deliziosa. Mi sentii, per tutto il tempo, un sorriso ebete stampato in faccia, ma non riuscivo proprio a cambiare espressione, speravo solo che lei non mi scambiasse per un deficiente. Mi sembrava tuttavia che tra noi si stesse risvegliando un certo *feeling*, lo stesso che l'aveva portata a baciarmi appena una settimana prima. Chissà se...

"Ma che torta hai comprato, Tony?!" esclamò lei ridendo, non appena aprii la confezione della pasticceria,

"Ti piace?! La *red velvet* è la mia preferita, la mangiavo sempre in America! – lei sorrise – E poi è la forma perfetta per la data di oggi!"

Beatrice mi guardò di traverso, sorniona: "E questa glassa rossa cosa rappresenta, il sangue versato con la decapitazione del santo? – chiese con un sorriso, io rimasi un attimo in silenzio, confuso – Dai, sto scherzando! Comunque è vero che san Valentino è stato decapitato... come quasi tutti i santi, che per l'appunto sono anche martiri. – fece per andare a prendere due cucchiaini, poi si rivolse di nuovo verso di me – Io, in ogni caso, sono del *team* Cirillo e Metodio!"

Aggrottai la fronte: "Cirillo e Metodio?" e la mia mente andò subito alla gita che io e Dobriana avevamo fatto a Lubiana,

"Sì, perché?"

"Niente, è che il padre della mia ex ragazza si chiama Ciril e ha chiamato il suo cane Method!"

Mi guardò esplodendo in un'espressione di gioia: "Oh, mio Dio! Un mito! Lo voglio sposare! Con buona pace della tua ex suocera, ovviamente."

Dopo il dolce, ci mettemmo sul divano a chiacchierare sorseggiando un intenso amaro aromatico. Avevamo bevuto un'intera bottiglia di vino rosso e ora, bicchierino dopo bicchierino, iniziavo a sentirmi lievemente alticcio, ma quella sensazione allentava i miei freni inibitori e mi spingeva ad avvicinarmi sempre di più a Beatrice, che si lasciò prima accarezzare, poi baciare, finché non ci avvinghiammo l'uno all'altra, travolti da un'inaspettata passione. Poi la mano di lei scivolò sulla mia cinta e iniziò a slacciarla. Stava accadendo quello che non avevo osato sperare accadesse. Le mie mani si insinuarono sotto la sua gonna e salirono fino alla vita: afferrai l'elastico del *collant* e, con un movimento fulmineo della mano, glieli sfilai. Lei si adagiò languidamente sul divano facendomi cenno di raggiungerla, sorridendo. Io mi distesi su di lei e la baciai, abbracciandola, lei mi avvolse le gambe intorno alla vita e, così avvinghiati in posa laocoontica, rotolammo improvvisamente a terra.

"Ahia!" esclamai. Lei mi guardò con aria preoccupata, poi non riuscimmo più a trattenerci e scoppiammo a ridere. Quella risata, anziché smorzare la nostra passione, la acuì, tanto che dopo qualche istante mi ritrovai con la testa tra le sue gambe.

Quando posai la testa sul cuscino, mi accorsi che da un certo punto della serata avevo dato per scontato che sarei rimasto a dormire a casa sua. Avevo fatto i conti senza di lei. In salotto era stato bellissimo, poi l'avevo presa tra le braccia e portata nel letto. Ci eravamo congiunti selvaggiamente più e più volte, raggiungendo l'orgasmo ogni volta in contemporanea, tanto che avevo avuto l'impressione che anche le nostre anime fossero diventate una cosa sola. Mentre eravamo abbracciati a coccolarci, io le accarezzavo il braccio sognando già a occhi aperti il nostro possibile futuro insieme, i viaggi che avrei fatto per andare a trovarla a Ferrara... avrei potuto approfittare per incontrare anche i miei cugini: in fondo Ferrara era uno dei miei luoghi del cuore. Mi avrebbe raccontato la storia della città, mi avrebbe portato in giro per musei e, attraverso i suoi occhi, avrei conosciuto una città diversa, più ricca e vissuta. Poi, però, lei si era alzata, mi aveva fatto un sorriso e una carezza ed era andata nell'altra stanza. Lì per lì avevo pensato che sarebbe tornata, ma poi, sentendo del trambusto avevo capito che mi sbagliavo. Mi ero alzato e mi ero rivestito e, quando ero entrato in cucina, l'avevo trovata che svuotava i piatti nel cestino e sparecchiava.

"Domani mattina mi sveglio presto per andare in biblioteca, devo anche seguire un seminario che inizia alle 9... – si era passata una mano sugli occhi – scusami, sono molto stanca, devo andare a dormire se no domani sono uno *zombie*."

Avevo preso le mie cose e lei mi aveva accompagnato alla porta, ringraziandomi per la serata. Quando mi ero avvicinato per baciarla sulle labbra, lei mi aveva preceduto schioccandomi un bacio sulla guancia, chiudendomi poi la porta davanti alla faccia. Ero rimasto a fissarla per un attimo, poi mi ero deciso a tornare al mio *bed and breakfast*.

E ora ero lì, sdraiato a fissare il soffitto, a chiedermi se avessi sbagliato qualcosa. Poi, però, mi venne in mente che forse lei si comportava così con gli uomini, che non aveva voglia di legarsi, che forse aveva un amante diverso ogni sera. D'improvviso, mi venne in mente mia madre, le notti passate con i suoi amanti mentre io e papà la aspettavamo a casa non sapendo quando sarebbe tornata. Mi alzai di scatto, lanciando le lenzuola e le coperte lontano da me: era qualcosa che avevo vissuto veramente o era un ricordo indotto, e non era mai accaduto?

Quando mi svegliai, ero ancora di cattivo umore. Non mi era mai capitato che una donna mi buttasse fuori dal suo letto. Forse dipendeva dal fatto che mai, o quasi, mi era capitato di vivere il sesso in maniera slegata dall'amore e tutte le donne con cui ero stato avevano avuto un significato per me, e io per loro. Beatrice era un mondo che non conoscevo e che era lontano anni luce da me: continuavo quindi a chiedermi perché mi piacesse, perché mi attraesse così prepotentemente. In più, me ne rendevo conto solo ora, era la prima volta che facevo sesso con una donna dopo aver lasciato Dobriana. Rimasi immerso in questi pensieri finché non mi ritrovai nei dintorni della Gregoriana: in fondo ero a Roma per un motivo. Decisi di iniziare entrando in tutti gli esercizi commerciali della zona, esibendo una foto della morta, che mi ero procurato nei giorni precedenti grazie al commissario Di Firenze. Come avevo detto a mia cugina, infatti, ci doveva essere qualcosa che non avevo ancora scoperto su di lei: se il *serial killer* aveva avuto modo di individuarla come vittima, doveva averla incontrata da qualche parte. Se poi davvero le ultime vittime erano state scelte frettolosamente e quindi anche fraintendendo i rapporti che realmente c'erano con gli altri religiosi, sarebbe stato già un passo avanti ricostruire i suoi movimenti nelle ultime ore di vita, anche perché nessuno l'aveva vista uscire dalla Gregoriana. Oppure, magari, suor Valentina poteva avere un amante che vedeva mentre scappava furtivamente dalla Gregoriana.

Mi guardai intorno e vidi solo una piazza utilizzata come parcheggio, su cui non si affacciava nessun esercizio commerciale al quale io potessi rivolgermi. Iniziai a camminare in una qualsiasi direzione come imbambolato, quando il clacson di un motorino, che mi invitava a spostarmi per fargli strada, mi ridestò. Lo feci passare e rimasi un istante a osservarlo: pensai che non fosse una coincidenza e decisi di prendere la stradina che aveva imboccato. I sampietrini erano sconnessi e un intenso e acre odore di piscio si insinuava su per le mie narici. Accelerai il passo mentre continuavo a guardarmi intorno, ma senza vedere neanche una saracinesca alzata. Se non fosse stato per le buste dei rifiuti affastellate qua e là, avrei pensato che fosse una zona disabitata. Poi cominciarono a comparire le prime insegne e alcuni ombrelloni chiusi: evidentemente era una zona di ristoranti e la vita vi si concentrava nelle ore serali. Appena vidi un inserviente uscire da uno di questi locali con una cassetta in mano, mi avvicinai: "Buongiorno, – il ragazzo si fermò e mi guardò con gli occhi tondi: era paffuto e rubicondo e con uno sguardo vacuo – mi scusi se la importuno, sono un investigatore privato, mi chiamo Tony Della Rocca. Ha mai visto questa persona? – gli mostrai la foto di suor Valentina, mentre lui continuava a guardarmi fisso – Nei dintorni si è mai vista? – a quel punto il ragazzo abbassò lo sguardo sulla foto e la osservò attentamente, poi scosse la testa e alzò le spalle – Ma proprio mai? Ne è sicuro? – quello annuì convinto; sospirai e feci scorrere le foto nella galleria fino ad arrivare a quella di Simonelli – E quest'uomo, invece? Lo ha mai visto? – di nuovo il ragazzo scosse la testa alzando le spalle, inspirai stizzito – Mi scusi ma è muto?!"

Proprio in quel momento sentii alle mie spalle una voce poderosa che, con marcato accento romano, intimava: *"Ahò, a Natan, vabbe' che sei muto ma le mano ce l'hai, io te pago pe lavora'! 'Namo 'mpo!"*

Sobbalzai sgranando gli occhi: avevo fatto una *gaffe* veramente tremenda. Alzai le mani, mi scusai e me ne andai più veloce della luce. Alla fine della via, dopo altri ristoranti, trovai un negozio di ceramiche, ma anche loro non si ricordavano di aver mai visto suor Valentina e lo stesso nell'agenzia di assicurazioni della via limitrofa. Affranto, continuai verso una via più grande su cui confluivano tutte queste traverse: lì vidi da una parte un teatro dal nome Quirino, dall'altra l'insegna seminascosta di un *night club*. Chissà se lì avrei potuto trovare quello che cercavo. Alla fine, la suora morta a Firenze, Maria Gertrude, frequentava un *night club*. Magari Simonelli le adescava proprio in questo tipo di luoghi. Mi diressi a passo spedito verso la porta di ingresso, sperando che ci fosse qualcuno all'interno, e bussai energicamente. Nessuno rispose, così bussai ancora più energicamente, finché un uomo comparve dietro la porta: "*Aho ma che hai deciso de buttamme giù er locale?* – stavo per presentarmi ma mi investì con una pioggia di parole – *Guarda che 'e guardie so' venute ieri, qua è tutto regolare, pure 'a Finanza 'aa detto, io pago 'e tasse, che te credi! Mo' chi sei te, 'n carabiniere? Mo' perché ieri 'a polizia ha detto che annava bene allora siete venuti pure voi a rompe li cojoni?*"

Alzai le mani in segno di resa: "Ma no, lei ha frainteso, io sono un investigatore privato..."

"*Ah mo' ce manca pure che mandeno l'*'investigatori privati! *Che stai a cerca', 'n cliente? Guarda che qua garantimo la privasi, hai capito?! La PRIVASI!*"

"No no, non si preoccupi, voglio solo mostrarle delle foto per una mia indagine! – gli allungai le foto – Lei ha mai visto questa ragazza? O quest'uomo?"

L'uomo unì le dita delle mani verso il basso e prese ad agitarle: "*Ma che è, 'na sòra? Me stai veramente a chiede de 'na sòra? A me?! Ma l'hai visto, 'ndo stamo?* – e indicò l'insegna sopra la nostra testa – *Te pare che 'na sòra viene qua?*"

"Non si preoccupi di questo, lei mi dica solo se l'ha vista."

"*Ma non l'ho vista che no!* – una ragazza nel mentre oltrepassò la soglia proprio accanto a me, ignorandoci del tutto; lui le diede una sonora pacca sul sedere – *A bella sorca, 'ndo vai?! Fermete va', viecce a da' 'na mano!*"

La ragazza si girò verso di me con uno sguardo allo stesso tempo ebete e di sufficienza, masticando rumorosamente una gomma: "*Che te serve?*" mi disse, quasi con aria di sfida. Era molto bella, ma il trucco eccessivo, la pettinatura, i vestiti che indossava rendevano quasi impossibile accorgersene. Le mostrai la foto, lei mi prese il telefono dalle mani e, facendo attenzione a non rovinare le sue lunghissime unghie zebrate, cercò di allargare l'immagine, poi annuì: "Sì, l'ho vista. – mi illuminai – Però... – si fermò un istante a riflettere – *no qua, da 'n artra parte... forse in farmacia. Prova a chiede, sta qua dietro l'angolo.* – mi restituì il telefono – *Bello 'sto smartphone.* Ciao!" e fece per scomparire nel nero dell'interno, la fermai: "No, aspetti!"

Si girò verso di me guardandomi come le mucche guardano il treno passare, continuando a ruminare rumorosamente. Le mostrai la foto di Simonelli e le chiesi se l'avesse mai visto, mi rispose di no e lo stesso fece anche il gestore del *club*.

Mi diressi allora nella farmacia che la ragazza mi aveva indicato: si trovava proprio in via del Corso. Mi misi in fila e attesi pazientemente che il vecchio signore col cappello davanti a me acquistasse praticamente l'intero negozio, dopo di che mi avvicinai al bancone, dove appoggiai la foto: "Ha mai visto questa ragazza?"

La farmacista, dopo aver dato uno sguardo veloce al volto di suor Valentina, alzò gli occhi su di me: "Scusi ma lei chi è?" mi chiese un po' sospettosa,

"Oh mi perdoni, non mi sono presentato, sono Tony Della Rocca, un investigatore privato, sto indagando sull'omicidio di questa donna."

Lei annuì: "Sì, ho saputo dell'omicidio dalla televisione. L'ho vista, comunque, un paio di settimane fa è venuta a chiedere un test di gravidanza."

Sgranai gli occhi: "Ma lei ne è assolutamente certa?!"

"Assolutamente! Ce la ricordiamo tutti, è stato un episodio davvero curioso. Questa ragazza è entrata guardandosi intorno e dietro, come se temesse che qualcuno la stesse seguendo, e poi, quando è arrivato il suo turno, ha chiesto, a bassissima voce, al collega che la stava servendo, di poter parlare con una donna. Ci era venuto addirittura in mente che potesse aver subito qualche abuso, volevamo chiamare la polizia..."

La interruppi: "Ma come, scusi, una suora? Non avete pensato che chiedesse per qualcun altro, magari una parrocchiana o una qualsiasi ragazza in difficoltà?"

Lei sorrise: "Ma no, non era mica vestita da suora!"

Nella mia mente iniziarono a rincorrersi pensieri, domande e teorie: per chi stava comprando quel test di gravidanza? Per sé stessa o per una consorella? Avevo detto alla farmacista che poteva essere per una parrocchiana in difficoltà, ma poi avevo realizzato che essendo una suora di clausura non aveva conoscenze e frequentazioni di alcun tipo al di fuori del convento. Ma era poi così importante saperlo? Magari il *serial killer* l'aveva solo vista comprarlo ed era stato preso dalla sua furia censoria. Un attimo... mi avevano appena detto che non era vestita da suora e nessuna delle persone a cui avevo chiesto, compresa la farmacista, aveva mai visto Simonelli aggirarsi nei dintorni. Piuttosto, come mai suor Valentina aveva cambiato abito? Dove si era procurata il cambio? E dove si era cambiata? Era una sua abitudine uscire in abiti civili o se li era procurati proprio per andare in farmacia a chiedere il test? Anche se l'avesse vista in quell'occasione, quindi, Simonelli non avrebbe potuto sceglierla come vittima, a meno che non la conoscesse già e l'avesse vista intrattenersi con qualcuno nei giorni precedenti oppure quel giorno stesso. E se suor Valentina fosse salita sul pulmino di don Renzo per cambiarsi e Simonelli l'avesse vista in quel frangente ipotizzando una storia tra loro? In fondo, don Renzo la accompagnava a Roma ogni settimana e rimanevano soli per alcune ore, forse avevano una relazione sul serio. O, forse, lui l'aveva violentata. La farmacista aveva ipotizzato un abuso, avrebbe potuto avere ragione. Il ragionamento mi portava naturalmente a credere che il test di gravidanza fosse proprio per lei e non per una consorella. Mi ricordai d'un tratto degli *omissis* che avevo notato nel referto della sua autopsia: potevano forse nascondere proprio una gravidanza? Chiamai immediatamente il commissario Di Firenze per aggiornarlo.

"Pronto, Commissario! – mi rispose al secondo squillo – Non crederà a cosa ho scoperto qui a Roma su suor Valentina!"

"Mi scusi, Tony, non le avevo detto che al resto avrebbe pensato il Pubblico Ministero? Ormai il colpevole è stato individuato ed è in attesa di processo!"

"Oh, lo so, lo so, ma qualcosa non mi convinceva, e avevo ragione! Glielo avevo detto, no?! Le ho anche chiesto una foto della vittima, cosa credeva che ci facessi? Che la tenessi per ricordo?"

Sbuffò: "Mi ha anche chiesto una foto della madre dell'avvocato Poli il mese scorso, pensavo fosse una sua perversione, strana ma innocua."

"Ma cosa dice! Quella era una questione personale! E in questo caso, invece, la foto mi serviva per indagare su suor Valentina nel circondario della Gregoriana e le posso dire di aver fatto delle scoperte molto interessanti."

"Va bene, Tony, mi pare evidente che vuole mettermene a parte, guardi, mi metto seduto. – sentii un miagolio, forse il Commissario aveva dei gatti – Dica pure, la ascolto."

Raccontai quello che avevo scoperto e le mie perplessità.

Di Firenze sospirò, poi disse: "Mm. C'è da ragionarci, e non poco! Mi sembra evidente che avesse ragione su suor Valentina, ha anche lei dei segreti."

"A proposito di segreti, quegli *omissis* sul referto dell'autopsia, non potrebbero riferirsi proprio a una sua gravidanza?"

"Le confesso che ci avevo pensato anch'io. Purtroppo, come le ho detto, avevo già cercato di saperne di più, ma i suoi amici proteggono i loro segreti, manco fossero quelli di Fatima."

"Non sono miei amici, soprattutto dopo il modo frettoloso in cui mi hanno congedato. In ogni caso, le verità che sono uscite da questo caso mi sembrano più scomode di un'eventuale gravidanza che, peraltro, potrebbe anche essere frutto di una violenza. Questi *omissis* stanno veramente proteggendo la suora?"

"Sì, Tony, ma come le ho spiegato non possiamo sapere nulla di più su questi *omissis* – mi disse con tono stizzito – potrebbe sentirsi soddisfatto così: ha scoperto che anche questa vittima aveva qualcosa di torbido contro cui Simonelli si potrebbe essere scagliato."

"In effetti è vero, ma non si riesce a collocare Simonelli sul luogo del delitto."

"Mi scusi, Tony, lei sta forse insinuando che Simonelli potrebbe non essere l'autore di questo crimine? Guardi che alla fine ha confessato anche questo."

Sospirai: "Sì, ma non subito! E poi anche i segni sul corpo sono diversi, non si ricorda? Senza considerare quegli *omissis*."

Lo sentii sbuffare rumorosamente: "Insomma, si è proprio fissato! Vada pure a chiedere ai suoi amici se proprio ci tiene tanto, faccia pure!"

"Andrò di sicuro, ma le ho già detto che non sono miei amici!" attaccai, mi alzai di scatto dalla panchina su cui mi ero seduto e presi a passeggiare per Villa Borghese, cercando di far sbollire la rabbia. Non mi ero reso conto di quanto il comportamento della diocesi di Trieste, e non solo, mi avesse ferito. A un certo punto mi venne un'idea e mi affrettai verso il primo autonoleggio che trovai su *maps.*

'Si unisce a noi per il pranzo? Zuppa di funghi calda!"
Don Gianfranco mi venne incontro a braccia aperte e con il suo sorriso bonario, non appena oltrepassai il cancello del convento. Il freddo era pungente e a Boville Ernica ancora di più, quindi fui ben felice di accettare e seguirlo in refettorio, dove don Gervaso e don Renzo stavano già preparando la tavola.
"Tony, ma che piacere! – mi disse Gervaso alzando le mani in aria, mentre Renzo sorrideva – Come mai è tornato da noi?"
"Ci sono delle cose non chiare sull'omicidio della vostra consorella."
In quel momento un fragore di piatti interruppe la nostra conversazione, mi girai e vidi don Renzo chino a raccogliere i cocci, mentre don Gianfranco continuava a sbellicarsi dalle risate ripetendo "Cocci!" con accento romano.
Quando ci mettemmo seduti, i miei commensali presero a scherzare tra loro come la volta precedente; a un tratto, don Gervaso mi interpellò chiedendomi qualche particolare in più sui miei dubbi a proposito dell'omicidio.
"Oh, in verità vorrei parlare a quattrocchi con don Renzo!" balbettai, girandomi verso di lui,
"Ma perché mai a quattrocchi! – esclamò don Gervaso ridacchiando, quasi si stesse beffando di me, mentre gli altri due annuivano – Noi condividiamo tutto, sa! Dica, dica! Non ci sono segreti!"
Non sapevo cosa fare: ciò di cui dovevo parlare a don Renzo era veramente qualcosa di molto personale e delicato e che ero certo non avrebbe voluto condividere con i suoi confratelli. Avevo anche paura che, per non sfigurare davanti a loro, potesse mentirmi. Tuttavia, visto che anche lui annuiva, presi coraggio e lo apostrofai: "Don Renzo, – dissi a bruciapelo, per togliermi subito d'impaccio – dica la verità: lei e suor Valentina eravate amanti?"
Lui sgranò gli occhi, mentre il cucchiaio cadeva sonoramente nella ciotola da cui stava mangiando, sollevando un'onda di minestra che pareva quella di Mosè sul mar Rosso, don Gianfranco rimase con il cucchiaio a mezz'aria davanti alla bocca spalancata, ma quello che reagì peggio di tutti fu proprio don Gervaso, che aveva insistito perché io parlassi davanti a tutti: divenne paonazzo, strinse i pugni finché le

nocche non diventarono bianche, poi si alzò come indemoniato, strepitando e pestando i piedi.

"Tu avevi detto che le donne non ti interessavano più! – urlava, brandendo il pugno verso il confratello che cercava vanamente di ripulirsi il saio dalla minestra – Me l'avevi giurato, sei uno spergiuro!"

Don Gianfranco, che era riuscito a ingoiare il suo boccone, faceva ora cenno all'amico di rimettersi a sedere: "Stai tranquillo, Gervaso, siediti, dai!" continuava a ripetere, afferrando con la mano l'orlo della manica del saio del confratello, che non voleva saperne di smettere di gridare e si divincolava ogni volta. Io ero allibito, attonito. Non potevo credere di stare assistendo a una tale scenata, di cui peraltro non capivo appieno la dinamica. Don Renzo si alzò, finalmente soddisfatto della sua operazione di pulizia del saio, e mi fece cenno di seguirlo fuori dal refettorio, mentre don Gianfranco continuava a cercare di calmare Gervaso.

"Mi scusi per questa scena imbarazzante, *shock* totale! – mi disse mettendosi le mani tra i capelli – Io e Gervaso siamo molto vicini sin da quando abbiamo preso i voti: abbiamo ricevuto insieme la chiamata e insieme abbiamo rinunciato alle nostre abitudini secolari per abbracciare la fede in Cristo, sostenendoci a vicenda. Capisce, è un cammino che abbiamo compiuto insieme. Non mi spiego proprio la sua reazione, veramente, *shock* totale!" Mi fissava con gli occhi sgranati, io annuii: "Ma lei aveva davvero una relazione con suor Valentina o no?"

"Ma no! – scosse la testa energicamente mentre agitava scompostamente le mani davanti alla mia faccia – Certo che no! Era una suora così casta, fermamente convinta della sua scelta. Glielo giuro, anche se Matteo dice che non bisogna giurare affatto, non avevo nessuna relazione con lei, di nessun tipo: ci parlavamo appena!"

"Va bene, va bene, e l'ha mai vista uscire dalla Gregoriana per andare altrove senza l'abito monacale?"

Il monaco sgranò gli occhi e alzò la voce di almeno un'ottava: "Ma neanche per sogno! Non l'ho mai vista senza l'abito monacale, ma sta scherzando?! Né a Roma, né qui, né altrove! – esclamò e, saltellando sul posto mentre mulinava le braccia come per prendere il volo, continuò con tono sempre più alto – Io la portavo lì e basta, poi andavo via, gliel'ho detto anche l'altra volta, spesso andavo alla biblioteca Nazionale, altre volte all'Alessandrina, sa, nella città universitaria. Non sono mai stato lì sotto ad aspettarla. Per quanto ne so, usciva solo agli orari stabiliti."

Sospirai: "Devo dirle che, però, qualcuno l'ha vista aggirarsi nei dintorni della Gregoriana. Lei è proprio sicuro di quello che mi sta dicendo? Magari qualche volta le ha chiesto di essere portata in un altro posto o magari l'ha vista con qualcuno?"

Si fece il segno della croce: "Assolutamente no! Non riesco proprio a spiegarmi come possa essere possibile che sia stata vista fuori dalla Gregoriana, forse si confondono! La mia responsabilità finiva una volta che varcava la soglia dell'Università."

Dopo quell'assurdo colloquio non c'era nulla che potessi fare lì e mi avviai verso Roma: don Renzo non mi aveva convinto, era davvero troppo agitato e scomposto. E poi Gervaso? La sua reazione era stata davvero incomprensibile e poi quel suo riferimento a un interesse per le donne mi aveva allertato. Forse don Renzo non era così irreprensibile come voleva sembrare. Chissà se il cardinale Gialli mi avrebbe potuto dare una versione diversa delle visite di suor Valentina a Roma: mi diressi direttamente alla Gregoriana.

Arrivai verso le 19, dopo aver perso più di mezz'ora a cercare un posteggio che non fosse a rischio rimozione: alla fine quello che avevo trovato era comunque a rischio multa. Non riuscivo veramente a capire come facessero i romani in un tale delirio! Suonai al citofono, nessuno mi rispose, allora premetti ancora più a lungo il tasto, e poi ancora e ancora. Presi anche a bussare energicamente al portone, finché non arrivò ad aprire un giovane seminarista: "Mi scusi, ma abbiamo già chiuso al pubblico!"

"Oh, ma io ho una questione urgente da discutere con il cardinale Gialli!"

Quello mi fissò gli occhi tondi in faccia e mi disse con un filo di voce, quasi si fosse intimorito a sentirlo nominare: "Ma sta scherzando? – si guardò intorno sospettoso – Sua Eminenza non riceve che su appuntamento!"

Proprio in quell'istante, Gialli comparve alle spalle del seminarista con il suo impeccabile *clergyman* e portando una ventiquattrore in pelle chiara: "Scusate, io dovrei uscire!" disse fermandosi a pochi passi da noi e osservandoci sornione. Il seminarista sbiancò e fece una specie di inchino, indietreggiando per fargli strada: "Prego, sua Eminenza.". Gialli ci oltrepassò, rivolgendo anche a me un sorriso di circostanza, come se non mi avesse riconosciuto. Dopo un attimo di titubanza, feci uno scatto e lo raggiunsi: "Sua Eminenza, mi scusi, posso rivolgerle qualche domanda?"

Lui si fermò, si girò con calma e mi fissò, strizzando un po' gli occhi, come per mettermi a fuoco: "Mi scusi, noi ci conosciamo, vero? – annuii – Non riesco a ricordare dove ci siamo conosciuti, però. Mi aiuta?"

"Sono venuto qui alla Gregoriana con un'amica, Beatrice Danti, per farle delle domande su suor Valentina. Si ricorda?"

"Ah, certo, certo! Che cara, Beatrice! Una studiosa molto promettente. E come sta?"

Mi indignai: com'era possibile che un religioso si interessasse più a una ragazza vista due volte che non a una povera vittima di un assassino feroce. Mi ripresi, forse la mia mente era di nuovo offuscata da quel senso di gelosia che avevo sentito già la prima volta che lo avevo incontrato e che avevo sentito anche in altre occasioni sempre con Beatrice che, peraltro, mi aveva anche cacciato dal suo letto proprio la sera prima. "Sta bene, grazie. – tagliai corto – Invece, avrei ancora bisogno di parlare con lei di suor Valentina."

Gialli mi sorrise bonariamente: "Qui? – si guardò attorno per sottolineare il fatto che ci trovavamo in mezzo a un parcheggio – Non posso invitarla da me?" e indicò una terrazza illuminata e verdeggiante alla nostra destra.

Rimasi sorpreso dalla sua disponibilità e accettai immediatamente di buon grado.

Entrammo da un portoncino in legno con un pesante battente in bronzo dalla testa leonina e ci ritrovammo ai piedi di una scala a chiocciola interamente di marmo, corrimano compreso, con i gradini lisci e consumati. Mi affacciai nella tromba e guardai verso l'alto: i miei occhi si persero nel buio, appena illuminato da un bagliore che occhieggiava dalla cima. Lo seguii per le scale, lui camminava a passo spedito, muovendosi con sicurezza nella penombra; io ero in difficoltà, temevo di scivolare o di urtare contro qualcosa: la mia stazza non si confaceva a quello spazio così angusto. Dopo un percorso che mi sembrò infinito, arrivammo, finalmente, alla nostra meta: un arco che immetteva in una grande terrazza piena di piante lussureggianti. Finalmente potevo respirare a pieni polmoni, feci qualche passo verso il centro e mi guardai intorno stupefatto: guardai prima il cielo stellato sopra di me, infine mi avvicinai al pergolato e al parapetto, mi sporsi e vidi l'imponente facciata della Gregoriana e il parcheggio antistante a pochi metri da noi. Mi resi conto, così, che eravamo saliti solo di un paio di piani.

"Le piace la vista? Non è nulla di eccezionale in realtà, ma sono molto affezionato a questa casa. Sa, era di famiglia."
Annuii, sapevo cosa intendeva: anch'io ero molto affezionato alla casa dove vivevo a Trieste, che era stata di mio padre. "Oh, no, è molto bello! E complimenti per le piante, sono davvero rigogliose!"
Sorrise: "Riferirò al mio giardiniere! – mi fece l'occhiolino mentre apriva la porta di casa – Sa, io ho il pollice nero! Prego, mi segua all'interno."
Appena entrai il *parquet* scricchiolò sotto alle mie scarpe, mi guardai d'istinto le suole per timore di aver fatto qualche danno. Gialli, noncurante, mi oltrepassò e, togliendosi il cappotto, si avvicinò al mobile bar: "Beve qualcosa prima di cena?"
Annuii come inebetito e mi sedetti sul bordo di un divano Luigi XVI originale, con il bordo dorato e la stoffa broccata *bordeaux*, che avevo il terrore che potesse cedere sotto il mio peso. Continuavo a guardarmi intorno: ovunque si posasse il mio sguardo c'era un pezzo antico. Davanti a me un tavolino coperto di foglie d'oro e tre poltrone intonate al divano, ai miei piedi un tappeto persiano, che dall'aspetto sembrava altrettanto originale, alle pareti quadri e specchi, in un angolo una colonnina sormontata da un ritratto femminile a mezzobusto. Gialli si avvicinò e mi porse un Martini *dry*, parandomi davanti agli occhi il suo ingombrante anello cardinalizio, in oro massiccio: "È Vittoria Colonna. – e si sedette su una delle poltrone davanti a me con una *nonchalance* invidiabile. Feci uno sguardo interrogativo – Non sa chi è?"
"Eh, no, mi scusi..." balbettai, torcendomi le mani. Davanti a quell'uomo mi sentivo in difficoltà, inadeguato, fuori posto, senza contare quell'ambiente che proprio non mi si confaceva. Ero abituato all'opulenza e alla ricchezza ostentata, Jennifer viveva in una lussuosa villa con piscina a Beverly Hills, piena di stucchi e luci colorate, ma quella che avevo ora davanti era tutt'altra cosa: era aristocrazia.
Lui mi guardò sorridendo con aria di sufficienza: "È una nobildonna romana del XVI secolo, apparteneva alla stessa famiglia da cui discendeva anche mia madre, un ramo cadetto dei Colonna. Mi meraviglio che lei non ne abbia mai sentito parlare, sa, la cita persino Ariosto, è stata amica di Michelangelo e da lui è stata ritratta, e compare in diverse opere letterarie anche straniere. Era una donna di grande cultura e di grande levatura spirituale."
"Oh ma vede, io... ho studiato in California."
Lui sollevò un sopracciglio: "Ah, capisco."

Avrei veramente voluto sprofondare nel divano, invece continuavo a restarmene rigido e immobile come uno stoccafisso.

"Ed è un originale?" chiesi, cercando di trarmi d'impaccio,

"No! – rispose lui con una mezza risata – Ma le pare?! È una copia del busto che si trova a Villa Borghese! – abbassai lo sguardo – Però quello, invece, è un originale. – e indicò un arazzo che raffigurava una giovane donna aggrappata a un carro su cui un uomo trasportava un'altra donna – Rappresenta la storia della ninfa naiade Ciane che cerca di fermare Ade che sta rapendo Persefone. Poi il dio, adirato, la trasformò in un fiume e l'innamorato di lei, Anapo, chiese anche lui di essere trasformato in fiume per potersi ricongiungere a lei in mare. Una storia romantica, non trova? – annuii con un sorriso ebete – Sa, io sono un appassionato di mitologia greca."

"Ah, sì, certo, mi ricordo il quadro nel suo studio!"

"Bravo! E poi mio padre era un antiquario. Sono cresciuto in mezzo all'arte, alle aste e alle antichità di grande valore. Anche mio fratello ha seguito le orme paterne, è un restauratore di grande fama. Io, invece, ho da sempre preferito il pensiero astratto, sa, mi sono laureato prima in filologia patristica e poi in teologia. Ma ora basta parlare di me! – in quel momento entrò la cameriera ad avvisarci che era pronta la cena – Grazie Carmen, arriviamo! – poi si rivolse di nuovo verso di me – Comunque, se va a Siracusa si faccia portare a vedere i due fiumi, Ciane e Anapo."

Si alzò e lo seguii in una sala attigua, altrettanto ricoperta di quadri, tappeti e, all'ingresso, una coppia di sedie curuli in legno massello, che mi fermai a osservare.

"Quelle sono il pezzo forte della mia collezione, anch'esse di proprietà della famiglia di mia madre."

Alzai gli occhi: proprio sopra alle sedie campeggiava un quadro con due donne raffigurate, una vestita e l'altra nuda con un drappo rosso sulle pudenda, sedute su una fontana, in cui un amorino immergeva un braccio.

"Le piace? È Tiziano. Vede? – indicò prima la donna vestita, poi quella nuda – l'amor sacro e l'amor profano. – si fermò ad ammirarlo estasiato, poi sospirò – È meraviglioso! Non trova?"

Era effettivamente bellissimo. Mentre ci sedevamo, poi, notai che anche tutte le figure rappresentate negli altri quadri e nell'affresco della volta sopra la nostra testa erano femminili, nude o seminude, in pose sensuali. Aggrottai la fronte: non era quello il tipo di decorazione che mi sarei aspettato di trovare in casa di un cardinale.

La cena fu abbondante e gustosa e innaffiata di ottimo vino a fiumi. Le portate si susseguivano e non riuscivo a capire come avessero potuto predisporre in così poco tempo una cena per due persone. Quando lo chiesi a Gialli, la sua risposta mi sorprese forse più dei quadri alle pareti: "Sa, i miei servitori sanno che amo mangiare e bere in abbondanza e che amo circondarmi di ospiti. Preparano sempre almeno per due."

"E se stasera fosse tornato da solo, cosa avrebbero fatto di tutte queste cose?"

Mi guardò perplesso: "Francamente non ci ho mai pensato. Dovrei preoccuparmene?"

Non risposi e continuai a trangugiare la delizia al limone che, speravo, avrebbe segnato la conclusione del pasto; e intanto pensavo al voto di povertà, al pranzo frugale offertomi dalle suore di Firenze e alla distribuzione dei pasti di cui padre Lorenzo si occupava ogni giorno a Napoli... Più lo conoscevo, più Gialli mi sembrava lontano dall'idea di religioso che avevo.

Alla fine del pasto, ci spostammo in un altro salotto, ancora più opulento e ricco di pezzi d'antiquariato del primo, e in fondo al quale campeggiava una enorme finestra ad arco che occupava l'intera parete. Mi avvicinai a essa e mi affacciai, rendendomi conto che non c'era alcun balcone su cui si apriva e che, se avessi fatto un passo fuori sarei caduto sfracellandomi a terra. Per fortuna la finestra era ermeticamente chiusa. Mi girai e, su un tavolino ovale, vidi un bauletto di mogano che Gialli stava aprendo per estrarne due sigari.

"Sono Cohiba del '66, – mi disse porgendomene uno – un'edizione limitata, molto pregiata. Sentirà che aroma!"

Sorrisi e presi a rigirarmi il sigaro tra le mani: non avevo mai fumato neppure una sigaretta, tuttavia mi dissi che sarebbe stato interessante provare. E poi mi avevano sempre detto che il sigaro non si aspira, quindi non avrebbe fatto molto danno ai miei polmoni, e in più era fatto con foglie di tabacco, naturali e, almeno nel caso di quei Cohiba, molto pregiate. Mi sedetti dunque su una delle poltrone in pelle verde che arredavano l'ambiente. Gialli, sempre mettendo in bella mostra il suo anello, mi passò un curioso oggetto dalla forma allungata, di smalto, pietre colorate e brillanti, con, in cima, una decorazione in argento dorato cesellato raffigurante una testa di profilo. Mi fermai a osservarlo mentre Gialli, tutto tronfio e con un sorriso a trentadue denti, mi informava che si trattava di un tagliasigari russo del XIX secolo. Sorrisi imbarazzato e ammisi di essere molto ammirato dalla sua foggia, ma di non avere alcuna idea di come si usasse. Lui ridacchiò sotto i baffi, ma fu molto comprensivo, mi prese dalle mani il tagliasigari e il sigaro e ne intaccò la punta con un gesto netto e preciso: "Ecco a lei! – poi mi porse un accendisigari che faceva chiaramente coppia con l'oggetto precedente – Sa, tengo molto a questo *set*, ottenerlo è stata una delle soddisfazioni più grandi della mia vita! L'ho pagato forse dieci volte il suo valore a un'asta, ma l'ho strappato a mio fratello! – si avvicinò a una vetrinetta e ne estrasse due bicchieri panciuti di cristallo – Le va bene del *Brandy*? Se preferisce altro non ha che da chiedere."

In realtà ero andato già ben oltre i miei limiti, ma a quell'uomo non riuscivo proprio a dire di no: era magnetico. Sortiva su di me un effetto simile a quello che suscitava Zdrach, ma Gialli non mi metteva a disagio come lui. "Oh, no, va benissimo il *brandy*, grazie! – Gialli sorrise e tornò a sedersi, porgendomi il bicchiere ricolmo – Posso farle una domanda personale? – mi fece cenno di sì – Perché è stata una soddisfazione così grande strappare quel *set* a suo fratello?"

Ridacchiò: "Lei non ha fratelli, vero?"

"Oh, no! Ma mi sarebbe tanto piaciuto! Da bambino mi sono spesso sentito molto solo, e poi – esitai per un attimo prima di trovare il coraggio di confessare il mio pensiero – forse se avessero avuto un altro bambino dopo di me, i miei genitori sarebbero rimasti insieme e io avrei avuto una famiglia."

"Mi creda – disse mentre aspirava sornione il suo sigaro – parla così solo perché non ne ha avuto una. – lo guardai esterrefatto – Sa, Michele Angelo si è diplomato con il massimo dei voti, si è laureato con lode un anno prima del tempo, è riuscito immediatamente a entrare in una prestigiosa scuola di restauro e ora guida un grande progetto di restauro all'interno del Vaticano. I miei genitori sono sempre stati orgogliosi di lui, lo hanno sempre considerato il migliore e lodato sperticatamente davanti ad amici e parenti. Io, invece, ero la pecora nera della famiglia."

"Lei?! – non riuscii a trattenere la mia incredulità – Tutti quelli a cui ho fatto il suo nome mi hanno detto grandi cose di lei! Che è uno studioso eccezionale, uno dei più stimati e autorevoli!"

Lui mi ascoltava gongolante: "È assolutamente vero, ma mi è costata molta fatica. Ci ho messo un po' a trovare la mia strada."
"Oh, capisco, si riferisce alla chiamata!"
Ridacchiò mentre svuotava il suo bicchiere: "No, no, mi riferivo al comprendere quale ambiente mi avrebbe permesso di raggiungere il potere."
"Mi scusi, quale potere?", gli chiesi mentre anch'io buttavo giù un robusto sorso di *brandy*.
"È evidente, quello temporale! – poi scoppiò in una fragorosa risata e si alzò per riempire nuovamente il suo bicchiere – Ovviamente la Chiesa non detiene più il potere temporale, ma siamo comunque noi a comandare *de facto*!"
Non riuscivo a capire, decisi di venirne a capo a costo di sembrare stupido: "Ma quindi lei non ha avuto la chiamata?"
Rise di gusto: "Le chiamate sono per i preti di campagna e le suore. Io sono un teologo e sono entrato in seminario dopo la Laurea."
Rimasi di sasso, pensai a tutti i religiosi che avevo incontrato nel corso di quell'indagine e a tutti quelli che avevano accompagnato la mia infanzia e la mia adolescenza. Tutti mi avevano rimandato l'immagine della vita religiosa come una missione e ora mi trovavo davanti a una realtà ben diversa. Quello che mi lasciava più perplesso, peraltro, era che stavo parlando con un cardinale, cioè con una persona che si trovava al vertice della piramide ecclesiastica: nella mia mente sarebbe dovuto essere un cattolico ancor più fervente, sentitamente e profondamente convinto della sua scelta, della sua missione. Per di più, avevo letto che Gialli era un membro della Congregazione per la Dottrina della Fede, quindi una sorta di supremo arbitro della morale cattolica. Gialli sembrava leggere il mio disappunto, come se mi scrutasse dentro, e mi sembrava che fosse divertito dalla mia reazione.
"Ad esempio, prenda il voto del celibato. Io l'ho sempre rispettato e sempre lo rispetterò: non mi sono mai sposato con nessuna e non intendo farlo in futuro. Questo, ovviamente, non ha nulla a che vedere con la castità."
"Ma cosa dice? – mi rizzai sulla sedia – Il sesso per la Chiesa è solo a fini riproduttivi oppure per manifestare amore all'interno della coppia, perché di due carni se ne faccia una! Quindi va da sé che possa essere praticato solo all'interno del matrimonio."
"Tony! – rise paterno – Non si agiti! La stavo provocando! Io ho fatto una scelta di vita e la seguo con la massima coerenza, non tema."

Continuammo a parlare e a bere, a bere e a parlare. Lui mi raccontò degli altri episodi della sua vita familiare e io mi ritrovai a raccontargli di come avessi scoperto delle menzogne di mia madre e di quanto mi sentissi, da allora, come in balia di una tempesta. Lui mi disse che avrei dovuto perdonare e vivere la mia vita con rinnovata pace. Poi gli raccontai di Jennifer.

"Questa storia è davvero toccante. Quando si perde qualcuno che si ama è come se una parte di noi morisse con lei."

Fece una pausa e bevve un sorso di *brandy*. Mi sorprese piacevolmente sentirlo così empatico: "Oh, davvero? Tutti mi dicono sempre che devo andare avanti, che non devo pensarci e pensarla, che lei è morta ma io sono vivo, che devo dimenticarla."

"Queste cose può dirle solo chi non ha vissuto questo trauma. Sa, io comprendo bene quello che prova, è capitato anche a me di perdere la donna che amavo." e svuotò il bicchiere.

Avrei voluto chiedergli di più, avrei voluto chiedergli di raccontarmi della donna che aveva amato, ma in quel momento, sentendomi capito veramente per la prima volta dopo tanti anni, riuscii solo a parlare di me: "È che a volte mi sembra che avrei potuto salvarla, che avrei potuto fare qualcosa per aiutarla. Non sono responsabile della sua morte, ma forse avrei potuto starle accanto quella notte, avrei potuto impedire quella tragedia."

Gialli sorrise, si alzò e si riempì di nuovo il bicchiere: "Purtroppo alcune tragedie sono inevitabili. – si sedette di nuovo di fronte a me, ma guardava oltre – A volte ci troviamo in un vicolo cieco, non abbiamo scelta. O meglio: la nostra unica scelta è dettata dalla necessità. – snortò – Peccato che la necessità non lenisca il dolore."

Inspirai profondamente, svuotai anch'io il mio bicchiere e lo posai rumorosamente sul tavolino. Mi rendevo conto che aveva perfettamente ragione: sapere di essere stato assolutamente impotente rispetto alla morte di Jennifer e alla scelta di Dobriana di andarsene mi faceva ancora più male. Forse avrei preferito continuare a crogiolarmi nel mio senso di colpa: per tanto tempo mi ero sentito in colpa perchè non avevo fatto nulla per evitare quegli eventi, ma la realtà era che non avrei potuto fare niente per evitarli e prendere coscienza di questa realtà mi faceva ancora più male. Il rintocco del pendolo davanti a me mi richiamò alla realtà: era ormai notte fonda. Feci per congedarmi, ma Gialli mi chiese se non volessi visitare il resto della casa prima di andarmene. Non potevo dirgli di no, quell'appartamento era una

miniera di oggetti preziosi e aneddoti. Mi condusse prima lungo un corridoio pieno di porte, intervallate da quadri e specchi e con una pesante guida rossa sul pavimento. C'erano anche delle *consolle* di marmo con sopra orologi dorati e soprammobili importanti. Oltrepassammo solo alcune delle porte che vi si affacciavano: quella della libreria, dove mi mostrò alcuni codici miniati di grande valore, quella dello studio, in cui campeggiava un mappamondo del XVII secolo, e, infine, quella della camera da letto, che era sormontato da un enorme quadro raffigurante una Madonna col bambino. Mi fermai a fissare quel dipinto, incantato: Gialli si mise accanto a me con le braccia conserte e sembrava anche lui assorto. Poi sussurrò con un filo di voce: "Cecilia lo adorava. – poi si girò verso di me e disse ad alta voce – È la Madonna della seggiola di Raffaello. Una riproduzione, ovviamente."
"È splendido."

Non lo sentivo più. Era come se fosse sparito. Mi girai e mi sembrò come se mi stessi trascinando dietro un sacco di patate, inerte e gravoso. Mi toccai il braccio: era ancora lì, ma non sembrava più far parte di me. Il cuore iniziò a tamburellarmi nel petto e iniziai a contare i secondi nell'attesa che quell'arto addormentato si risvegliasse. Continuavo a palparlo, a tirarlo su e a lasciarlo poi ricadere, a cercare invano di muoverlo. All'improvviso poi delle scariche elettriche mi attraversarono le terminazioni nervose e mi sentii come trafitto da migliaia di spilli. Accesi la luce e rimasi a fissare il soffitto per qualche istante, poi Lucifero con un balzo piombò esattamente al centro del mio sterno, dove si acciambellò soddisfatto e prese a fare le fusa. Iniziai allora ad accarezzarlo con la mano destra, che pian piano stava riprendendo sensibilità. Affondai le dita nel suo pelo per assicurarmi di essere ancora in grado di percepirne la consistenza, mentre la mia tachicardia non accennava a rallentare e il mio respiro rimaneva affannoso. Forse anche il peso di Lucifero non contribuiva a migliorare la situazione. In fondo, però, avevo passato davvero una bella serata a casa del Cardinale. Un cardinale? Non sembrava affatto un cardinale, sembrava piuttosto un antiquario, che poi era quello che era stato il padre. Chissà perché lui aveva scelto teologia. Ah, certo, per paura del confronto con il fratello. E poi perché lo avrebbe portato al potere. Ma quale potere? Questa cosa proprio non la capivo. Penso che sia stato proprio per non sfigurare davanti al fratello, si vede che Gialli è fissato con l'apparire. Anche tutte le cose belle di cui si circonda, mi sembrano lì solo per essere ostentate, per far vedere a tutti i suoi numerosi ospiti da dove viene e quanto sia diverso dalla massa. Uno così, certo, non avrebbe sopportato di essere secondo a nessuno e la carriera ecclesiastica gli ha offerto proprio questo. Chiaramente non l'ha scelta per la vocazione! L'aveva ammesso lui stesso e poi quella storia del cibo... se penso alle suore di Firenze che digiunavano, non aveva davvero nulla in comune con loro! Praticamente avevano fatto digiunare anche me, se non fosse stato per il lampredotto sarei svenuto dalla fame! Le suore... ma di suor Valentina poi non gli ho chiesto niente!

Sgranai gli occhi, il soffitto continuava a fissarmi. Con le fusa di Lucifero sempre più insistenti nelle orecchie, rimanevo a pensare alla mia mèta mancata e a quello che avrei dovuto chiedergli su suor

Valentina e che invece non avevo chiesto. D'improvviso, Gialli comparve davanti ai miei occhi: alto, imponente, completamente vestito di bianco; mi sorrideva con una lunga fila di denti risplendenti, anche i suoi capelli avevano una sorta di cotonatura e rilucevano di bagliori argentei. Rimasi abbagliato dalla luce che emanava e, per un attimo, non riuscii a proferire parola. Poi, mentre lui indietreggiava sulla altissima scalinata bianca e rilucente alle sue spalle che finiva in una nuvola, con una schiera di ninfe discinte che gli faceva corona tutt'intorno, iniziai a chiedere: "In che rapporti era lei con suor Valentina?"

"Il mio rapporto con lei ormai è chiuso. – le ninfe attorno a lui si girarono su un fianco e assunsero una posa diversa dalla precedente – Lei ormai è morta." e, sempre sorridendo, salì di un altro gradino.

"Allora un tempo era aperto!"

"Ma gliel'ho detto, quando muore una persona amata è come se una parte di noi morisse con lei. Per me è stato così, quando è morta Cecilia."

La sua figura esplose in una nuvola, assieme alle ninfe e alla scala. Aprii gli occhi: finalmente ero sveglio, in tutti i sensi.

"Tony, a cosa devo il piacere di rivederla così presto?"

Il cardinale fece per alzarsi dalla poltrona di velluto verde oliva a costine su cui era seduto, richiudendo un volume polveroso che teneva in grembo e togliendosi gli occhiali. Il retro del negozio di antiquariato della famiglia Gialli era buio, angusto e ricolmo di oggetti di ogni foggia e di ogni epoca, con un grande tavolo di legno di noce che campeggiava nel mezzo, ricoperto di carte. Mi bastarono pochi passi per avvicinarmi a lui e tendergli la mano.

"Volevo chiederle qualcosa di suor Valentina. Ieri l'avevo cercata proprio per questo, ma poi sono stato talmente preso dalla conversazione che me ne sono dimenticato."

"Mi spiace se l'ho distratta con le mie chiacchiere! – sorrideva compiaciuto mentre fingeva di schernirsi – Mi scusi, sono stato davvero un pessimo ospite!"

"Oh, no, tutt'altro. Ma mi dica, lei la conosceva bene?"

"Mah, veda, – e nel mentre faceva gesti ampi con le mani come per aiutarsi a sostanziare il pensiero – si trattava di una suora di clausura che veniva nella nostra Università per studiare: rimaneva nella mia stanza e io le portavo i libri."

"Sì, questa cose me le ha già dette. Io intendevo se ci fosse mai stato qualcosa di più."

"Ogni tanto parlavamo. Una volta mi raccontò della sua infanzia, di come fosse nata e cresciuta in un ambiente non all'altezza della sua intelligenza e della sua sensibilità. Pensi che i suoi erano contadini che vendevano i loro prodotti al mercato! Lei era la più piccola di cinque fratelli, l'unica femmina, e nessuno degli altri era nemmeno diplomato!"

"E come è arrivata una ragazza così umile a studiare con lei?"

"Non è che proprio studiasse con me, ma aveva un'intelligenza brillante ed era molto preparata. Veniva per quel libro sulla regola di San Benedetto, no?!"

Annuii: "Sì, questo me lo ricordo. Mi chiedevo se aveste mai avuto conversazioni più... personali."

"Cosa posso dirle, – si impastò il mento – mi raccontò di come nacque la sua vocazione. – lo guardai come per invitarlo a parlare – Sa, lei era riuscita a studiare grazie a delle borse di studio offerte dalla grande Madre Chiesa! – e allargò le braccia con i palmi delle mani rivolti verso l'alto – E proprio studiando con le monache, a Campobasso, sentì nascere in lei la vocazione e decise, appena dopo il diploma, di iniziare il noviziato e poi prendere il velo."

"Quindi suor Valentina aveva sentito veramente la chiamata?"

Sembrò che un'ombra gli attraversasse lo sguardo: "Lei ne era convinta."

"E com'era arrivata poi alla sua Università?"

"Sa, lei amava molto lo studio ed era particolarmente brillante. Così si era distinta fin da quando aveva iniziato il postulantato presso il Monastero delle Benedettine di San Giovanni Battista a Boville Ernica, dove poi era rimasta fino alla Professione Solenne, per la pratica delle opere intellettuali, in particolare per lo studio degli aspetti teologici, storici e canonici della Regola di San Benedetto. Ebbe una dispensa speciale proprio per consultare i libri nella Biblioteca dell'Università Gregoriana. Conosce il resto della storia."

Annuii: "Sembra che lei la stimasse molto."

"Be', è così. Era una persona speciale."

"E anche il vostro rapporto sembra che lo fosse. – mi guardò interrogativo – Il modo in cui mi ha parlato della sua storia non mi sembra il frutto di un racconto isolato, ma di una conoscenza approfondita e di lunga data."

Gialli tossicchiò e sorrise nervosamente, o almeno così mi parve: "Sì, sa, frequentava l'università da ormai alcuni anni, abbiamo avuto diverse occasioni per chiacchierare..."

"Ah, mi sembrava di aver capito che le portasse solo i libri. In fondo, una suora di clausura non dovrebbe avere contatti con il mondo secolare, giusto?"

"Proprio perché non era abituata a uscire dal convento, era importante che si sentisse a suo agio... per questo ho ritenuto opportuno intrattenere qualche chiacchiera più del consueto. E poi, come le ho detto, era una mente così brillante che era davvero un piacere discorrere con lei. Un po' come quella sua amica, Beatrice Danti! Me la saluti tanto, quando la vede."

Mi irrigidii per un attimo al pensiero di Beatrice e dell'ultima volta che ci eravamo visti: da quel momento non avevo quasi più pensato a lei ma mi rendevo conto che era il mio orgoglio a impedirmi di farlo. Gialli nel frattempo mi si era avvicinato come per guidarmi verso l'uscita. Mi riscossi e decisi di rischiare e giocarmi il tutto per tutto: "Quindi immagino che sarà stato contento nello scoprire che sarebbe stata proprio una donna così brillante, la madre di suo figlio."

Calò il gelo. Lo sguardo del cardinale era fisso nel mio, i suoi occhi glaciali e impassibili, non facevano trasparire nessuna emozione. In quel momento la porta cigolò e il lavorante che mi aveva condotto lì poco prima fece capolino: "Mi scusi, Eminenza, io mi sto recando a desinare. Gradisce che le porti qualcosa?"

Gialli distolse lo sguardo di scatto, come riprendendo coscienza del mondo attorno a sé: "No, grazie, Sergio. Vado più tardi in mensa, all'università. Vada pure, accosti la serranda come fa sempre."

Rimanemmo in silenzio finché non sentimmo l'ultimo rumore di ferraglia provenire dal luogo più lontano del negozio. Poi il cardinale fece qualche passo, girò attorno al tavolo e si sedette su una delle sedie ricoperte di pelle e borchie, posò i gomiti su una cartellina rossa e incrociò le mani davanti al mento.

"Come l'ha scoperto?" disse, dopo aver preso un lungo respiro.

Sorrisi avvicinandomi e presi posto di fronte a lui: "Sa, – dissi, facendogli involontariamente il verso – non è sufficiente coprire la verità con gli *omissis* per nasconderla."

Sbuffò dalle narici, come ad accennare una risata tra sé e sé: "Devo ammettere di averla sottovalutata."

"E cosa pensava suor Valentina della gravidanza?"

"Cecilia ne era entusiasta; voleva rinunciare ai voti, alla sua vita, ai suoi studi. Tutto quello per cui aveva lavorato, a cui si era dedicata per anni, sarebbe scomparso in un istante."
"E glielo disse?"
"Certo, immediatamente. Ma lei mi rispose che quello era il frutto del nostro amore e che era stato Dio a mandarcelo. Come se Dio non avesse di meglio da fare che mandar figli a una suora di clausura e a un cardinale."
Non riuscii a trattenere un risolino: "Quindi suor Valentina voleva tenere il bambino e crescerlo con lei?"
"Esattamente. Voleva che anch'io lasciassi i voti. Voleva dirlo a tutti. – batté la mano sul tavolo e si appoggiò pesantemente allo schienale – Se fosse stata più lucida, se fosse stata meno pretenziosa, se non mi avesse esasperato con le sue richieste, se si fosse accontentata di tutto quello che avevamo, forse sarebbe ancora qui."
"Sta dicendo che l'ha uccisa lei?" nel mentre stavo trafficando con il telefono.
"Avrei dovuto lasciare tutto: lo studio, la carriera ecclesiastica, il prestigio. Io mi sarei preso comunque cura del bambino, visto che lei non voleva abortire. Avremmo potuto darlo in adozione e assisterlo da lontano. – lo guardai sgranando gli occhi; mi domandavo come una suora avrebbe potuto portare avanti una gravidanza come se fosse una cosa normale. Lui sembrò capire la mia perplessità – Di luoghi appartati dove una suora può portare avanti una gestazione ce ne sono quanti ne vuole, glielo assicuro. Ma lei si ostinava a volerlo crescere insieme a me, come una famiglia vera. Quel bambino era un messaggio del Signore, diceva. Mi disse che se non avessi fatto la scelta giusta, avrebbe comunque detto tutta la verità. A quel punto, non mi ha lasciato scelta. – sospirò e si alzò, dandomi le spalle – Ho sofferto molto. Non avrei mai voluto. Io la amavo, l'ho amata come non ho mai amato nessuna e, mi creda, ho avuto molte donne."
"Ma c'è sempre una scelta." dissi, continuando a fissare il telefono.
Girò la testa verso di me, mostrandomi il profilo: "Non sempre. – dopo un attimo si girò completamente verso di me imbracciando l'alabarda del '600 che fino a qualche minuto prima era attaccata alla parete, alle sue spalle – Anche lei, ora, non mi sta lasciando scelta."
Non riuscivo quasi a muovermi, alzai solo le mani: "Non faccia sciocchezze! Ci pensi, così davvero distruggerebbe la sua vita."

Lui mi fissò glaciale: "Lei sa troppe cose ora, ma forse ignora il potere che ho. Chi crede che abbia fatto inserire quegli omissis in un'autopsia? – fece alcuni passi nella mia direzione – Pensa che non potrei farlo di nuovo? Pensa che non potrei far sparire il suo cadavere?"

Mi alzai di scatto e mi misi dietro alla poltrona, lui avanzava molto lentamente e io misuravo i miei movimenti per paura che uno scatto repentino potesse fargli affrettare il colpo. Mentre indietreggiavo lentamente verso la porta, mi venne un'idea per guadagnare tempo: "Però c'è una cosa che non ho capito."

"Mi sembra che lei abbia capito anche troppo." disse, digrignando i denti, mentre continuava ad avvicinarsi molto lentamente e minaccioso verso di me.

"No, no, la prego, la consideri come l'ultima domanda di un condannato: perché quei segni sul cadavere?"

Gialli si fermò e abbassò l'alabarda all'altezza dello sterno: "Già, i segni. Avevo studiato tutto perfettamente. Quando Cecilia mi aveva detto del bambino e dei suoi progetti per il nostro futuro, ero stato preso dallo sconforto. Poi, rientrando a casa, vidi un servizio al tg sugli omicidi delle suore: è stato un attimo. Ho realizzato che se avessi simulato lo stesso rituale delle altre morti, avrei potuto depistare con facilità le indagini, cosa che in effetti è accaduta. Ero riuscito a far credere a tutti che anche Cecilia fosse stata uccisa da Simonelli. E poi... – scosse la testa sconsolato – sono caduto come un bambino nella sua trappola. – risollevò l'alabarda e continuò a marciare verso di me – Ora che ho risposto alla sua ultima domanda, se lei crede, può anche confessarsi, io sono un prete, in fondo. Anche a Cecilia ho dato l'estrema unzione, lei ci credeva davvero. Pensi che prima di morire, l'ho sentita sussurrare che mi perdonava. Per me non vale lo stesso: non la perdonerò mai."

Un clangore alle mie spalle distrasse Gialli, ne approfittai per scagliarmi su di lui e afferrare l'alabarda. Lui rinsaldò la presa, era molto più forte di quanto immaginassi: "Sono cintura nera di karate."

"Posi immediatamente quell'arma o sparo!"

EPILOGO

La morte non mi era mai stata così vicina come in quel retrobottega. È proprio vero quello che si dice: quando il cardinale si era avventato su di me e io avevo cercato di difendermi, mi era passata davanti agli occhi tutta la vita. La mia manina stretta in quella di mia madre che mi guidava sulla scaletta dell'aereo, le mie scarpe con gli occhielli, mio padre che ci guardava andar via dalla finestra di casa, il sapore salato delle lacrime che mi sgorgavano copiose dagli occhi. Io e Martina nascosti nel fienile, a Traghetto, con la bisnonna che ci chiamava dal patio. I *walkie talkie*, io e Franco che ci rincorrevamo intorno al grande pino dell'Oregon di mia madre, a Natale. Jennifer sul palco del *pep rally*, in tutto il suo splendore, che mi salutava e mi mandava dei baci da lontano, raggiante nella sua fascia di reginetta del ballo. Ancora lei, nel suo abito blu luccicante, con l'anello al dito e lo sguardo innamorato e, poi, distesa nel suo letto con gli occhi sbarrati. Era l'ultima volta che l'avevo vista, non avrei mai potuto dimenticare. Io, in moto, che correvo sotto la pioggia sperando di arrivare in tempo e trovare ancora vivo mio padre. Lui e mamma che mi sorridevano, in quell'unica foto che avevamo insieme e che mio padre teneva nell'ultimo libro che aveva letto.

Avevo capito che era stato Gialli a uccidere suor Valentina in un lampo, grazie a un suggerimento del mio inconscio che, come spesso accadeva, era più ricettivo di me. Quella mattina, quando mi ero svegliato, avevo immediatamente chiamato mio cugino Franco per raccontargli delle mie deduzioni e dei miei sospetti; lui si era subito attivato per mettermi in contatto con i suoi colleghi di Roma che si erano occupati della morte di suor Valentina. Prima di ricontattarmi, erano riusciti a trovare l'originale dell'autopsia privo degli *omissis*: bingo! La mia teoria era esatta e il Commissario di Roma approvò il piano che avevo elaborato per far confessare Gialli.

Tutto stava andando secondo i miei piani, mai avrei creduto che il cardinale avrebbe tentato di uccidermi, nella mia mente lo avevo immaginato davanti a me a singhiozzare confessando la verità, pentito del suo gesto. Non era andata esattamente così. Per fortuna il Commissario mi aveva convinto a rimanere in linea con lui durante il nostro incontro e non solo a registrarlo, come avevo invece proposto io. Così, la Polizia era arrivata appena in tempo per salvarmi e arrestarlo.

Il rombo della mia moto si interruppe proprio davanti al monumentale portone di ingresso del cimitero. Mi tolsi il casco lentamente, il sole era ormai calato e l'aria umida e gelida mi solleticò le narici. Mancava solo mezz'ora alla chiusura, quindi mi avviai a passo spedito verso la tomba di mio padre: avevo bisogno di trovare conforto e solo lui avrebbe potuto darmelo.

Avrei voluto che mi abbracciasse, ma poteva solo guardarmi sofferente dalla sottile cornice di ottone che si stagliava sul grigio del freddo granito che chiudeva la sua tomba. Continuavo a pulire ossessivamente la sua foto, appollaiato sulla scala, mentre ripetevo, come una nenia, "scusami, scusami". Avevo un nodo in gola, che non andava né su né giù, non riuscivo neanche a piangere. Era tutta colpa di mia madre, non avevo più dubbi ormai, e se l'avessi avuta davanti non so che cosa le avrei detto o che cosa le avrei fatto. Il mio respiro si fermò, sgranai gli occhi e mi trovai a domandarmi se sarei mai potuto diventare anche io un *serial killer* come Simonelli, se solo i miei genitori non mi avessero protetto dalla verità. Era evidente che il suo trauma derivasse dal comportamento della madre, che, ne ero certo, era stata la sua prima vittima. Forse, se mia madre non mi avesse portato con sé e mio padre fosse stato più debole e avesse scelto, come quello di Simonelli, di suicidarsi, lasciandomi in balia degli eventi, sarei anche io passato al lato oscuro.

"E chi dice che il lato oscuro sia negativo?"

Mi voltai di scatto, con gli occhi sbarrati: alla base della scala, due occhi color rubino mi fissavano penetranti. Sembrava quasi che emanassero delle fiammelle, dei bagliori.

"Ma ho parlato a voce alta?"

Zdrach ridacchiò, salì qualche gradino e si sedette appena sotto di me.

"Parlare, pensare... in fondo che differenza c'è?"

"Ma... – balbettai – io... non... io..."

"Quante volte chiamiamo a cuor leggero menzogna ciò che menzogna non è, mentre poi riteniamo lecito il mentire quando si tratta di una menzogna giustificata, come quando è detta a fin di bene o per misericordia? – ero sempre più interdetto: lo guardai scuotendo la testa – È Sant'Agostino che lo dice. Tu non hai avuto un'educazione cattolica? – trattenni il fiato e annuii debolmente, mentre cercavo di ricordare quando gliel'avessi detto – Tony, pensaci: se i tuoi non fossero ricorsi alla menzogna, tu ora non saresti sereno come sei."

Mi piccai: "Ma io non sono sereno. E non lo sono stato per tanti anni, forse non lo sono stato mai."

Zdrach si guardò le unghie, perfettamente laccate, poi, avvicinando la mano alla bocca, alitò sull'ovale di onice incastonato in un pesante anello d'argento che portava all'anulare e che, poi, strofinò sul velluto nero della sua giacca.

"Be' sicuramente lo sei stato più di Pietro."

Lo guardai come le mucche guardano un treno passare: "Lo conosci?"

"Non c'è nessuno che io non conosca o che io non consideri mio fratello. *Homo sum, humani nihil a me alienum puto.* – la sua figura, i suoi lineamenti, il tono della sua voce, le sue parole, tutto di lui mi attraeva. Era lo stesso effetto che avevo avuto stando al cospetto del cardinale Gialli – In fondo anche tu ti senti simile a Pietro. Non era forse questo, che stavi pensando poco fa?"

"Sì be' ma io..."

"Sii grato ai tuoi genitori per quella menzogna, Tony. Ti rendi conto che passi la vita a cercare qualcuno da odiare? Accetta quello che è stato, piuttosto, e vai avanti con la tua vita. Torna ad amare anche tua madre, come d'altronde hai fatto per tanti anni. – sospirai – Da quando hai scoperto la verità, hai pensato che ti avessero fatto del male, anche prima lo avevi sempre pensato, anche se davi tutta la colpa solo a tuo padre. In realtà, loro hanno solo vissuto la loro vita, cercando anche di proteggerti. A volte, ciò che appare non è e ciò che è non appare."

Annuii: "È vero, ho sempre avuto bisogno di proiettare il mio dolore al di fuori per liberarmene, per non lasciarmi travolgere da qualcosa che non ero in grado di gestire, di affrontare, che era più grande di me. Così facendo, però, ho perso tanto. – guardai in basso, scuotendo la testa – Non ho lavorato abbastanza su me stesso. – mi girai verso la foto di mio padre, la sofferenza che trapelava dai suoi occhi di malato era la stessa che provavo anch'io – Forse è arrivato il momento di riconciliarmi con il mio passato. – mi voltai – Grazie, Hrist..." ma era sparito. Mi alzai e mi guardai intorno, in bilico sull'ultimo gradino della scala. Non lo vedevo da nessuna parte, sembrava essersi smaterializzato. Aggrottai le sopracciglia: ma era mai stato lì?

RINGRAZIAMENTI

Anche stavolta non mi sarebbe stato possibile scrivere questo romanzo senza il prezioso contributo dei miei consulenti ed esperti del cuore, dei miei lettori zero, dei miei editori.

Un grazie speciale va poi a coloro che mi hanno ispirato: Raffaele, per essere veramente un grande archeologo e *storyteller*, oltre che un grande amico; Simone, per essere stato il mio Cicerone fiorentino; Francesco "Belli Capelli" Paolo, per la sua lettura interpretata di alcune battute; Marcello, per aver ispirato non uno ma ben due personaggi!

Grazie inoltre ad alcuni miei studenti che hanno ispirato interessanti nomi, Cecilia e Venere Giuditta.

E soprattutto grazie a Trilù e a Lilli, quest'ultima che non è più con noi ma rimane nel cuore di tutti quelli che l'hanno conosciuta e, ora, rimarrà anche in quello dei nostri lettori.

Quindi, in sostanza, alcuni riferimenti a persone, cose e fatti realmente esistenti è puramente intenzionale, come nella migliore tradizione delle indagini di Tony Della Rocca.

Indice generale

Chance Edizioni è uno dei due marchi editoriali dell'Associazione culturale La Chanceria, a cura di Andrea Stella e Rossana Orsi.
Alla base della linea editoriale c'è la Narrativa Introspettiva della collana #ScritturaSpontanea: storie che appartengono a generi vari, che hanno come minimo comune denominatore lo sguardo rivolto all'interiorità, nelle quali vengono narrati viaggi introspettivi nonché percorsi di riflessione, di crescita e di evoluzioni sia personali che condivise. In questo contesto si inserisce anche il filone della poesia, ampio e particolarmente curato, che trova posto nella collana #AssaltiPoetici. Nel panorama sensibile hanno maniera di esprimersi inoltre le raccolte di autori vari (collana #caleidostorie) che simboleggiano e rappresentano la voglia di aggregazione tra autori emergenti. La saggistica trova spazio nella collana #exigĕre e tratta di introspezioni sociali. Le più recenti collane sono dedicate ad illustrati (collana #croquis) e a progetti sperimentali (#HermesBaby) nella grafica o nella fotografia, così come le pubblicazioni nate da workshop e laboratori.

Chance Edizioni
Novembre 2022

ISBN: 9788832238310